論創ミステリ叢書

14

山本禾太郎探偵小説選 I

論創社

山本禾太郎探偵小説選Ⅰ

目次

創作篇

評論・随筆篇

凡例

一、「仮名づかい」は、「現代仮名遣い」（昭和六一年七月一日内閣告示第一号）にあらためた。

一、漢字の表記については、原則として「常用漢字表」に従って底本の表記をあらため、表外漢字は、底本の表記を尊重した。

一、難読漢字については、現代仮名遣いでルビを付した。

一、あきらかな誤植は訂正した。

一、今日の人権意識に照らして不当・不適切と思われる語句や表現がみられる箇所もあるが、時代的背景と作品の価値に鑑み、修正・削除はおこなわなかった。

一、作品標題は、底本の仮名づかいを尊重した。漢字については、常用漢字表にある漢字は同表に従って字体をあらためたが、それ以外の漢字は底本の字体のままとした。

山本禾太郎探偵小説選Ⅰ

創作篇

窓

私はこの事件を記述するに当たって、私自身の創作的作為を、少しも加えたくないと思う、それはこの事件の持つ偶然が、とうてい私の想像では及びもつかない事実であるからだ。

それで私はこの事件を記述するには、なるべくこの事件に現れる各関係人の聴取書《ききとりがき》と、訊問調書、鑑定書等の諸記録を並列するに止《とど》め、それによって事件の経過を読者諸君に知ってもらいたいと思うのであるが、記述の便宜上「前記」なるものを付することにした、したがってこの前記なるものは、事件の結末を知っている私が、記述上の便宜のために付けたものであるから、そのつもりで読んでもらいたいのである。

前記

神戸の上筒井《かみつつい》から阪急電車に乗ると、電車が夙川《しゅくかわ》停留所を離れて、二、三分間進んだと思う頃、北側の電車の窓を覗いて見ると、その窓の下に寄木細工のようないわゆる文化住宅地が見える、そこから一本の白い道が青い野の中をカーブして、夙川堤防の松林の中に消えている、その文化住宅地を、四、五丁も離れてただ一軒だけ、高い「かなめ」の生け垣に埋《うず》もれたような、別荘風の建物が見える、それが神戸の栄町に輸出入貿易商を営む、合名会社野口商店の代表社員で社長である野口甚市《のぐちじんいち》氏の別荘で、事件はこの別荘に起こったのである。

大正六年七月九日（土曜日）の夜のことである、その晩はどんよりと空気の澱《よど》んだ闇の夜で、長いこと続いた晴天も、明日《あす》は雨になるのではあるまいかと思われるのであった。阪急の大阪行終電車が通ってから、二十分も経過したから十日の午前一時頃のことである。母家《おもや》の庭に面した八畳の座敷は、電灯が消えて、回り縁の外に雨戸代わりに引いてある硝子障子《ガラスしょうじ》は、その硝子の凹凸面が時々気味悪く闇の色に光った。その光は何人《なんびと》かが縁側を歩いているわずかな震動によって起こっていたもので、やがて一つの影が縁側を、便所の方に歩いて行く姿が、ガラス戸を透《とお》して朧《おぼろ》げに見えたのである、ところがこの影は便所のそばまで来ると、便所には這入《はい》らずして、そこから庭に降りて来た、そしてそこの手水鉢《ちょうずばち》の傍《かたわ》らにある袖垣《そでがき》の影に、身をひそめて、ちょっと部屋の中を、すかすようにして見てから、そろそろと庭の中を歩きかけた。もちろん闇の夜のことであるから、その顔の判るはずはないが、棒縞《ぼうじま》の白い浴衣《ゆかた》だけが、闇のなかに薄《う》っすりと見えるのである、その影は非常に先を急ぐようでもあり、また、後《あと》を気にしているようでもあり、不安な、おどおどした足取りで庭の中を歩いてゆく、ところがここに不思議な矛盾を感ずるのは、この白い棒縞の浴衣の影は、煙草《たばこ》を喫《す》いながら歩いているらしいのである。それはその影とともに豆大の火が、その影と同じ高さに動き、時々その火が闇のなかに小さな輝きを放つことによって知られる。

おどおどとした不安な足取り、少なくとも人目を忍ぶらしい様子でありながら、煙草を吹かしながら歩いている、これは不思議な矛盾に違いないのであるが、それだけ心のうちに余裕のあることを、示しているとも考えられるのである。

その影は、母家から七、八間《けん》離れている「離れ」の手前まで来ると、咬《くわ》えていた煙草を投げ捨てたらしく、小さな火の粉《こ》がパッと地上に散った、そして「離れ」の雨戸のそばまで来ると、そこに身を寄せて、もう一度後方《あと》を振り返ったが、やがて入口の雨戸の一枚が音もなく開《あ》くと、にぶい室内の光がほのかに流れて、その影は逃げ込むように、素早く、しかし静かに、「離れ」の中に消えた。

そして、雨戸は元の通りに、閉ざされたのである。

白い棒縞の浴衣の影が、「離れ」の雨戸の中に消えてから、まだ十分間も経過《たた》ないと思われる頃、また一つの白い棒縞の浴衣の影が、中庭に現れた。先の影は、「離れ」へ消えたまま、出て来た様子がないのであるから、この後から中庭へ現れた影は、先のものとは別なものに違いないのである、そしてその歩調が、前《さき》の影と同じように、不安定な、おどおどとした足取りで、「離れ」の方に近付くと、今度は縁側の雨戸が一尺ばかり音もなく開《あ》いて、その影もまた、「離れ」の中へ消えたのである。

二つの白い影が、十分間と経《た》たぬ短時間のうちに、相《あい》前後して、「離れ」の中へ消え去ると、中庭は元の闇黒《あんこく》な静寂に還《かえ》った。

＊＊＊

しかし、その闇黒な静寂は、一時間とは続かなかった。後《あと》の影が「離れ」へ消えてから四十分も経過したかと思う頃には、「離れ」の縁側から、白い棒縞の影が中庭へ下りて来た、そして母家の方へ帰ってくるのであるが、行った時の足取りよりは、幾分の落ち付きは見えたが、それでもやはりあたりに気を配る気配で、母家の西側を通って、南側まで回ってくると、洋館との取合《とりあい》の所から縁側に上がってその姿は消えた。三度《みたび》中庭の闇は静寂に還ったが、それから更に三、四十分も経ったかと思う頃に更にまた一つの白い棒縞の浴衣の影が、「離れ」の縁側から、飛び降りるように中庭へ下りた、そして後を閉めずにそのまま駈けるような、非常に慌てた足取りで、中庭を駈け抜けて八畳の座敷の、手水鉢の所から闇《くら》い縁側に上がるとそのまま姿を消したのである。こうして二つの白い棒縞の影が、四度《よたび》中庭に現れて消えたが、その夜はこの野口氏の別荘にとって、何と言う不思議な夜であったことだろう、それは私がこれから記述してゆく各調書によって現れてくる事実で、読者諸君は首肯せらるることであろうが、更にこの夜の三時頃に、すなわち第二の白い棒縞の浴衣の影が、母家の方に消えてからおよそ一時間の後《のち》に、一つの黒い影がこの中庭に現れたのである。そしてその黒い影は、「離れ」の方に忍ぶようにして進んで行ったが、開け放された雨戸から縁側に上《のぼ》って、その姿を消したのである。こうして七月九日の夜、しかも短時間のうちに、白い影が四度と、黒い影が二度現れた中庭は、十日の朝日に照らされた時には何の変わりもなかったのであるが、「離れ座敷」の中には大きな事件が起こっていたのである。

一

昨夜《さくや》（七月九日夜）夙川村字《あざ》五甲《ごこう》野口甚市別邸に強盗押し入り、同家に寄食せる主人甚市の姪、清子《きよこ》を殺害したる上、金品を強奪し去りたる旨、夙川派出所詰め巡査の電話報告を受けたるを以《もっ》て、直ちに〇〇地方裁判所に報告したり。

明上《あけがみ》検事、時原《ときはら》書記、出張

これは、この事件記録の第一頁《ページ》に綴り込まれてある、〇〇警察署の「受電話票」の記載である。十日の早朝午前四時半頃、夙川巡査派出所へ、二十五、六歳の白棒縞の浴衣を着た男が、息せき切って駈け込んで来た、そして、

「昨夜《ゆうべ》、野口の別荘に、人殺しがありましたから、早く来てください」と訴えて出た。

詰合《つめあい》工藤巡査は、直ちに本署に電話しておいて、その男と同道して、野口の別荘に到着すると、その現場である「離れ座敷」に人の出入りすることはもちろん、その付近に人の近寄ることさえ厳禁し、極力現状維持に努めて、検事一行《こう》の到着を待った。

明上検事が時原書記を従えて、現場に到着したのは午前九時であった。検事は到着するとすぐに検証を始めた。その検証調書には次のようなことが書かれてある。

検証調書（中略）

一、検証の場所は兵庫県武庫《むこ》郡夙川村五甲野口甚市別邸

二、同家は文化住宅地「五甲丘」の北方約五丁の街道に沿いたる独立家屋なり、その東南両側は、高さ約五尺の、「かなめ」の生垣を以て囲《めぐ》らされ、その西北二方は、高さ約六尺の板垣を以て囲らされたる、木造平家建て和洋折衷《せっちゅう》の三棟《みむね》より成る建物なるが、その各棟の構造及び間取り等は、別紙図面によりてこれを補充す。

三、屍体《したい》のありたる「離れ座敷」の東南隅《ぐう》にある出入口は、二枚の雨戸を以て閉ざされたれども、何ら戸締りを施しあらず、南に面せる座敷の縁側は、雨戸三枚を締め、最後（四枚目）の一枚は、約一尺許《ばか》りを開け放ちあり。

屍体のありたる「離れ座敷」の、東横手に地上より高さ約五尺の所に、巾約三尺、高さ約二尺の硝子戸入り鉄格子《てつごうし》窓あり、その窓下には乱れたるゴム裏草履《ぞうり》の足跡ありて、この足跡は窓下より斜めに南に向け「かなめ」生垣の方向に断続し、表街路に出《い》で南方に一足跡《そくせき》を残せるのみにして失えり。

屍体のありたる「離れ座敷」の、出入口南約一間半の箇所に、いまだ雨露《うろ》に打たれず人に踏まれたる形跡なき、「朝日」（煙草）の吸殻一本放擲《ほうてき》されたるを見る。

その他周囲に異状を認めず。

四、屍体は、東枕に仰臥《ぎようが》し、白モスリンに赤き鹿《か》の子模様ある掛け蒲団を蓋《おお》い、船底枕に正しくその頭《かしら》を乗せたるが、その顔は南面せり、而《しか》してその頭髪は著しき乱れを見ざれども、その船底枕の底部に脱落したるものと思《おぼ》しき、二本の頭髪の密着せるものを認む。

蒲団を除去し見るに、その頸部《けいぶ》に扼圧《やくあつ》したる痕跡と思しき、擦過傷《さつかしよう》様の傷痕あり。屍体は、薄桃色西洋手拭地の寝衣《ねまき》を纏《まと》い、白地に赤の飛び模様ある腰巻を着けたり。

（中略）

五、屍体を中心としてその周囲を見るに、その枕元には、一個の硝子製菓子鉢あり、その傍らに二本を残せる「敷島《しきしま》」（煙草）を放置せり、硝子製菓子鉢の中には、敷島の吸殻二本あるを見る。

屍体の後方、すなわち屍体が蓋われある蒲団より約二尺を離れたる（座敷の西北隅《ぐう》）箪笥《たんす》の前に、蓋の開け放たれたる「バスケット」一個、旅行用化粧鞄一個を見る。

座敷の西北隅壁に沿いて据えられたる、半箪笥の小抽斗《こひきだし》、一個のみ中《なか》ば引き出だされたり。

試みに屍体のある座敷より、隣室を見るに、間《あい》の襖は左右に開かれたるままにして、蒲団の敷き放しとなれるものあり、而してその蒲団の東横、すなわち本建物の東側壁に設けある「明かり窓」の下に高さ約三尺幅約三尺の「衝立《ついたて》」あり、この「衝立」は

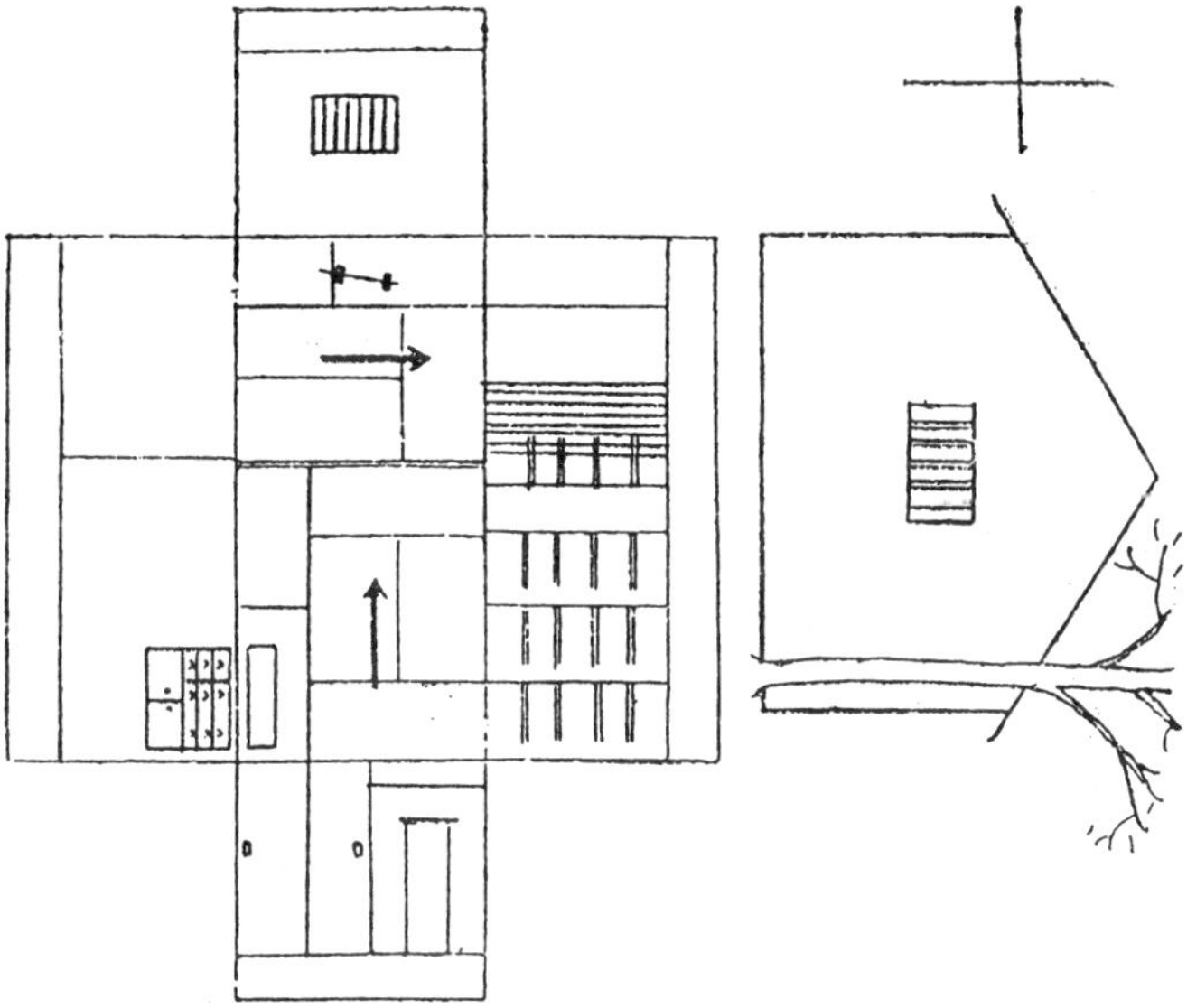

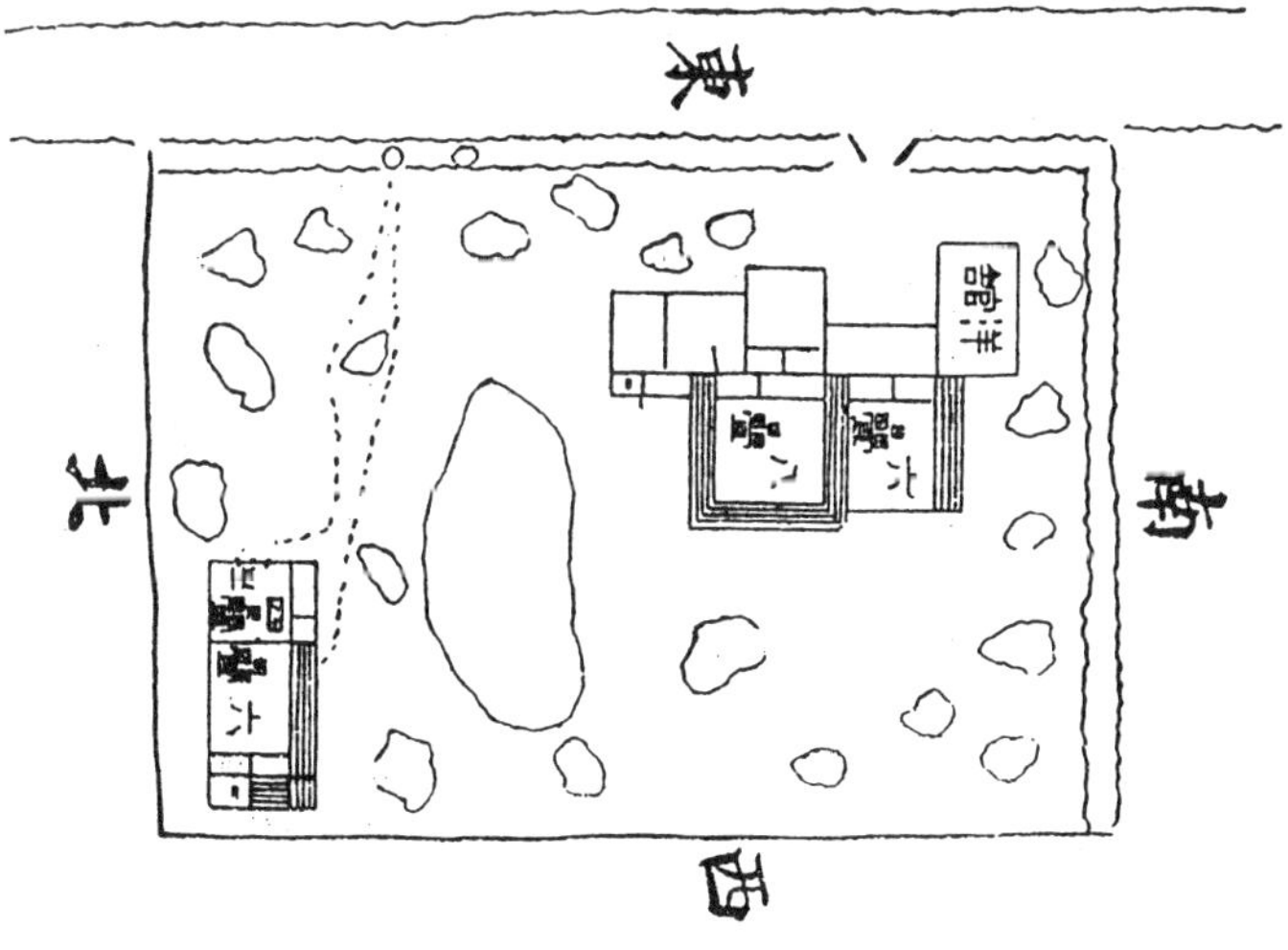
東
南
西
北

西南に向かって斜めとなれり。

（下略）

この検証が終わると明上検事は、家族の者らが全部集まっている母家の八畳で休憩した。召使が汲んで出す茶を、甘《うま》そうにすすりながら、

「御主人から返事がありましたか、何時頃に帰るという……」

穏やかな口調で、誰に問うともなく問いかけた。

「今朝《けさ》、早朝に電報をうちましたが、まだ返事がございません。が、いずれ今夜はお帰りになることじゃろうと思うております」

年頃六十歳ばかりの、別荘番とも思しき爺さんが返事をした。

「ああそうですか……しかし今朝はずいぶん驚いたでしょう」

こう言いながら明上検事は、そこに集まっている者の顔をチラリと眺めた。

「しかし心配はありませんよ、強盗はすぐに捕えてあげますから……殺された方は何ですか、御主人の姪さんですか」

「はい左様でございます、まことにご運のお悪い方で……」

先ほど答えた爺さんが、また返辞をした。

「ああそうですか、いや気の毒なことをしましたな。あんなに美しい年の若い人を……」

明上検事は、爺《じい》のそばに隠れるようにして立っている女中をちょっと見遣《みや》った。

「その女中さんだね、言葉が言えないというのは」

「左様でございます、まことに可哀想なもので、言葉も言えませず、耳も聞こえませぬので」

「ほう可哀想にね」

こう言って明上検事は再びその女中を見た、皆の視線が女中の方に集まると、女中はますます爺の後ろに隠れるようにした。

検事はフト気を替えたらしく、

「ああ下田君」

そこに立っている警部補を呼びかけた。

「君、署へ帰ってね、警察電話で○○署へ電話をかけて、大沼さんにすぐ自動車で、○○署まで来てもらうように、それから○○署へも電話で○○病院の小島先生に来てもらうように呼んでくれたまえ」

「は、承知しました」

「早くだぜ、すぐに来てもらうように」

「は承知しました」

警部補は挙手の礼をすると、表門の前に待たせてあった自動車で立ち去った。

二

一旦〇〇警察署へ引き上げた明上検事の一行が、再び野口別邸の表門に自動車を乗り付けたのは、午後の一時を過ぎていた。一台の自動車からは下田警部補と、一人の刑事巡査、助手、看護婦らが降りた、一台からは明上検事、時原《ときはら》書記と、二人の紳士が降りてきた、一人の紳士は無髯《むせん》で粗末な服を着けているが、この紳士が目下須磨海浜に静養中の、指紋研究の大家として有名な、大沼代一氏である、今一人の美髯《びせん》を蓄えた紳士は、関西での法医学の大家と言われた、〇〇病院の副院長小島大洋氏である、一行八人が「離れ座敷」の前まで来ると、そこに、立ち番をしていた正服の巡査は挙手の礼をした。

「ではご苦労ですが早速お願い致しましょう」

明上検事の穏やかな口調に、大沼氏は軽く会釈して、靴を脱《と》って座敷に上がった。庭に突っ立っていた明上検事をはじめ皆の人達は、大沼氏の動作をジッと瞶《みつ》めた。

座敷に上がった大沼氏は、かねて検事と打ち合わせが済んでいたものか、第一に屍体が首を乗せている飴色塗りの船底枕の点検に取り掛かった、まず大沼氏は腹這いとなって、屍体の頭髪に己の頭髪の触れるまでに接近した、そしてしばらくは肉眼で何物かを検索するらしかったが、やがて拡大鏡をポケットから取り出して、ある要所に当てた。そしてその枕の二、三ヶ所にチョークで印をつけた。

第二には白木の半簞笥のそばに立ち寄ると、半ば引き出されたままになっている小抽斗《こひきだし》の、引手《ひきて》金具の辺りに日をつけると、上から、下から、また左右からある一点を瞶めたが、やがて手にしていた拡大鏡を黒い金具に当てると、またチョークで印をつけた。

第三には次の四畳半の間に進んで、「明かり窓」の下に立っている「衝立」の、黒塗りの枠に同様拡大鏡を当てた、そしてその一角にも白いチョークの印はつけられたのである。

次は「バスケット」、皮製の化粧鞄、屍体の枕元にある硝子製の菓子鉢と、順次に点検を進めて、最後に一旦縁側まで出てくると、靴を履いて「離れ座敷」の東側に回って来た。

そしてそこの「明かり窓」の硝子戸、鉄棒、その周囲等を堪念《たんねん》に検査した。

これで指紋の検索は終わったのである。

検索を終えて、縁側に戻ってくる大沼氏を迎えるようにして明上検事は、

「イヤご苦労をかけましたな、どうですお見込みは」と訊いた。

「ずいぶん印象の稀薄なものもありますが、たしかに検出はできるだろうと思います」

「それは、ありがたいですな、それではどうか一つ、検出にお骨折りを願いましょうか、鑑定材料は追ってお渡しを致しますから、どうか検出の方を……」

「は、承知しました、ではこの材料は私が検出試験中は、保管の責任を持ちまして、お預かり致しましょう。今からすぐ自動車《くるま》で持って帰ろうと思いますが……」

「は、どうかご随意に……しかしちょっとお待ち下さい」

「先生ご用意は」

大沼氏の指紋検索中に、屍体解剖の用意をしていた小島医学士は、

「はあ用意はご覧の通りできました」

見ると、中庭の一隅に、母家から持ち出した三脚のテーブルを並べて、その上に油紙を敷いた臨時の解剖台は、屍体の乗るのを待っていた。

助手達の手によって、屍体が解剖台に運ばれるのを待った。大沼氏は、「枕」「箪笥の小抽斗」「衝立」等を一つ一つ丁寧に自動車の中へ自ら運んだ。そして検事の方に会釈すると、その検出材料を積んだ自動車《くるま》に自分も同乗して、引き上げて行ったのである。

解剖台上の屍体が裸体にされると、小島医学士は落ち付いた態度で、まず白布を執って屍体の顔面と局部を蓋《おお》うた、そして裁判所書記の手から渡された検事の「検案命令書」を見るのであった。

「検案命令書」には次のような項目が書かれてある。
一、屍体に於ける創傷の部位
二、形状
三、凶器の種類及び用法
四、死因
五、死後の経過時日
六、情交関係の有無
これは読んでみるまでもなく、型の通りのものであったが、一通り目を通した小島医学士は、それを助手に渡した。そして手術衣の下から時計を取り出すと、解剖台の傍らに置いてちょっとそれを眺めた。

「二時十五分」

「外表検査」

「身長、一四三・〇糎《センチメートル》、……体格、栄養ともに佳良……」

という風に厳かな口調で、その所見を筆記者に伝えて筆記せしめた。そして解剖の終わったのは午後の五時であった。

「どうもご苦労でした」

小島医学士が手を洗って、手指消毒の終わるのを待って明上検事は声をかけた。

「いずれ鑑定の結果は、署へ帰ってから一通りお伺いしたいと思いますが、詳しくは書面にしてご提出を願いたい」

明上検事は、そばに立っている下田警部補に、何事かを小声に命令した。

「どうもご苦労をかけました、では引き上げましょう」

三

聴取書

貿易商　野口甚市
当四十七年

一、

私はおよそ二十年ばかり前から、神戸の栄町に輸出入の貿易商を営んでおります。あの別荘を買い入れましたのは、五、六年前のことで、平常《へいぜい》は私の姪の野口清子と、別荘番の林房造《はやしふさぞう》と、下女の林ふくとが住んでおります。

なにぶん店の方の家が狭いものですから、あの別荘を買い入れました当時は、私の本宅として住んでおりましたが、その後須磨の方に家を買いましたのでその方に移りました、それであの別荘へはそれ以来私達はほとんど参ったことはありませぬ、店の者らがあの別荘へしばしば遊びに行くということは、よく知っておりました。

二、

野口清子は、私の亡兄《ぼうけい》松太郎の娘で、清子が十四歳の時に私方《わたしかた》に引き取りました、それは清子の父松太郎夫婦が、清子が十四歳の時、相前後して死亡しましたので、その一人娘であった清子を私が引き取ったのであります。

清子は○○高女《こうじょ》を卒業して、二十一歳の時に、○○銀行の大連《たいれん》支店に勤めている大里という者に、私が嫁付《かたづ》けましたが色々と事情がありまして昨年の二月に離婚して私方へ帰って参りました。それ以来私の須磨の宅の方に同居させておりましたが、本人が望むものですから、あの別荘の方へ遣《や》ったのであります。

清子は高女在学の少女時代から、文学が好きで、したがって芝居、音楽などが好きでしたが、大連から帰ってからは、謡《うたい》や仕舞《しまい》などに熱心になりまして、月二回は必ず小《こ》西《にし》の能舞台に通っておりました。

性質は、どちらかと言うと温順な方で、大変気の弱い、涙もろいところがありまして、一口に言うと感傷的とでも言うのでありましょう、そうかと思うとまたその反面には、非常に好き嫌いが強く、反撥心の強いところもありました。

清子が大連から、離婚になって帰りましてからは、大里とは一切関係はないようであります、大里はただ今大阪の本店詰めになって、帰っているそうでありますが、手紙の往復は元より、本人同志の間には何の関係もないと私は信じております。

清子には、亡父松太郎の残した財産がありますが、それはごくわずかでありますので毎月私から二十円宛《ずつ》、小遣《こづかい》を遣っております、「仕舞」の費用なども私にせがんでおりました。
三、私の店におります支配人の、山下誠一は、私の母の妹の子で、私の従弟《いとこ》に当たりますが、私の店へ来てから九年になります、これも性質は至極穏やかで、同情心の厚い正直な男であります、商人としましてあまりに温順《おとなし》過ぎますので、時々私が意見をするくらいでありますが、その代わり手堅い取引を致しますので、人から深い信用を受けております。月給としては月二百円を与えておりますが、配当を合わせますと月三百五十円くらいにはなっております。
山下には妻子があります、妻は常に病身勝ちで、一人の子供とともに、妻の郷里の方にずっと帰っております。
四、安田敏雄《としお》は、商業を卒業するとすぐ私の店へ入りまして、今年で五年ほどになります。これはまた山下とは反対な性質で、運動競技などが好きで、現に野球などをやっております、柔道も一級の免状を取ったとか申しておりました。したがってやや粗暴なところはありますが、それだけにまた生《き》一本な、正直な人間です。ただ今月給は七十円であります。

五、山口要吉も、安田と同時に私の店へ来たものでありまして、山口にはこれと言って、取り立てて言うほどの目立った性格もありませぬ、ごく平凡な男で、酒も呑めば、煙草も喫う、女道楽もするという方で、したがって外交はかなりに上手でありますから、店の方でもその方面の仕事をさせているような次第であります。月給は安田と同様七十円を与えております。

六、別荘番の林房造と言いますのは、二十年来私の家に奉公して居る者で、聾唖《ろうあ》者の下女林ふくは、房造の遠縁の者で、五、六年前から私方に使っております、ふくは、聾《つんぼ》で、唖《おし》という不具者でありますが、すこぶるの愛嬌者で皆の者から可愛がられております。清子も、あれを大変に可愛がっております。

七、なにぶん私は清子とは、別居同様な有様ですから、かたいことは申されませぬが、清子が店の者と関係があったなどとは思われませぬ。

八、なにぶん私は、商用のため本月の五日東京へ参りまして、ようやく十一日の朝帰って来たような次第で、何事も判りませぬが、あの晩別荘に居たものは、

支配人　山下誠一

店員　安田敏雄

同　山口要吉

の三名で、別荘には、清子と、番人の房造と下女のふくであったそうです。

（下略）

四

聴取書

野口方別荘下女　林　ふく

当十九年

一、九月九日の晩。私とお嬢さん（清子のことを言う）と二人で、「離れ」へ帰って来て、二人ともすぐに寝ました。そのまま私は何にも知りませぬ。

二、フト目を開けて見ると、お嬢さんの箪笥の前の処に、黒い着物を着た男が立っておりました。私は恐ろしかったので、その男の顔も何にも判りませぬ、それは何時頃であったか、時間も判りませんが、たぶん三時半頃であろうと思います。その男が出て行ってからも私は恐ろしくて、長いこと動くことができませんでしたが、じっとしていると余計に恐ろしくなるので、夢中で「離れ」を飛び出して、爺さんを呼びに行きました。

三、私達二人が、「離れ」に帰ってからは、母家の方からは、誰も来た者はありませぬ。

（中略）

（右供述者は、聾唖者なるにより××盲唖《もうあ》学校長花房忍を以て通弁せしめたり）

聴　取　書

野口合名会社支配人

山　下　誠　一

当　三　十　三　年

（中略）

（中略）

一、私は二十四歳の時から、野口合名会社の店員となりまして、ただ今ではその支配人を勤めております。

妻と子供が一人ありますが、一年余り前から妻女《つま》は子供とともに郷里の鳥取県の倉吉に帰っております。

妻と別居していることについては、別に理由はありませぬ、妻は平常《ふだん》病身でありましたので、お産をするときに、国の方に帰りましてお産をしてからも、そのまま国の方におりますような訳であります。

私からはもちろん毎月お金も送っておりますし、また子供ができてから二、三度帰国しました。

二、七月九日の土曜日は、午後の五時に店を閉じまして、私と、安田と、山口の三人で五甲の別荘へ行きました。夕食は電話で別荘の方へ頼んでおきましたので、仕度をして待っていてくれました。

別荘では平常《ふだん》番人の房造爺さんと、唖《おし》の下女のおふくさんと、清子さんの三人限《き》りで淋しいものですから、多勢の店員が行って泊まることを喜んでいました、その晩六時頃別荘に着きますと、勝手の次の四畳半の間で、六人が一緒に夕食をとりました、そして夕食が済むと、八畳の座敷へ引き上げました、食事中も八畳へ引き上げてからも、雑談に花が咲きましたが、それはただ訳もない冗談ばかりで、これという取り止めた話もなく、どういうことを言い合うたか、いっこう記憶にも残っておりませぬ。

私達店員《みせのもの》は、日曜以外の日にも、別荘へ行って泊まることが度々あります、それは前申し上げます通り、別荘の者らが寂しいものですから、電話でしばしば頼んで来るからでもありますが、私達にしましても、店の二階でゴロゴロと寝るよりは、別荘の方へ行きますと、何かしらご馳走が用意されてありますし、楽に寝られも致しますし、面白いものですからつい時間の許す限り、別荘へ行くというような風《ふう》になるのであります。
三、九日の晩、食事を済まして、八畳の間で種々《いろいろ》なことをして遊びましたが、清子さんと、おふくさんとが、「離れ」の方へ帰って行ったのは、十一時が打って間もなくのことでありました。その時には誰も、「離れ」の方へ送って行ったものはありませんでした。
四、私達三人のうち、私は六畳の方に一人で寝まして、安田と、山口の二人は八畳の方で寝ました。私はそのまま朝まで、何事も知らずに寝てしまいました。朝になって（午前の四時頃かと思います）房造爺さんに起こされて眼が覚め、清子さんが死んでいるということを聞いて、驚いて「離れ」へ駈け付けたような次第であります。

（下略）

聴　取　書

野口合名会社店員
安　田　敏　雄
当二十七年

（中略）

一、私は三男で、父母はともに達者で兄の儀一と一緒に暮らしております。私の生家は小さな文具屋を営んでおりまして、ただ今では兄が家内をもらって相続をしております、資産と言うてはありませぬが、相当に暮らしております。私は家へは帰らず、店の方に寝泊まりをしております。

二、私は○○商業を卒業してからすぐに、野口の店へ入りました、そしてただ今では販売係をして月給七十円をもらっております。

三、九日の土曜日は、私と、山下さんと、山口君との三人連れで、五甲の別荘へ参りました。（この間は山下誠一の供述と大同小異であるから略することにした）

四、清子さんが、おふくを連れて、「離れ」の方へ帰ってゆきましたのは、十一時を打って間もないことでありました。私と山口君とは八畳の方で、山下さんは六畳の方で寝《しん》に就きました。それは大方十二時頃であったと思います。

（中略）

五

聴取書　　別荘番人　林房造　当六十年

（中略）

一、私は二十年から野口さんのご厄介になっております。私の遠縁に当たるおふくも、五、六年前から野口さんのご厄介になっております。

二、七月九日の晩、飯の時も、八畳の座敷へ皆が集まってからも、ずいぶん賑やかなことでありました。何時《いつ》でもそうでありますが、その晩もお嬢さん（清了のこと）がやはり一座の花形で、訳もない冗談に花を咲かせたり、山下さんが謡をやりなさると、お嬢さんが立って舞うたりしられました。それを皆んなが手を拍《う》って囃《はや》したてて、めちやめちゃにしたりしました。

おふくが運んで来た林檎を、お嬢さんが皮を取って、安田さんに一番先に薦めると、ほかの者がまた手を打って冷やかしました。するとお嬢さんが「私の一番好きな……」何だか私には判らぬ英語のようなことを言いなさると、山下さんが「これは怪《け》しからん、私をどうしてくれる」と顔を突き出すようになさると、お嬢さんが「あなたも好きだけれど……」とおっしゃると、そばから山口さんが、「女房子供がありますか」と言ってまぜかえしましたので、皆は笑ってしまいました。その時に私は、フト私のそばに座っているおふくの顔を見ますと、今まで皆と一緒に訳の判らぬままに笑っていましたのに急に淋しそうな顔をしておりますので、可哀想になりまして前にあった林檎を一つ取って、おふくに遣《や》ろうとしましたがカブリを振って取りませなんだ、おふくは不具者《かたわもの》だけに、時々こういう癖がありますので、私も別に気にもしませぬでした。するとお嬢さんがそれを見ていなさって、何やら私にはちょっと判りませなんだが、一つ二つ手真似をなさって、皮を取った林檎を、おふくの手へ押し付けるようにして渡されますと、おふくは笑いながら、それを丸のまま噛《かじ》り出したので、皆の者はまた笑ってしまいました。

（中略）

三、

そのあくる日の朝、（十日の朝）時間はよく判りませんが、四時頃であったかと思います。私がまだよく寝入っておりますと、にわかにはげしく揺り起こすものがありますので、びっくりして目を覚ましますと、おふくが私を起こしていました。そして大変怯《おび》えた様子で、むやみに私を引っ張りますので、従《つ》いて行きますと、あの通りお嬢さんが死んでいたのであります。

それで私はびっくりして、安田さんや、山口さんや、山下さんを起こし回って、安田さんに交番へ届けてもろうたような次第であります。

四、お嬢さんが、別荘の方へ来られてから、別に男の人が訪ねて来たこともありませず、店の若い人達も、冗談でこそかれこれと申しますが、お嬢さんとねんごろになっている人などは無いと思います。

（下略）

第一回の聴取書はこれで終わっている、まだこのほかに山口要吉のものはあるが、これは山下や安田のものと大同小異であるから略しておく。

さて読者諸君、諸君は読まれる通り、以上私が記述して来た各聴取書によっては、何物をも得られなかったことを、首肯されるであろう、ただ別荘番房造の調書中二、三の点だけが、何物をか暗示しているようでもあるが、それが当該捜査官に、如何なる心証を与えたかは、我々の推測を許さぬことである、そこで私は、以上記述して来た事件の経過中で、諸君とともに特に注意して見なければならぬ点を、ここに挙げてみる。

一、屍体の首が正しく枕の上にあったこと。

二、枕の下に二本の長い頭髪《かみのけ》が密着していたこと。
三、屍体の枕頭《まくらもと》に、二本を残した敷島の袋が置かれてあり、硝子の菓子鉢の中に、二本の敷島の吸殻が残っていたこと。
四、衝立が斜めになっていたこと。
五、箪笥の小抽斗のみが、半ば引き出され、蓋を開かれた「バスケット」と皮製の化粧鞄が散乱していたこと。
六、被害者の清子が、安田を「一番好きだ」と言い、山下を「好きだけれど……」と冗談を言ったこと。
七、聾唖者の下女おふくが、この冗談中特に寂しげな顔をしていたということ。
八、如何に聾唖者とはいえ、おふくが、そばに寝ている清子の殺されるのを知らなかったということ。
九、庭に捨ててあった「朝日」の吸殻と、ゴム草履の足跡。
の諸点を挙げることができるのである。

六

第二回聴取書　　　　安田敏雄

（中略）

問　この浴衣は君のものか。
　　白棒縞の浴衣を示す。
答　左様であります、その浴衣は昨年の中元に、主人から揃いでもらったものであります。
問　まだ洗濯してから、一度くらいより着てないようだが、九日の晩初めて着たものかね。
答　左様であります。
問　そうすると、この浴衣は七月九日の晩神戸から持って来たものか。
答　いいえ、そうではありません、ずっと別荘に置いてあったものです。
問　まだ糊でゴワゴワしているようだが、誰か洗ってくれたものか。
答　おふくが洗ってくれたものです。
問　君は如何《いか》な厳寒でも、寝る時は肌につけていたものは、一切脱いでしまって、素肌に寝巻一枚だけを着けて寝るということだがそうかね。
答　左様であります、それが私の習慣になっております。
問　君は右枕に寝るね。
答　左様です、右枕と定《き》まったことはありませぬが、そういう習慣がついております。
問　七月九日の晩は、掛け蒲団を掛けて寝たか。
答　寝る時には、掛け蒲団を掛けて寝ました。
問　この浴衣は、その日別荘へ行くとすぐ着ていたものか。
答　左様であります、店からは洋服を着て行きましたが、別荘へ着くとすぐその浴衣に着代えたのであります。
問　この浴衣を着て、人と相撲を取ったり、また悪ふざけをしたことがあるか。
答　左様なことはありませぬ。
問　この浴衣の左の肩のところに、手で堅く握り絞ったようなしわの付いているのはどうしたのかね。
答　どうしてそういうしわが付いたか判りませぬ。
問　君は平常《へいぜい》煙草は何を喫《す》うて居る。
答　朝日を喫うております。
問　君達は、別荘へ遊びに行く度ごとに、「離れ座敷」へも遊びに行くのか。
答　私達が別荘へ遊びに行きますのは、大抵夕方のことで、朝早く店へ出ますし、翌日が日曜でありましても、終日別荘に居ることなぞはありませぬので、「離れ」の縁側に、腰を掛けるくらいのことは、時たまにはありますが、座敷に上がるというようなことは、ほとんどありませぬ。
問　この前君が「離れ座敷」へ上がったのは何時《いつ》のことか。
答　左様ですね、今年の五月頃一度座敷へ上がったことがあります。
問　それ以来一度も上がったことはないのだね。
答　左様であります。
問　その晩君は便所に行ったか。

答　行きました。
問　それは床《とこ》に入る前か。
答　いえ、私は床に入ってから、新聞か雑誌を見る癖がありますので、その晩も十一時半頃床に入って、古雑誌を読んでおりましたが、眠たくなったものですから、小便をして寝ようと思って、便所へ行きました。
問　それは何時頃であったか。
答　便所から帰って、腕時計を見ますと十二時十五分でありました。
問　その時山口はよく寝入っていたか。
答　よく寝ていました。
問　電気は消して寝たか。
答　消して寝ました。
問　君が便所へ行った時には、誰とも会わなかったか。
答　山下さんに会いました。
問　廊下でか。
答　いえ私が小便をして便所から出ると、出会い頭《がしら》に山下さんに会いました。山下さんは庭から縁側へ上がってくるところでした。
問　その時互いに何事か言わなかったか。
答　私は黙っておりましたが、山下さんは、「便所が満員だったから、庭で用達《ようたし》して来た」

と言いました。

問　君が用便中山下は、何事か声をかけなかったか。

答　私は前方《むこう》に向かって用便を達《た》しておりましたが、後ろから声を掛けたものもありませず、また山下さんが庭へ下りたことも知りませんでした、便所から出て不意に出会うたものですから、私はちょっとびっくりしました。

問　便所の戸は締まっていたか。

答　締まっておりました、しかし便所の戸は低い戸ですから、締まっておりましても、外から上半身はよく見えます。

（下略）

七

第二回聴取書　　山下誠一

（中略）

問　君は七日の夜、寝る前に便所へ行ったか。

答　はい、参りました。

問　それは床に入る前か、またいったん床に入ってからか。

答　いったん床に這入《はい》ってからであります。
問　それは何時頃であったか。
答　時間はよく判りませんが、十二時頃であったと思います。
問　便所で誰かに会わなかったか。
答　いえ誰にも会いません。
問　安田が便所へ行っていなかったか。
答　いえ、便所には誰もおりませんでした。
問　君は庭へ出て用便を達したのか。
答　イエ、私は便所へ這入りました。
問　その時八畳の間の電灯は点《つ》いていたか。
答　点いておりました。
問　安田は電気を消して寝る習慣《くせ》があるか。
答　店で寝るときは、ほかの者が、八釜敷《やかまし》く言うものですから、点灯《つけ》たまま寝ておりますが、よく「安眠を防《さまた》げる」とか言って消して寝ることがあります。
問　九日に別荘へ着いてから、中庭へ降りたことがあるか。
答　あります、私と安田と山口と三人で、泉水のそばまで行ったことがあります。
問　その時には何を履いたか。
答　上草履用の「スリッパ」を履いて出ました。

問　その「スリッパ」というのはこれか。
答　この時押収の「スリッパ」を示す。
問　左様であります。
答　君は平常《ふだん》煙草は何を喫うて居るね。
問　私は「敷島」を喫うております。
答　君達は、別荘へ遊びに行くごとに、「離れ」へも遊びに行くか。
問　「離れ」へ遊びに行くようなことはめったにありませぬ。
答　この前「離れ」へ遊びに行ったのは、何時《いつ》頃のことか。
問　今年の五月頃に一度行った限《き》りで、それ以来一度も行ったことはありませぬ。
答　この浴衣は、君のだね。
問　白棒縞浴衣を示す。
答　左様であります。
問　九日の夜はこれを着て寝たのだね。
答　左様であります。
（下略）

第二回聴取書

林　ふ　く

（中略）

問　その許《もと》は、野口清子とはたいそう仲が良かったということだがそうか。

答　お嬢さんは私を可愛がって下さいました。

問　小使銭《こづかいせん》や衣類なども時々もらったか。

答　はいもらいました。

問　お互いに身の上話などもあったか。

答　ありました。

問　それでは清子から山下さんが好きだとか、安田さんが好きだとか、いうようなことを聞いたことがあるか。

答　そんな話も時々ありました、お嬢さんは山下さんが好きな様子でありました。

問　山下のことについて、清子から何か聞いてはいないか。

答　知りませぬ。

問　お前は安田さんのお嫁さんになるのではないか。

答　そんなことは知りません。

問　その許と清子とは、近頃まで続いて仲が良かったか。

答　別に変わったこともありませんでしたが、三月ばかり前から、何だか少し様子が今までとは変わって冷たくなったように思いました、しかしそれは私の気のせいであったのかもしれませぬ。

問　九日の晩、その許と清子とが、「離れ」へ帰ってから、寝に就くまで何か話はしなかったか。

答　別に話と言うてはなかったのですが、非常《たいへん》に愉快らしく浮々《うきうき》として、むやみに噪《はしや》いでいました。そして「離れ」へ帰ってからも、色々と私にからかっていました。そのほかには何にもありませぬ。

問　そんなことは、その時がはじめてか。

答　いえ時々ありました。

問　清子は床に入ると、すぐ寝てしまったか。

答　すぐに寝てしまわれました。私が便所へ行った時には、もうよく寝ていられました。

問　その許が目を醒ましたのは、何時頃か。

答　時間はよく判りませぬが、三時半頃であったと思います。

問　その許が盗賊《どろぼう》の姿を見た時に、清子はどうしていたか。

答　私は怖《おそ》ろしくて、とてもお嬢さんの様子を見ることができませんでした。

問　その時に寝ていたか、起きていたか、それも判らぬか。

答　しっかりしたことは判りませぬが、寝ていたように思います。

問　盗人《ぬすびと》に取られた品物は判ったか。

答　その後調べてみましたところ、お嬢さんの蟇口《がまぐち》を取られているようであります。

問　その蟇口は、どこに仕舞ってあって、金はどのくらい入っていたのか。

答　確かなことは判りませぬが、三十円くらいは入っていたと思います、そして半箪笥の上の「バスケット」へ入れてあったと思います。
問　そのほかに盗られたと思う品はないか。
答　無いように思います。
問　「明かり窓」の下に置いてある「衝立」は、いつもあそこに置いてあるのか。
答　ずっと以前からあそこに置いてあります。
問　あの「衝立」は、平常《ふだん》は壁につけて真っ直ぐに置いてあるのか。
答　左様です。
問　九日の晩、寝るときも真っ直ぐに置いてあったか。
答　注意して見ませんでしたから、確かには判りませぬが、真っ直ぐであったように思います。
問　朝になって、「衝立」を動かしたことはないか。
答　動かしたことはありません。
問　その許と清子とは、ずっと以前から「離れ」に寝ていたのか。
答　前は母家の六畳が、お嬢さんの部屋でありましたが、今年の四月頃から「離れ」へ移りました。
（中略）
（供述者は聾唖者につき××盲唖学校長花房忍を以て通弁せしめたり）

第二回の調書は、これで終わっている、以上の記述を読まれた諸君は、捜査官の方針が那辺《なへん》にあるかを推知し得られたことと思うのであるが、はたして捜査官の方針は、誤っていないであろうか、私が第一回の調書の終わりに挙げた、注意すべき九点がまだ一点も解決されていない上に、更に注意すべき左《さ》の諸点を挙げなければならない。

一、安田が着ていた浴衣の左の肩の辺りに、人が握り締めたような甚だしい「しわ」のあること。

二、山下が常に「敷島」を喫い、安田が「朝日」を喫うということ。

三、山下と、安田が今年の五月以来一度も、「離れ」の座敷へ上がったことがないということ。

四、山下と安田とが、ほとんど同じ時刻に便所に行ったにもかかわらず、安田は山下に会ったと言い、山下は安田に会わなかったということ。

五、三月ばかり前から、清子がおふくに対して少し冷淡になったということと、殺される九日の夜、「離れ」へ帰ってから清子が大変噪《はしや》いでいたということと、今年の四月に「離れ」へ部屋を移したということ、更に母家から七、八間も離れた、寂しい「離れ座敷」になぜ清子が部屋を移したかということ。

こう数えて来ると、事件は全く五里夢中にあるように思えるのである。

八

鑑　定　書

被害者　野口清子

当一二－六年

（中略）

（中略）

よって大正六年七月十日自《より》午後二時十五分至《いたる》午後五時武庫郡夙川村五甲、野口別邸において○○地方裁判所明上検事立ち会いの上右屍体の解剖を為《な》し、左の通り鑑定したり。

甲（外表検査）

（中略）

一、頸部においては、環状軟骨の高さにおいて、略《ほぼ》水平に右は約五・○糎、左は約三・○糎、その幅径《ふくけい》約一・○糎の範囲内において点状あるいは線状の不規則なる、甚だ軽微なる、帯紫褐色皮下溢血《たいしかつしょくひかいっけつ》を現存し（中略）

乙（内景検査）

（中略）

一、膀胱内には、少量の澄明なる尿を有するほか著しき変化を見ず。

子宮に著変なし。（中略）

丙（検鏡検査）

一、膣内分泌物を検鏡するに、頭尾全《まつた》き精虫を発見す。（中略）

説明

甲、外表検査に顕れたる創傷を形成するに用いられたる凶器は、鈍体にして、例せば手指のごときものによりて当該頸部を抑圧するときはかくのごとき傷痕を実現すべし。

右のごとき暴力を頸部へ加え、気道を圧迫閉塞するときは、窒息死を来すべし。

本屍の膣内分泌物に精虫を発見し得《う》るは、数時間内に情交関係ありたるものと認め得べし。（中略）

右鑑定す。

○○病院　小島大洋

この鑑定書を読まれた読者諸君は、更に新しき二つの事実を発見せられたであろう。それは、清子の死因が何者にか手をもって締め殺されたものであることと、死の直前何者か異性と情交のあったことである、こうして新しい事実は次から次と顕れてくるが、その事実はこれまで私が記述して来た調書によっては、一つも解決されていないのである。

事件は五里夢中からようやく迷宮へ入らんとした。この時に当たって××警察署の活動は実に目覚ましいものであった。それは当夜「離れ座敷」へ入り込んだ窃盗犯人の逮捕のためである、この窃盗犯人を逮捕したならば、この事件に一大光明を認め得られるのであろうとは何人《なんぴと》もが期待するところで、それだけに○○警察署の活動は、文字通りの必死であった。そしてその犯人はついに逮捕せられたのである、○○警察がこの犯人を逮捕するまでの苦心は、実に一編の探偵小説であって、記録の上に現れたただ一片の、「逮捕始末書」だけに葬り去ることは、まことに残念ではあるが、この事件には直接の関係を持たぬことであるから割愛することにした。

逮捕始末書

中島庄吉

当二十七年

（中略）

右犯人予《かね》て貴官の命令により、捜査中の処、これを逮捕し得たるを以て、左に始末書を以て報告候也《そうろうなり》。

（中略）

犯人を大阪に追跡し、探査したるもついにその所在を究むること能《あた》わざりしが、七月二十日犯人が、大阪市西区三軒家○丁目○○方に立ち寄りたる形跡あることを突き止め得《え》、更に犯人が松島遊廓○○楼に登楼したることあるを知り得たるを以て、念のため同夜○○楼付近に張り込みを行いたる所、午前一時頃に至り果して右犯人は、登楼せんとして同楼に入り来りたるを以て、直ちにこれを逮捕せんとしたるに、犯人は逸《いち》早く逃走せんとしたるを以て、これを追跡し、千代田橋西詰めに至り格闘の上ついにこれを逮捕したり。（下略）

九

聴取書

中島庄吉

当三十七年

（中略）

問　お前の前科は六犯だね。

答　左様であります。

問　お前が野口方の別荘に忍び込むために、同家付近へ行ったのは、七月九日の夜何時頃であったか。

答　時間は確かに判りませぬが、一時頃であったと思います。

問　その時同家へ忍び込むために、邸内の様子を窺《うかが》ったか。

答　私は同家表の生垣の所から、ちょっと邸内を覗いて見ましたが、何も見えませぬので、右側の田圃《たんぼ》の方へ回って西側の板垣の方から庭内を覗いて見ました。

問　その邸内を窺っていた時間は、何分くらいか。

答　五分間くらいであったと思います。

問　その時同庭内には人がいなかったか。

答　なにぶん暗かったものですから、人がいたかいなかったかは良く判りませんが、「離れ」の雨戸が半分程開いておりましたので、すぐに板垣を乗り越えて庭内へ這入《はい》りました。

問　お前は平常《ふだん》煙草は何を喫うて居る。
答　私は「バット」を喫うております。
問　お前が野口の別荘へ這入った晩は、「敷島」を喫うていただろう。
答　良く覚えませんが、「敷島」も時々は喫うことがあります、あの晩はたぶん「敷島」を持っていたようにも思います。
問　お前は庭内へ這入ってから煙草を喫うたか。
答　いえ煙草は一度も喫いませぬ。
問　庭内へ這入って、それからどうしたか、詳しく言ってみよ。
答　「離れ」の戸袋の処に身を寄せて、中を窺って見ましたら、よく寝入っているようでありましたから、縁側に上がって座敷の様子を見ますと、女が二人よく寝込んでいましたから、箪笥の方へ行って小抽斗を抜いて見ると「紙入れ」が入っておりました、それでちょっと中を開けて見ますと、十円札が二枚ばかり這入っているようでありましたから、それを取りました、そしてその半箪笥の上にある、「バスケット」と化粧鞄とを下ろして見ました、化粧鞄には何にもありませなんだが、「バスケット」の方には蟇口に小銭が入っておりましたので、それも取りました。
それから一人の女の寝ている次の間の方へ行こうと思いましたが、その女が目を醒ましているらしいので、そのまま逃げました。
問　「紙入れ」の中には金がいくら入っていた。

答　十円札が二枚だけ。
問　そのほかには。
答　手紙が一通と電車の「パス」が這入っておりました、そして蟇口の方には、二円二十銭ほど入っておりましてほかには何にもなかったのです。
それで私は、金と電車の「パス」を取って「紙入れ」は手紙を入れたまま、蟇口の方は空《から》にして、阪急電車の夙川橋鉄橋の所へ捨てました。
問　お前は六畳の間に寝ていた女が、目を覚ましたものだから、手をもってその女の咽喉《のど》を押さえただろう。
答　いいえ、旦那私は前科が六犯もありますが、強盗《たたき》などは一度もありません。
問　その時六畳に寝ていた女は、右枕に寝ていたか、左枕に寝ていたか。
答　顔が縁の方に向いておりましたから左枕であります。
問　鼾《いびき》は聞こえたか。
答　鼾は聞きませぬでした。

（中略）

読者諸君、当夜野口氏の別荘の「離れ」に、忍び込んだ犯人が、逮捕せられたならば、この事件に一道の光明を与えるであろうとの期待は、この聴取書が示す通り見事に裏切られたかの観がある、しかし捜査官はこの中島によって、何ものかを得なければならないと努力した、そしてその努力の万分の一は酬《むく》われた、それは中島が投棄したという「紙入れ」と「蟇口」の捜査であったが中島が投棄したという夙川鉄橋の下では発見することができなかったので、二回、三回と中島を追究したが彼はそこに捨てたに違いないと言い張った、そこで○○警察署はその付近一帯にわたって大捜査をやった結果その「紙入れ」と「蟇口」が二つながら、夙川停留所の仮「プラットホーム」の下から発見せられたのである。中島の言う通り「蟇口」は空《から》であったが、「紙入れ」からは一通の手紙を発見した、その手紙は上封もなければ、差出人と宛名人との両方ともが引き裂かれ、何者から何者へ宛てた手紙であるか、またその日付も判別のできないものであったが、それが清子の筆蹟であることがすぐに判ったのである、そしてその内容が清子から愛人に送ったものであることは明らかであるが、その手紙の宛名人とその「紙入れ」の持ち主を知ることができなかった。

○○警察署の努力は、「一通の手紙」と「紙入れ」とを発見したが、更に新しき事実をここに生み出したのである、それは、

一、手紙の宛名人は何人《なんぴと》であるか。

二、清子から差し出した手紙が、何故《なにゆえ》清子の簞笥の抽斗中にあったか。

一〇

鑑定書

大正六年七月十日〇〇地方裁判所明上検事より被害者野口清子殺人事件につき左記事項の鑑定を命ぜられたるを以て、鑑定すること左のごとし。

第一（鑑　定　事　項）

（イ）左記物件に指紋の印象せるものありや否や。

（ロ）ありとせばその指紋は、山下誠一、安田敏雄、山口要吉、中島庄吉のいずれに該当するものなりや。

（ハ）数個の指紋を発見するときは、各指紋の印象されたる時間的差違。

左　記

一、飴色塗り船底枕　一　個

一、黒塗り衝立の縁　一ヶ所

一、白桐箪笥抽斗　　一　個

計　三　点

第二　指紋有無の調査及びその結果

前項に列記せる鑑定材料物件につき、左の順序によりそれぞれ指紋の有無を調査したるに、その結果有効なる指紋四個を発見することを得たり。

（1）肉眼に依る検査。（中略）

（2）指紋現出法に依る調査。（中略）

（3）斜光線と拡大鏡に依る調査。

指紋に斜光線を放射し、拡大鏡下にこれを照らし細密なる検索を試みたるにその結果、前記。

飴色塗り船底枕より　二個（A・B）

黒塗り衝立の縁より　一個（C）

白桐簞笥抽斗より　一個（D）

計四個の有効なる指紋を発見したり。

第三　発見せる指紋の価値の有無。

（中略）左記理由によりて他の指紋と、比較対照し得ること充分にして、その異同を断定し得る価値あるものなり。

（中略）発見されたる四個の指紋は、何れも事件発生当時、印象されたるものと認め得べきも、その時間的差違については知ることを得ず。

発見せる指紋の表顕《ひょうけん》（中略）

指紋の比較対照。

与えられたる、拇印と、前記現出模写したる指紋を、それぞれ拡大鏡に照らし比較対照したり。

第四　鑑定の結果

一、船底枕に印象されたる　Aは　山　下　誠

一、同　Bは　安　田　敏　雄

一、黒塗り衝立の縁に印象されたる　Cは　安田敏雄
一、箪笥の抽斗に印象されたる　Dは　中島庄吉
の各指紋は該当す。
説明（中略）
右鑑定候也

鑑定人　大沼代一

第三回聴取書

（中略）

山下誠一

問　七月九日の夜、君は「離れ」へ行ったんじゃないか。
答　いいえ、私は前回にも申し上げました通り、今年の五月以来一度も「離れ」へ行ったことはありません。
問　この浴衣の斑痕《はんこん》は何の斑痕《しみ》か。
答　いっこうに存じませぬ。何時《いつ》そんなものがついたか判りません。
問　専門家の鑑定によると、この斑痕《はんこん》は精液だと言うが覚えはないか。
答　その浴衣は、その晩一夜着て寝た限《き》りでありますから、左様なものの付くはずはありません。
問　君は、七月三日の日曜日に清子と二人で宝塚へ行ったそうだね。

答　参りました。
問　七月三日に宝塚へ行こうという打ち合わせは手紙でしたのだね。
答　いえ、清子さんから電話で言って来ました。
問　そうすると、七月十日の日曜もまた宝塚へ行こうという約束をしたのか。
答　いえ、そんな約束をしたことはありませぬ。
問　この手紙は、清子から君に来たものだろう。
答　この手紙は清子さんの書いたものに違いありませぬが、私はいっこうに存じませぬ。ただ今見るのが初めてであります。
問　この「紙入れ」に覚えはないか。
答　いっこうに存じませぬ。
（中略）

第三回聴取書

安田敏雄

（中略）
問　君は七月九日の晩、「離れ」へ行ったろう。
答　いえ、行ったことはありませぬ。
問　この手紙に覚えはないか。
答　いっこうに存じません。

問　この「紙入れ」は。
答　それも見たことがありませぬ。
問　君は七月九日の夜、便所へ行った時に、山下と出会うたと言うているが、それに違いはないか。
答　実は、山下さんは支配人で私は山下さんの下に居るものでありますから、山下さんに迷惑が掛かってはならぬと思いまして、今日まで黙っておりましたが、実は九日の夜私が便所に行った時、山下さんが「離れ」の方から母家へ帰ってくるのが見えました、それで私はこの夜更けに、不思議なことがあるものだと思って、そこに立っているのも悪いように思いましたので、一旦便所へ入り再び出て来た時に山下さんと出会ったのであります。
問　それは相違ないか。
答　相違ありません。
問　君は林ふくと関係があるのではないか。
答　いえ、左様なことは決してありませぬ。
（中略）

一一

第三回の訊問調書は、このほかに、山口、林房造外《ほか》一人のもの等があるが、まず重要なものは、以上で終わっている、そしてこれから明上検事の、第二回の検証が行われたのである。

その日明上検事は野口の別荘へ到着すると「今日はもう　度調べ直しを、実地についてやりたいと思うので、ご苦労ですが付き合って下さい……まず第一番に安田君に立ち会いを願いましょう、ほかの方は全部洋館の方へ集まっていて下さい」

安田一人を残して、他の者が皆洋館の方へ引き取ると、

「安田君、僕について来て僕のすることを見ていてくれたまえ」

こう言いながら明上検事は、安田を伴うて母家の八畳の座敷へいったん上がって行ったが、再び八畳の間から出て来ると、縁側に備えてある「スリッパ」を突っ掛けて、手水鉢の所から庭へ下りた、そして泉水を右回《うかい》して、「離れ」の出入口の前、一間半位の所まで来ると、咬《くわ》えていた「朝日」を地上に捨てた、そして後ろからついてくる、安田の顔を微笑しながらちょっと振り返ったが、そしてすぐ、「離れ」の出入口の戸を一尺ばかり開けて庭に入ると、ちょっとしばらくの間、六畳の方を覗くようにして見ていたが、やがてそろそろと座敷へ上がって行った、そしておふくが寝ていた枕元と思われる位置にしゃがむようにしてうずくまると、そこに寝ている者の顔をちょっと覗いて見るような形をしたが、次には何ものかに耳を澄ますらしい形に変わった、そしてたちまち慌てた態度と変わって、六畳と、取合の襖の影に身を隠すようにした、それからそろそろと六畳の方からは姿の見

えないように、上がり口のガラス障子に沿うて、部屋の東端の壁際まで来ると、そこで何事か機会を待つもののようであったが、すぐ、「明かり窓」の下にある「衝立」を左の手で開くようにしてその影に身を隠して見せた、次には「衝立」の後ろから出てくると、今度は北側の壁に沿うて六畳の座敷の方へ進んで行った、そして清子が屍体となって横たわっていた位置の辺りまで来ると、そっとそこに寝て見せた。

安田は、顔を蒼白《まつさお》にして、唇をワナワナと慄《ふるわ》せながら、明上検事の一挙一動を瞶《みつ》めていたが、

「僕は知らん、僕は何にも知らないんだ」まるで口からとばしるような声で、こう叫びながらやにわに縁側から飛び下りた、そこには立ち番をしていた巡査がすぐに安田を制止した。明上検事は、笑いながら縁側まで出て来て、そこに腰を下ろすと、上衣《うわぎ》のポケットから「敷島」の袋を出して、ちょっとその袋の中を覗いて見たが、その中から一本を抜き出すと、火をつけて喫《ふ》かしはじめた。

「イヤ安田君、ご苦労でした……君、安田君は少し興奮して居られるようだから、充分保護して休息させてくれたまえ」

巡査は無言のまま挙手の礼を返して、安田とともに母家の方に立ち去った。

次に山下誠一を伴った明上検事は、今度は母家の南側に回って来ると、西洋館との取合の所から、六畳の座敷に上がった、そして同じく上草履用の「スリッパ」に履き代えると、母家の西側に沿うて、泉水を左回し、あらかじめ締めさせてあった雨戸の戸袋の所を一尺

ばかり明けると、そこから、「離れ」の六畳の座敷に上がった、そして清子が屍体となって横たわっていた位置の枕頭《まくらもと》のあたりに座ってポケットから敷島の袋を取り出すと、そこに腹這いとなって煙草を喫かし出した。

この明上検事の動作を瞶《みつ》めていた山下は、何と思ったか、はらはらと落涙し、果てはすすり泣きの声を上げて縁側に打ち伏してしまった。「指紋鑑定書」を読まれた読者諸君は、明上検事のこの動作が、何に根拠を有するものであるかを、首肯せらるることであろう。

二

聴 取 書

（中略）

一、私は今日まで偽りを申し上げておりましたが、今日は何もかも一切事実を申し上げようと決心致しました。

実は清子とは今年の四月から関係を致しました、それは四月の三日に店の者ら大勢とともに宝塚へ遊びに行きまして、大劇場の歌劇を見ました、その時私と清子とは隣り合わせの椅子に掛けました、そして歌劇が終わりまして、そこを出る時なにぶん大変な人で込み合うたものですから、自然と私は清子を保護するような立場となったのであります、そしてようやく廊下へ出た時は、連れの者らはどこへ行ったのか姿が見えませんでした、私達は二人限《き》りで食堂で夕食をしたり、家族風呂へ入ったりしました、それ以来二人は人目を忍ぶような仲になったのであります。

二、しかし何と申しましても、私は女房もあれば子供もある身分ですし、また店では支配人をも勤めており、年配から申しましても、もしそんなことが人に知れては、面目もありませず、また、店へ勤めることもできませぬので、二人で申し合わせできるだけ秘密を守って来ましたので、今日まで人に知れずに済んで来ました。

三、七月九日の晩は、前回に申し上げました通り、夕食が済んで皆の者とともに雑談に耽りまして、十一時半頃いったん寝に就きましたが、皆の寝静まるのを待ち床から抜け出して離れへ行きました。

離れではおふくがよく寝ておりましたから、私は清子と同衾しました、そして三十分ばかりしてから、母家の方へ帰って寝たのであります、今日まで偽りを申し上げお手数を掛けまして、まことに申し訳がございません。

問　ではこの煙草は君のものだね。

押収の二本を余せる敷島の袋を示す。

答　左様であります、当夜清子と同衾中煙草を喫《の》みまして、帰るときに忘れたものであります。

問　離れへ行った時に、ほかの者は誰もいなかったか。

答　誰もおりませんでした。

問　おふくはよく寝ていたか。
答　よく寝入っておりました。
問　君が「離れ」へ行った時清子は目を醒ましていたか。
答　いえよく寝入っておりましたので私は、揺り起こしました。
問　そして君が母家の方へ帰ってくる時、清子はどうしていたか。
答　縁側の処まで出て来ました。
問　その晩清子の様子に別に変わったことはなかったか。
答　別に変わったところはありませんでした。
問　床を共にしている間にどのような話があったか。
答　清子は、近頃今のままの関係ではイヤだから何とかしてくれと、私に迫っておりましたが、私としましては女房も子供もありますので、今急にどうすると言うこともできぬが、来年の春からは独立して商売をすることにしているから、独立すれば必ず何とか方法をつけると言って、清子を宥《なだ》めていましたが、その夜もやはりそんな話をしました。
問　清子は、安田のことについては、君に何も話をせなかったか。
答　別にこれと言って申したことはありませんが、「安田さんが無理なことを言って困る」というようなことを一、三度聞きました。
問　安田と関係でもあったように思わないか。

答　そんなことはないと思います。

（下略）

第四回聴取書

安田敏雄

（中略）

一、私は今日まで偽りを申し上げておりましたが、昨日貴官《あなた》の実地のお調べがありまして、この上私が隠し立てをすることは、まことに恐れ入りますので今日は何もかも、事実ありのままを申し上げます。

（中略）

二、私は今年の正月から清子と関係を致しております（中略）それ以来二人の関係はずっと続いております。それで私は独身でありますから、正式に野口さんに申し込んで、清子さんを妻として迎えたいと思い、近いうちにそのことを野口さんに申し入れようと思うておりました。

三、七月九日の夜は前回にも申し上げました通り、夕食後雑談に夜を更かしまして、いったん寝に付きましたが、隣に寝ている山口の寝入るのを待って、床から抜け出し、上草履の「スリッパ」を履いたまま、厠の手水鉢の所から庭へ降りて、離れの方へ行きました、その時私は煙草「朝日」を咬えておりましたので、それを築山《つきやま》の後ろで捨てました、そして、出入口の戸を開けて庭へ入って座敷の様子を窺いますと、おふくがよく寝入っているようでありましたから、座敷へ上がって清子の床へすぐに入りました。

四、ところが私が清子の床に入ってから、五分も経過《たた》ないと思うのに、誰かが「離れ」の方へ来るらしい足音がしますので、私は慌てて次の四畳半との取合になっている襖の影に身を隠しました、すると誰かが六畳の座敷の方へ上がって来た様子でありましたが、私の隠れている所からは、その入って来た者の姿が見えませぬので、私は気取られないようにそろそろと、身を忍ばせながら、「衝立」の影に隠れて次の間の六畳の方を見ました。すると清子さんの枕頭《まくらもと》に座って煙草を喫んでいる人がありまして、それが山下さんでしたから、私は思わず「ハッ」としましたが、なお呼吸《いき》をこらして見ておりますと、寝た振りをしている清子さんを、頻《しき》りに揺り起こして、耳のそばで何事かを囁いておりましたが、意外な事には山下さんは、やにわに、清子さんの床の中へ這入ろうとしました。すると清子さんはそれを激しく拒んでいる様子で、手で突き払うようにしていました。そしてしばらくの間互いに争うておりましたが、山下さんは諦めたものか、再び清子さんの耳元で何事かを囁くと、そのまましおしおとして帰って行きました。それで私は、「衝立」の影を離れて、再び清子さんと同衾して、およそ三十分ほどの後母家の方へ帰って寝ました。

問　君が「離れ」へ行った時、清子はよく寝ていたか。

答　いえ、まだ目を覚ましておりました。

問　下女のおふくは。

答　よく寝入っておりました。

問　君は清子と同衾中何か話をしたか。

答　それは、ああいう風に山下さんが付け回して、五月蠅《うるさ》くて困るから早く伯父さんに、そう言って、公然と夫婦になりたいと申しておりました、私もああいう状態では万一にも私達の関係が、山下さんの耳に入ったら、身の破滅になると思うから、急に野口さんにお願いして、二人が一緒になれるようにする、というようなことを話し合いました。

問　君は第二回の聴取書では、その夜便所へ行った時、「山下に出会った」と申し立て「第三回聴取書」では「離れの方から戻ってくる山下を見た」と異《ちが》ったことを申し立てて居るが、今回はまた全然それらの申し立てとは異った事実を申し立てるが、何故斯様《なぜかよう》に違えた申し立てをするのか。

答　まことに恐れ入ります。私が今日申し上げました事実を、私の口から申し上げることはまことに苦しいのであります。それは前回の時にも申し上げました通り、私は山下さんに使われているのも同様な身分でありますから、山下さんの恥になるようなことを、申し上げることは私としては忍びませんので、種々《いろいろ》に思い案じまして前回まては偽りを申し上げておりました、それがためお手数を掛けまして、何とも申し訳のない次第であります。

問　それでは今日の申し立ては、確かに相違ないか。

答　相違ありませぬ。

（下略）

一三

指紋鑑定では、その夜三人の者が「離れ座敷」にいたことを証拠立てている、そして箪笥の小抽斗に残った一つの指紋は、中島の指紋であることが明らかであり、本人の中島自身も「離れ」へ窃盗の目的で忍び入ったことを自白している、残る二つの指紋も、その一つが山下のものであり、その一つが安田のものであることが明らかであり、山下と安田の第四回の聴取書では、当夜二人とも「離れ座敷」へ行ったことを自白している、ここまでこの記述を読んで来られた読者諸君は、この事件の範囲が非常に狭くなって来たことを感ぜられるであろう。しかし、以上私が長々と記述して来たところの、各調書、鑑定書等は、ただ三人の男が当夜「離れ座敷」に現れた、ということを証拠立てたのみであって、本件の根本問題であるところの、「清子を殺したものは誰か」ということには少しも役立っていないようである。しかしながら、山下と、安田と、中島の三人が当夜『離れ座敷』に姿を現したということが、的確であってこのほかには「離れ座敷」に忍び込んだものが無いということになれば、当然この三者のうちの誰かが清子を殺したに相違ないのである、そこで以上の記述によって三人の者に対する証拠ともなる、きものをここに摘出してみると、こういうことになるのである。

山下誠一には

一、清子とかねて情交関係があったという自白

一、当夜情交関係があったという自白

一、死因鑑定書及び精液付着の浴衣

一、清子がしていた船底枕に残る指紋

一、清子の枕頭《まくらもと》にあった、硝子製菓子鉢に残る「敷島」の吸殻二本と、その傍らに在った「敷島」の袋

安田敏雄には

一、清子とかねて情交関係があったという自白

一、当夜情交関係があったという自白と死因鑑定書

一、船底枕に残る指紋

中島庄吉には

一、ゴム裏草履の足跡

一、箪笥の小抽斗に残る指紋

何と豊富な証拠ではないか、そして何という証拠力の薄い証拠品であろう。こういう証拠が百集まるよりも、死因鑑定書に、「屍体の頸部にある指痕《しこん》は、○○の指跡《しせき》に該当す」ただこの一文の鑑定事項があったならば、問題はたちどころに解決するであろう。が、医

師にはその鑑定が不能であった。こうしてみると科学の力は、犯罪捜査については一部の力より持たないものである、「学問の力で解決されないこと」それを捜査官は解決せなければならない。

しかもこの事件では、共犯とも見るべき事実は一つもないのである、共犯関係の事実なくして、一つの犯罪に独立した殺人犯人を三人挙げることはできないことである。

もしこれが三人のうちの一人だけが、当夜、「離れ座敷」に行ったということが明らかであれば、その一人を被告とすることは容易であろう、それは以上列記した証憑《しょうひょう》が、各一人宛にして見ると充分とまでは行かなくても、相当に犯罪事実を認定されるだけの力となるからである。が、三人が共犯事実がなくて、同じ程度の力ある証拠を残しているということが、如何にこの事件が難件であるかを、読者諸君は充分に知られるであろうと思うのである。

○月○○日となって、未決監に拘束されていた山下と安田の二人はついに釈放せられた、そして新聞は「五甲の美人殺し迷宮に入る」を伝えたのである。

一四

第二回聴取書

○○監獄在監人　中島庄吉

（中略）

問　お前は、前回の聴取書では「同家表の生垣の処から邸内を覗いて見ましたが、よく判りませせなんだので、西側の田圃の方へ回って、板垣の隙間の処から庭内を覗いて見ました」と申し立てているが、それに相違ないか。

答　相違ありません。

問　その当時お前はゴム裏草履を履いていたな。

答　左様であります。

問　それなら訊ねるが、「かなめ」の生垣のどの辺から庭内を覗いて見たか。

答　それは同家の表門から六、七間北へ進んだ処の、生垣の枝が幾分か薄くなっている所からです。

問　そこからちょっと覗いて見て、それから西側の板垣の方へ回ったと言うのだな。

答　左様です。

問　そこを離れて、どこを通って西側板垣の所へ来たか。

答　生垣の北の角から、「離れ」の裏側の板囲いに沿い西側に出ました。

問　その板垣のどの辺から覗いて見たか。

答　最初北の角から三、四間南へ進んだ所の板囲いの隙間から覗いて見ました。

問　そこにはちょうど、お前の目の高さに板垣の隙間があったのか。

答　私の目よりはちょっと低かったので、私は小腰を屈《かが》めるようにして覗いて見ました。

問　そこからはよく邸内が見えたか。

答　何か垣の内に邪魔になるものがあって、よく見えなかったのです。

問　それから三度目に覗いて見たというのはどこからか。

答　そこから南へ五、六歩進んだ所です。

問　そこはやはり板垣の隙間か。

答　それは節穴でした。

問　その節穴の高さは。

答　これも私の目よりはちょっと低い所にありましたので、私は前のように小腰を屈めて覗いて見ました。

問　庭内がよく見えたか。

答　なにぶん暗《やみ》の夜でしたから、充分判りませんでしたが、「離れ」の戸が一尺ほど開いて部屋の中から光の差しているのが見えました。

問　そこからすぐ板塀を乗り越したのか。

答　左様です。

問　板垣を乗り越す時も、ゴム草履を履いたままよじ登ったのか。

答　左様であります。

問　庭内へ飛び下りた所には何もなかったか。

答　何もありませんでした。

問　それからは前回に申し立てたように行動したのだね。
答　左様であります。
問　それに、相違ないか。
答　相違ありませぬ。
（下略）

これから明上検事の第三回検証となったのである。

その日、野口別邸の門前に止まった二台の自動車の一台からは、明上検事と、時原書記、○○署の下田警部補、の三人が降りて来た、後の一台からは一人の正服巡査と、獄衣を着けた中島庄吉が、看守に引かれて降りて来た。

門前に自動車を乗り捨てた明上検事は、門内には入らずに「かなめ」の生垣に沿うて北へ進んだ、そして七、八間も進んだと思うと、そこに立ち止まって、中島を招いた。

「お前が最初に庭内を覗いて見たというのはここからか」

「左様であります」

「その時覗いて見た通りの形で、もう一度中を覗いて見よ」

こう命令せられて中島は、生垣に身を寄せちょっと庭内を覗くような形をした、中島が身を退《しりぞ》けると明上検事は自分が代わって覗いて見た、そして覗きながら、中島に問いかけた。

「ここから覗くと、正面の築山《つきやま》を距《へだ》てて前方《むこう》の板垣が見えるだけで、左右とも建物は見えないな」

「左様です」

そこが済むと明上検事は、更に中島を伴うて生垣に添うて北へ進んだ、そして五、六歩進んだと思うとちょっと立ち止まったが、更に歩を進めて生垣の終わる北の角まで来ると、左折して板垣に沿い西へ向かって田圃の中を歩き出した。一行もその跡に従《つ》いて進んで行った。

「お前がその晩通ったというのはここだな」看守に引かれながら跡に従いて来る中島を、振り返りながら明上検事は声を掛けた。

「左様であります」

そして西角まで来ると、更に板垣に沿うて左折し三、四間南へ進んだが、明上検事はそこに足を停めた。

「二度目にお前が覗いて見たというのはこの辺だね」

「左様です」

「それではその晩覗いて見た通り、もう一度覗いて見よ」

明上検事に命令せられた中島は、板垣のそばに近寄ったが、ここに不思議なことには、中島が一生懸命になって捜すにかかわらず、その辺には庭内を覗いて見るような隙間がないのである。その板垣というのは高さ六尺の焼き板であるが、最近に張り代えられたものと見えて、板の割れ目もなければ、各継ぎ目は目板が施してあって、どこを捜し求めても

庭内を覗き得るような隙間はなかったのである。狼狽してうろうろしている中島の姿を、明上検事は笑いながら見ていたが、

「もうそれでよい、どこからも庭内を覗き見るような隙間はあるまい」

「………」

明上検事はそこから更に南へ五、六歩進むと、

「その晩お前が三度目に庭内を覗いて見たという節穴から、もう一度覗いて見よ」

命令せられて中島は、不承不精《ふしょうぶしょう》に板垣の方へ身を寄せて行ったが、更に不思議なことにはその辺には節穴もなければ、庭内を覗き見るような隙間もなかった、中島は黙ったままそこにうなだれて佇《たたず》んでしまった、その様子を例の通り笑いながら眺めていた明上検事は、

「それでよい、俺に従《つ》いて来い」

こう言い捨てて元来た道を表門の方へ引っ返した、そして最初中島に命じて覗かせ、自分もまた覗いて見た生垣の箇所より五、六歩手前の所まで来ると歩みを停《とど》めた、そこは先に検事がちょっと歩みを停めた処である。

「ここをくぐって庭に這入って見よ」

明上検事の指示する所を見ると、生垣の根方がちょうど犬でも出入りしたらしい穴になっていた、中島は検事から命令せられるがままに、その穴から安々《やすやす》と庭内にもぐり込んだ、中島に続いて検事もその穴からくぐり入ると、随った一行の人達も皆その穴から這入って庭内に入った。明上検事は、中島と並んでしばらく前方を眺めていたが、静かに前方に向

かって歩き出した、もちろん、中島もそれに続いた、「離れ座敷」の出入口の一間くらい手前まで来ると、明上検事は、そこから斜めに「離れ」の東横手に設けてある「明かり窓」の下に立った、その窓の下端はちょうど人の目通りよりやや高いくらいの高さで、鉄のボードが取り付けられていた、明上検事はその窓に穿《は》めてある横格子摺りの硝子戸の、透明な部分からちょっと背延びをするように、爪足《つまあし》立てて覗いて見た、そして後ろに従っている中島を呼んだ。

「ここから覗いて見よ」

明上検事からこう命令せられても、中島はその窓を覗いて見ようとはしなかった。一、二歩検事の方に近寄ると、顔に薄笑いを浮かべながら、

「旦那、恐れ入りました、私が隠していたのが悪うございました。何もかも申し上げてしまいます」

「もう判っているだろう」

と言った。明上検事も笑いながら、

「ええよく判りました、私が隠しているばかりに、旦那に手数をかけまして恐れ入ります、何もかも申し上げてしまいます」

明上検事の第三回検証訊問調書はこれで終わっている、そして事件もこれで終わりである。

第一回検証調書を読まれた読者諸君は、この日の明上検事の行動が、何にその根拠を有

するものであるかを首肯せらるることと思うのである。

一五

第四回聴取書

〇〇監獄在監人　中島庄吉

一、私は七月九日の晩、かねて目星を付けておいた野口別荘の前まで参りました。それは夜の十二時半頃であったと思います。そして昼の間に見ておいた生垣の穴になっている所から這入って、「離れ座敷」を見ますと、雨戸が締まっておりますのでどこから忍び入ったものかとちょっと思案しておりますと、母家の方から白い影が一つ出て来まして、それがだんだんと私の立っている方へ近付いて来るので、見付けられてはならないと思って、そばにあった木の影に身を隠してジッと注意しておりますと、その白い影の人は煙草を咬えているらしく、時々暗《やみ》の中に煙草の火らしい光がしました。そして私の隠れている木の前を素通りして、「離れ」の方へ近付くと、咬えていた煙草を投げ捨てたらしく、パッと地上に小さな火の粉が散りました、私はハッと思って一足後へ下がりましたが、その間にその白い影の人は「離れ」の出入口の戸を開けて中に入ると、元の通りに戸を閉めてしまいました、私は今夜はげんかが悪いと思いましたが、せっかくここまで来て素手で帰るのも癪だから、一度「離れ」の様子を見てやろうと思いまして、「離れ」の横手まで進んで行き、あの窓の所から座敷の中を覗いて見ました。

二、すると前方《むこう》の六畳の方で、女がこちらを枕にして寝ていました、そしてこちらの四畳半の方には、おしごろのおふくの寝ているのが見えました、（おふくは野口の別荘の女中であるということは平常《ふだん》から知っております）

三、ところがそのおふくが寝ている枕頭《まくらもと》に、白い棒縞の浴衣を着た男が一人立て膝をしてその枕頭にあった雑誌を取り上げて、バラバラと開いて見ておりましたが、何に驚いたものか、非常に狼狽した様子で、六畳と四畳半の取合の襖の影に身を隠すようにしました、すると六畳の間の縁側の方から、やはり白い棒縞の浴衣を着て、頭髪をきれいに分けた色の白い三十二、三歳くらいの男が這入って来て、こちら枕に寝ている女の枕頭に座って、煙草を喫いながら、蒲団の上から手をかけて頻《しき》りに揺り起こしていました。

一旦襖の影に身を隠していた男は上がり口のガラス戸に沿うて部屋の隅まで来ると、ツト私が覗いている窓の下へ来ました、その窓の下には「衝立」が置いてありまして、一人の男はその影に身を隠したのです、その「衝立」の高さというのが、私が覗いている窓の高さと同じくらいで、そこに隠れている男の頭がすぐ私の目の前にあるのです、その男は色の浅黒い丸刈り頭で年の頃は二十五、六くらいかと思いました、そしてその男が、「衝立」の影に隠れる瞬間、私が覗いているガラス窓に黒い大きな影が動きましたので、私はびっくりしてちょっと首をすくめました。

そしてまたすぐ覗いて見ますと、六畳の方に寝ていた女は目を覚ましたらしく枕頭に座っている色の白い男と何か頻りに咄《はな》しておりました、その様子では私の覗いている窓の下に、一人の男が隠れていることには、少しも気が付かぬ様子でやがて男は女と並んで腹這いとなりましたが、寝たままで懐中《ふところ》に手を入れて紙入れを取り出すとその中から、百円紙幣《さつ》を五、六枚抜き出して女に数えて見せたりしました、あの部屋には二十四燭《しょく》くらいかと思われる電気が点《つ》いていますが、その電気には白い絹のカバーが掛かっていました、そしてその電灯はちょうど女が寝ている枕頭より二尺ばかり次の四畳半の方に近寄った処に下がっています、その電気の光で百円紙幣が色の白い男の指先で数えられる度ごとに、紫色の光沢が反射して、私の目を射たのです、ご承知の通りあの女は薄い桃色の寝衣《ねまき》を着て腰のあたりまで赤い鹿の子模様のある掛け蒲団を掛けていました、ぬけるほど色の白い顔に、額を蓋《おお》うほど豊かな、艶のある黒い髪、そのそばに荒い棒縞の浴衣を着た好男子、それが薄い乳のような色をした、電気の光に照らされているのです。旦那、私のような没情漢《ならずもの》でもそれを見た時には、何だかちょっと変な気がしましたぜ、しかし旦那――私は商売柄です、そんな甘っぽい場面よりは、紫色に光る百円札の方が肝心です、あの紙幣をどうするかと見ておりますと、男は札を元の通り「紙入れ」の中へ仕舞うと、立ち上がってあの簞笥の小抽斗へ入れたのです。その入れるときに抽斗を抜くと、ポンと中へ投げ込むように入れて、抽斗を元の通り締めてから、その抽斗を二、三度軽く叩くような真似をして、女の方を振り向いて笑いました、女はそれに合わして笑っていました、そして男は元の処へ還るとそこに置いてあった、「敷島」の袋から一本抜き出してまた煙草を喫かし始めましたが、その吸殻を、空になっていた硝子の菓子鉢の中に捨てました、それから女の掛けている蒲団の中へ入ると女の左の手をわざと邪見に引き延ばすようにしてその上に手枕をして、右手で女のしていた枕を引き寄せるようにしました。

（中略）

その男が縁側の方へ出て行きますと、女も起きてそれを送るようにして縁側の処まで出て行った様子でした。

私は全くアテラレて馬鹿馬鹿しくなったものですから、今夜は仕事を止《よ》して帰ろうと思ったのですが、五、六枚の百円札を簞笥の抽斗に入れたまま、男はそれを持って帰らなかったのですから、それに気を引かれて、もう一息と思って心抱《しんぼう》する気になったのです。

四、間もなく雨戸を引く音がして、女は元の床へ帰って横になりました、私は女の寝静まるのを待って、あの紙幣《さつ》を手に入れたいと考え、女の寝静まるのを待つために、ひとまずその窓下を離れようとしました。その時急に窓が暗くなったものですから、びっくりして振り返って見ると、私はスッカリ忘れていましたが、さっき「衝立」の影に隠れた男が出て来たのです。

女は物音に驚いた様子で、顔を上げてその男を見上げました。そして非常に驚いた風で何事か一口二口男に向かって言ったようでありましたが、そのままた横になりました。男は女の寝ている枕頭まで行くと、前の男と同じようにその枕頭へ座り込んで、何事かを頻りに女に話し掛けていましたが、女は横に寝たまま返事もせぬ様子でした。男はそれでもなお笑いながら女に話し掛けておよそ十五分間も経過したと思いますと、男はやにわに女の寝床へ入ろうとしました、すると女は手を以て激しくそれを拒んでいる様子で、しばらくは互いに争っておりました、そのうちに男はツト手を引くと無言のまま憎々しげに女の顔を睨んでいましたが、一言二言何事かを言うたと思うと、やにわに女の掛けている蒲団の上から馬乗りになって、右の手で女の首を締め付けました、女は蒲団の上に出していた右の手で、男の着ている浴衣の右肩の辺りを摑んで引っ張りました、そして下から弾《は》ね返そうと、身をもがいている様子でしたが、その時に女の頭は枕から外《はず》れて蒲団の上に落ちたのです、男はなおも女の頸から手を離さず締め付けておりましたが、女が全く動かなくなると、手を緩《ゆる》めてそのまま次の間に寝ている下女の方を見ました。それがちょうど私の覗いている窓から、真正面になりますので私は思わず慄《ぞ》っとしました、その男は下女がよく寝入っている様子に安心したらしく、だらりと蒲団の上に落ちた女の首を左手で持ち上げ、右手で枕をあてがい、女の首を枕の上に乗せました、ここまでは男は実に落ち付いたものでしたが、女の身体《からだ》の上から身を退けると、急に慌て出して足早に縁側の方へ出て行くと、すぐ

五、

雨戸を開く音がしました。

旦那、私はご存じの通り、前科は六犯ありますが、今まで人を殺したことは元より、人の殺されるところも見たことがないのですが、あの時に見た人殺しは、刃物を使わなかったためと、女があんまりもろく死んでしまったので、別に怖いとか恐ろしいとかいう気は少しも起こらなかったのですが、なにぶんあの窓下に立ってからの出来事が、まるで活動写真でも見ているようで、ただもうぼんやりとして呆気に取られて立っていました。

我に帰ってみるともしこんな所へ足を踏み入れて、人殺しの疑いでも掛けられてはたまらぬと思いましたので、今夜はいよいよ思い切って帰ろうと思い、二足三足歩きかけましたが、またしても私の目先にあの百円札がちらつきます、せっかく宝の山に入りながら、手を空《むな》しゅうして帰るのもつまらないことだなと思いながら、もぐり込んだ生垣の穴の所まで引き返しました、そしてフト「離れ」の方を振り返って見ますと、雨戸が一尺ばかり開いていたのです。

そこで私は急にあの金が欲しくなって、開いている雨戸の所から上がり込んで、箪笥の小抽斗から五百円入りの「紙入れ」を取りました、ここまで来るともう度胸が据わって、その箪笥の上にあった小さな鞄を下ろして見ましたが何にも入っていなかったので、今度は「バスケット」を下ろして見ると、蟇口が入っておりましたから、それもついでに盗みました、ところがその時次の間に寝ていた下女が、目を覚ましたらしい気配がしたので、急いで庭に飛び下りその場を逃げ出したような次第です。

問　何故《なぜ》今日までそれを隠していたのか。

答　旦那、五百円の金を吐き出すのは、惜しかったのです。

（下略）

一六

殺　人　安　田　敏　雄

○月○日付で明上検事は予審を請求している、その予審請求書の額書には、

予審調書では、安田とおふくとの関係が明らかになっており、安田と清子とは無関係であったことも明らかになっている。

と明記されてある。

私は本稿の記述を終わるに臨んで、明上検事の炯眼《けいがん》と努力に対し、読者諸君とともに深甚の敬意と、感謝の意を表したいと思うのである。なおこの記述の表面には現れてはいないが、○○警察署がよく検事を補《たす》けて、本件を解決せられた努力に対し、併《あわ》せて感謝したいと思うのである。

童貞

一

「……きぶつウー、かなぶつウウー、いしぼとーケー……」

野卑な、安来節《やすぎぶし》の合唱が聞こえて来た。

「また、『聖人』が弄《からか》われているな」

人事係の大谷が、隣の椅子に居る原価係の浜崎と、顔を見合わせて笑いながら言った。

「西田君は、ほんとに童貞なんですかな」

この問題は幾度繰り返されたか判らぬほど、工場事務所では古い話であるが、工場長の椅子が空《から》の間は、仕事の手を休めて、無駄口を叩くことに定めている下級事務員達は、またしても「西田の童貞」を話題に上《のぼ》して、それにからまる女工達の色話に、時間を消そうとするのである。

「童貞、とにかく女を知らぬことだけは事実でしょうな」

ペンを置いてソロソロ椅子をねじ向けた大谷が、いつもこの人のくせであるところの、話の切っ掛けだけを真面目に答えたのである。

「童貞であるかどうかは、とても判った話じゃないが、事実童貞だとすると、それは不能者かもしれませんよ」

設計の木村が「コンパス」を下に置いて、煙草に火をつけながら言った。

「そうですな、きょうびの青年で二十八にもなって、童貞で居るなどいうことは、全く信じられないことですからな、不能者か、そうでなかったら猫を冠《かぶ》っているのでしょう」

浜崎が、それに同意した。

「不能者であるかもしれないが、猫を冠っているとは思われませんよ」

大谷が自信のあるように打ち消した。

「あの磯谷ね――中袋の――あれは男工の仲間では、ずいぶん騒がれたもんですよ、それがね……」

「あああの磯谷、あれはどうしてなかなか良かったね、あれは何でも前身は仲居とか、やとなとかをしていたものだという噂でしたな」

浜崎が口を挟んだ。

「磯谷というのは、あの中袋の『水試験』をしていた……あれはなかなかよかったね、あれがどうかしたんですか」

一番年の若い木村が、熱心になって来た。

「あれの辞職には、ちょっと面白い話があるんですがね……」

そこへ、二人の女工が上がって来た。

「イヨー、今日は大変おめかしだな」

いきなり大谷が、年増の女工を冷やかした。

皆の視線が、それに集まった。

「へイ、嫌われるとイキまへんさかいな」

臆面もなく答えた。

「誰にだい、西田さんにかい、そんなことをすると『タイヤ』の山崎が『ナイフ』を持って来るぞ」

「おおきにお世話さん」

連れ立って来た幼年女工は、年増の袖を曳《ひ》いた。

「姉さん、早《はよ》う持って行かんと、西田はん待って居やはりまっせ」

低声《こごえ》で言った。

「何が要るのだい」

「クミチンキ」

「また腹痛《はらいた》か、誰が呑むの？」

「パッチの松井さんが、おなか痛い痛い言うてまんね」

「それで西田さんが取って来いと言ったのだね」

大谷はこう言いながら、救急薬品棚から「クミチンキ」の小瓶を一本取り出して、自分の椅子に戻ると、それを卓子《テーブル》の上に置いた。

「フン、そうかね」

何か話を続けようとするとき、何時《いつ》も大谷が用いる無意味の詞《ことば》である。

「早うおくんなはらんか」

「持って行けよ」

手をのばして卓上の薬瓶を、取ろうとする女工の手首を大谷は、素早く握る真似をした。

「イヤ。もう大谷さんは、じょうだんばっかりして。じきに手を握ったりしやはるさかい、若い子らは事務所へよう来やへんね、ほんまに大谷さん、助平《すけべい》や」

「ハハ……」

皆は面白そうに、声を上げて笑った。

「時にな」

大谷は真面目を装った。

「イヤ。もう大谷さんの話聞かしまへん」

女工はツンとして見せた。

「怒るなよ、今度は真面目な話だよ……あの磯谷と西田君の話な、あれは本当かい」

「ほんとうですとも、それは現在私が見たり聞いたりしたんですもん」

女工はやや得意らしく言った。

「姉さんお薬」

黙って立っていた幼年女工が、詞を挟んだ。大谷が素直に卓子《テーブル》の上の薬瓶を取って渡すと、幼年女工はそれを持って、一人で降りて行った。

「勘定日の晩、皆お金を持っているもんやさかい、残業せい言うても、せずに大方皆五時に帰りましたやろう、私と磯谷さんと、若松さんと、それから中川さんと四人だけが九時まで残業してましたの……」

「ちょっと話が面白そうやなあ、まあお掛け」

ひょうきんな浜崎がおどけた恰好で、椅子を持って行って当てがった。

「給仕、お茶を入れて来い」

設計の木村が大きな声を出した。

「イヤ、みんなでそない茶々入れるねやったら、話やめまっせ」

「いやその話はちょっと聞いておく必要があるね」

人事の大谷は、いかにも自分の職務上、聞いておく必要があると言わぬばかりに、わざと真面目になって見せた。

「その晩のことだんね、八時頃になると、つい今までそこに居て、「水試験」をしていた磯谷さんの姿が、見えぬようになりましてん、私《わて》の仕上げた中袋が沢山たまって居るのに、どこへ行ったんやろ思うて、何気なしにフト箱場を見たら、西田はんも居やはらしまへんね、ふだんから磯谷さんが西田はんにほれて居ることは、皆が知っていますよって、その時私《わて》もちょっとこれはおかしいと思いましたさかい……」

「やけたんやろ」

また浜崎が、口に出して茶化した。

「あほらしい」

「フンそれから」

大谷は、真面目な顔を装うて話を促した。

「私《わて》も別に捜す気はおまへんけんど、ちょっと便所へ行こうと思って、あすこの機関部の横手から、便所の方へ行きかけましてん、そしたらあのたんくの下に人影が二つ立ってまんね、それで私は足音を忍ばして、石炭の積んである山の後ろを回ってそこからすかして見ると、それが磯谷さんと西田さんとだんね、どんなことを言うているねやろ、一つ聞いてみてやろうと思うて、耳を澄ましていると、西田さんの声で、

「……あんたの心はよく判っているが、あんたは亭主持ちだし、私《わて》は独身であんた方を監督する位置に居るもんや、それがもし変な噂でも立てられては、あんたも私《わて》も身の破滅や、二度と再びこんな間違った考えを持たぬようにしてもらいたい」

そう言い捨てて西田はんは、サッサと工場の中へ這入《はい》って行かはりました、あとに一人残った磯谷はんは、「チェッ」と舌打ちをして、

「覚えているがいい、きっとかたきを打ってやるから……」

階段に足音がして、噂の主の西田が上がって来た。

二

西田が中外護謨《ゴム》合資会社に入社してから五年になる。

彼は平職工《ひら》として入社したのであったが、文字も相当に書けば、計算もできるというので、製品検査係となり、更に抜擢《ばってき》せられて女工監督となった。彼を女工監督に抜擢した工場長の眼識はさすがに高かった、というのは彼は非常に真面目な、品行の正しい、そして何事にも親切な男であったからだ。

こうして西田は、工場中で一番難職とせられている女工の監督となったが、彼が就任してからは、年中絶え間のなかった受け負い賃金歩合の不平も、また女工連に付き物である反目嫉視から起こる争いも、割合にその数を減じて好成績を上げた。

青年の西田が、こうした難職に当たりながら、好成績を上げ得たには種々《いろいろ》の原因はあるが、その原因のもっとも大きなものは、彼の容貌と弁説とであった。眉目秀麗とまでは行かなかったが、色の白い、眉の濃い、殊にその目はちょっと威厳？　を持っていた。

そして彼は沈黙家であった、けれども、たまに何事かを女工達に話しかける時など、彼の口辺に浮かぶ微笑は、誠に親しみの深い、そして愛嬌の充ちたものであり、その言葉は非常に優しく、情けのこもった響きを持っていた。一言に言えば彼は女好きのする性質であった。

西田は就任後短日月のうちに、女工達の間に「評判のよい監督さん」となってしまったのである。

こうなると、必然に起こってくるのは、女工達が争って彼の歓心を買おうとすることで、秋波《しゅうは》をおくられたり、さわらば落ちんの風情を示されたりすることは珍しくなかった。露骨なのになると、彼を芝居や活動に誘い出したり、時としては西田の卓子の抽斗《ひきだし》に、金釘流のあやしげな恋文が這入っていることさえあった。

その結果、ややともすると、西田を中心に女工らの間に、嫉妬反目が起こって彼をなやませた。

こうしたふんいきにあって西田が、二十八歳の今日まで、童貞を保って来るには、彼の内面に、性の慾求に対する悩ましいたたかいが続けられた。それは彼が不能者でもなければ、聖人でもないからである。

こうして西田の忍苦は、彼の予期以上の成功を以て酬いられた。彼が女工達から「石仏《いしぼとけ》」と呼ばれ、事務員達から「聖人」と綽名《あだな》されていることが、それを証明している。

さて、石仏と呼ばれ、聖人と綽名され、事務員達から、不能者であるかのように信じられ、女工らとは監督者と被監督者との、関係以上の何物でもなくなると、西田は自分の青春というものが、はや亡びゆくごとく、自らそれを亡ぼすために努力した、自分を哀れむ一種哀感を味わうのであった。

こうしたときに、初めて彼の眼前に現れたのが、磯谷あいである、磯谷が初めて入職した日女工達は、目ひき、袖ひき、その美しさを囁き合った、男工達はわざわざ磯谷を見るために、用事にかこつけて女工場へ這入ってきた。事務所では、女工のレコードだと言って噂し合った。

事実磯谷の美しさは、それほどではなかったかもしれない、第一彼女の年は二十八歳という触れ込みであったが、人事の大谷が受け取った戸籍謄本では、三十二歳である。どちらかと言えば大柄な、派出《はで》好みの厚化粧が、色彩に乏しい工場の中でちょっと目立ったのであったかもしれない。

しかし地獄から這い出した亡者のような男工や、渋団扇《しぶうちわ》に目鼻をつけたような女工達のなかへ、磯谷が現れたことは、一つの驚異、とまではゆかなくとも、異彩を放ったことは事実であった。

女工達は美しい彼女に、第一日から反感を持って、勝手の判らない磯谷を困らせていた、こういう時西田は、自分が親切に磯谷を指導することは、他の女工達にたちまち反感を抱かせることをよく知っていたが、見るに見かねて仕事の要領を、教えてやろうと思ったが、何だか磯谷のそばへ近寄ることが躊躇せられた。それは、あながち女工達の反感を恐れるだけではなくちょっと臆病？　羞恥？　に似た気持ちからであった。

それでも終業の汽笛が鳴って女工達が帰るとき、西田はそっと磯谷に、

「いやな思いをするのは、ほんの二、三日だから、辛抱して明日もお出でなさいよ」

とキット低声で、磯谷をはげますことができた。が、そう言うとき西田は幾分硬くなって、顔を赤めていた。

「は、ありがとう」

磯谷は、馴れ切った、はっきりとした声で、答えた、そしてちょっとわざとらしい様子で、お辞儀をしたが、その様子はいかにもあだめいていた。

その夜西田は、なぜか磯谷の夢を見た。

二、三日しても磯谷が、他の女工達と融和しそうにないので、西田は彼女を独立した仕事である「水試験」に回した。その仕事は仕上げの一部であるために、仕事の上で磯谷と西田とは、言葉を交わすことが多くなった。案のごとく女工達は、二人の影口を叩き出した、自然それが二人の耳にも入った。

「わたし、あなたにお気の毒ですから、工場をやめようかと思ってますの」

と磯谷は、西田に訴えることも度々であったが、それは磯谷が、ほんとうにそう思っているのではなく、それが思わせぶりであることは、西田にもよく判っていた。

一ヶ月ばかりもすると磯谷は、スッカリと西田に馴れ切っていた。

荒い棒縞のめいせんに、白いエプロンを着けて、水につけた中袋を見ている磯谷の、濃い過ぎると思われる生《は》え下がりの、白い横顔を、西田は箱場のガラス越しに、ボンヤリと眺めていることが多くなった。

「あなたは大変におかたいんだそうですね、いいわ、私がきっとあなたを口説き落として見せるから……」

こんな大胆なことを磯谷は、平気で言うことさえあった、そんなとき西田は、ただ苦笑して見せるだけであったが、彼は内心の狼狽を、どうすることもできなかった。

こうした態度で磯谷は、西田に迫ってきた、西田は重苦しい年増女から受ける圧迫感に、次第に不安を感ずるようになった。勘定日の夜、西田は便所の帰りに「タンク」の下まで

来ると、そこに磯谷が佇《たたず》んでいた、そして西田を「タンク」の下に呼び込んで、

「今晩、帰りに琴引橋の処で待っていますから、ね、ね、いいでしょう」

西田は何の困難もなしに、すぐにそれを断った、それは自分ながら不思議だと思うほど、キッパリと、むしろ怒りをさえ含んだ語調で、その不心得をたしなめた。

しかし西田は、磯谷の不心得を諭しているうちにも、「この女から、こんなにまで思われている」という、優越感に似た誇らしさが、彼の内心に働いていた。そして自分が相手の不心得をたしなめることによって、より以上彼女の思慕をつのらせ得るであろうと予期する矛盾を感じていた。

翌日になると、その噂がすぐに立ちはじめた、磯谷は平気で工場へ出て来たが、その噂が次第に高くなると、さすがの磯谷もついに工場へ来なくなった。

こうして西田は、更に信用を高め、「石仏」は箔をつけた。

しかし西田は、磯谷の姿が工場に見えなくなってからは、何だか自分の心を満たしていたものが、急にとりのけられたような間隙《かんげき》を感じた、そして彼は自分の臆病と、偽善を罵《ののし》りたいような気持ちがするのであった。

彼はまたしても磯谷の夢を見た、それはとうてい人に語ることのできない夢であった。

それから十日ばかり後のことであったか、西田はちょっとした病気のために、一週間ばかり工場を休んだ、幾分衰弱した病後の身体《からだ》を床に横たえていると、磯谷を中心として色々な妄想が、彼の頭を往来した。

「あの晩、琴引橋で磯谷と落ち合っていたら……浪花《なにわ》通を歩く……活動に這入る……窮屈な椅子に二人が並んで腰をかける……それから……それから……」

その夜西田は、またしても奇怪な夢を見た。

三

病気がスッカリ快《よ》くなった、西田は明日一日休んで、明後日から工場へ出ようと思った。今夜は久し振りに浪花通で、活動でも見ようと思って、夕方から浴衣がけで下宿を出た。家の中はむし暑かったが、外に出ると涼しい風が吹いていた。

山下町の停留所で電車を待った、西行《にしゆき》の電車は何台も来たが、東行は容易に来なかった、電車を待つ人達が見る間に十人、二十人と増していった、ようやく一台の電車が来ると、待ち合わしていた人達は一時に昇降口へ詰めかけて、我勝ちにと先を争って乗るのであった。

電車の中の電灯は、淡紅色の光を放って乗っている人達の、皮膚や衣物《きもの》を美しく照らした、つり皮にブラ下がった自分の手を見ても、まるで処女の手のように、美しく見えるのであった。

浪花通で電車から降りた西田は、聚楽座《じゅらくざ》の前からアスファルト道を下って行った。両側の水店から客を呼ぶ声が、人の足音と和して低い騒音の渦を巻いてる、肌のすき通って見える薄物を着た美しい女が、幾人も通ってゆく、赤い手柄をのぞかせた不自然に大きな丸まげや、喰い入るように一重帯を締めた女の腰部などが、西田の目に大写しのように写っては消えた。

「もしここで、磯谷に出会ったら……」

取り止めもないことが西田の頭に、フト浮かんだ。

腹の赤い、鱗の青い大蛇が火を吹いている。地雷也《じらいや》のような百日かづらの侍が術を使っている。

自動車が高い断崖から、真っ逆様に落ちている。

覆面の盲武士《めくらぶし》が、抜刀を下げて立っている。

それは毒々しい色彩の絵看板であった。

その看板の一つを見上げていると、テケツで札を買った一人の女が、ツト木戸をくぐってカーテンの中に消えた、それは西田が絵看板を見上げている視界の左端を、チラリと通ったに過ぎなかったが、その瞬間西田はそれが磯谷であると思った。

彼は何の躊躇もなく、すぐ切符を買って場内へ這入った。

場内はほとんど満員で、西田は入口のカーテンの前に立つよりほかはなかった、今這入ったばかりの磯谷の姿は、場内の暗さと人込みのために見出だすことができなかった。

映画は西洋ものであったが、西田は今自分の立っている位置に落ち付いて、写真を見る気にはなれなかった。臨監席の横に取り付けてある回転扇風機の風の流れが、西田の立っている処までは達しないので、彼はギリギリと前の方へ寄って行った。機械場の小さい窓口から射す、鋭い光線の走る区間は、煙草のけむりとも、埃ともつかぬ濛々《もうもう》としたものが、渦を巻いていた。

暗い場内に視力が馴れると、西田は婦人席の方を見たが、ただおぼろげに黒い頭が見えるだけであった。

あとからあとから這入ってくる人波に押されて、西田はいつの間にか椅子場と立ち見を区切る、柵の所まで押し付けられていった。

蒸すような暑さである。西田は比較的人の少ない、機械場の前へ出ようと思いながら、映画の興味に引きずられていた。

フト気がついて見ると、左側に立っているのは女であった。

「磯谷だ」

と西田は思った、彼はちょっといずまいを直したが、人込みの中では腰や肩のあたりの接触を、どうすることもできなかった。

西田の右側に居た男が、

「アア暑い……」

と言いながら、無理矢理に後ろへ向き直ると、幾層もの人垣をもぐるようにして出て行った、西田の前に立っていた男も、それに続いて出ようとその位置を動いた、が、人垣はすぐに元通りに築かれて、その男はやむなく西田の右側に立った、その波動は西田を少しばかり前へ押し出した、女も一歩ばかり前へ位置を変えた。一人の空席を中心に渦をなした動揺は、すぐ元の静かさにかえった。

活動写真というものを、年に二、三回より見ない西田には、その映画が何であるのか、俳優が誰であるのか、自分の今這入っている館が、何館であるのかさえ判らなかった。

字幕が消えると、海岸が写し出された。黒い海を背景に、スカートの短い、白い服を着た女と、白っぽい服を着けた男とが立っている、男は小石を拾って海に投げて戯れた、二人の足元へ大きな波が、白くくだけて打ち寄せた、飛びのきさま女は男にすがり付いた、二重写し。

二人は砂丘に腰を下ろしている、そこには美しい夏の花が咲いていた、二人はたのしげに語っている。

溶暗《ようあん》となった。

字幕が映った。

それが消えると、寝室らしいものが写し出された。

垂直にたれた女の右手に、いつの間にか西田の左手が並行してピッタリと着いていた、西田にとっては初めての異性の触感である、彼の意識はいつの間にか、映画の興味から離れて、うつろなものになっていた、彼の目は正面の映画にそそがれているが、それはただ機械場から写し出された写真が、映写機から更に彼の目に、反射しているというだけであった。恐ろしい悪魔に追われながら、美しい乙女を抱擁しているような、不安と、歓楽が西田の心のなかにたたかいを起こしていた。そして薄い衣《きもの》を通して感ずる女の肉の温かさが、次第にそれを押し包んでゆく、ヒルムの回転とともに時間は経ってゆく、五分、十分、二十分、それでも垂直にたれた女の手は動かなかった。いかに女が、映画の興味に引き付けられているとしても、二十分という長い時間を、暑い活動写真館内で、異性の触感を覚えないはずはない。女も何物かを期待しているのではあるまいか……。

西田の手の甲が女のそれに触れた、薄く、柔らかい、快い触感が彼の手を伝わって、全身に這い回った、ある衝動が、彼の本能を暴風《あらし》のごとく吹き捲《ま》くるのであった。

西田は、恐ろしいものを見るように、ソッと女の顔を偸《ぬす》み見た。

やや後方から見る女の横顔は、活動写真館内特有な暗紫色のなかに、白く浮いていた、心持ち高いその頬骨、濃い過ぎるその生え下がり。

「磯谷だ」

と、西田は思った。

四

椅子席から出て来た二、三人の男が、無理矢理に人垣のなかを抜けて出た、その波動は西田と女とを更に強い密度を以て押し付けた。

西田の顔は女の肩の上にあった、彼の腕の内面は、女の腕の内面に接している、女の腰や肩のあたりから、薄い着衣《きもの》を通して感ずる肉の微温、髪や肌から放散する香り、爛熟した女の触感が、蜘蛛の糸のように西田の心を次第に巻きつけた、西田はちょっと手を動かすことも、足を動かすことも、自分の意志ではできないまでにからだの硬《こわ》ばるのを覚えるとともに、全身の血が奔馬のように躍り狂うのを、どうすることもできなかった。

クラリネットの、劇的な、詠嘆調が闇のなかで、人の心のなにものかをそそるように、断《き》れては続いた。


字幕が消えた。

豊満な肉の持ち主である女が、片手を差しのばした、漆黒のバックの上に曲線のあざやかな、白い腕が浮き出している、男はその手を唇へ持っていった——静かに——。女はちょっと頭をかしげて、こころもちあごを引いた、——意味ありげなほほえみを顔に浮かべて——それは羞恥を含む、媚態の限りであった。

弁士は沈黙している。

ヒルムの回転が、低い騒音をきざむ。場内は静かになった。

映画のなかの二人は相抱いた、顔と顔とが次第に接近してゆく、二つの唇がかすかにふるえながら寄ってゆく、女の胸に高鳴る動悸が聞こえる。

扇風機がときどき汗臭い、むれるような風を送ってくる。

西田の腕にはシットリと汗が湧いた、女の手はやっぱり動かない、からまっていた小指に力が入った、女もそれに応じた。

映画のなかの二人は、ソファーに腰を下ろした、――相抱いたまま――。

一瞬のまたたきをして、写真は大写しになった、二人の足だけが映っているのだ、映画の絞閉《しぼり》は次第に小さくなってゆく、最後に残った女の足が、その雪白《せっぱく》のストッキングの女の足のくねりが……思わせる。

観客《けんぶつ》のすべては、放心したような顔を闇のなかに並べている、つばをのむかすかな音が、そこ、ここに聞こえた。

西田の神経は極度に弛緩《ちかん》している、いや緊張しているのだ、いや彼の意識の神経は、それを超越している。

五本の指が、むさぼるように女の指にからみついた。

悪寒に似たせんりつを感じた。

夢中であった。

深夜が一瞬で白昼になった。午後九時の休憩時間である。電気がついても西田はまだボンヤリとしていた。捉えた女の手を放すことも忘れていた。女がかなりじゃけんに手を振り放した。

そして女が人込みのなかに姿をかくしてから、五分とは経たないうちに、西田は一人の私服刑事に守られて、「キネマ館」の木戸口を出てゆくのであった。

いつの間に夕立が来たのか、アスファルト道は綺麗に洗われ、街灯の反射に美しく光って、その上をゆく人々の影を逆さに写していた。

火の海を渉《わた》る西田は、まだハッキリと夢から醒めてはいなかった。

聚楽座の角を曲がるとき、そこの明るい陳列窓の前に、嘲笑的な微笑を顔に浮かべて、それを見送っている三十歳ばかりの、色の白い、生え下がりの濃い女があった。

「……この男は、中外ゴム工場の職工西田某で、常に女の尻を追い回す色魔であるが、記者の釣り針にかかったのが運のつきで記者のおいどを撫で回し、夢中になって悦に入っているところを、〇〇署の刑事に発見せられ、風俗を紊《みだ》した廉《かど》で拘留三日に処せられた……」

その当時、「扇港《せんこう》新聞」の三面に、「色魔釣り」という標題《みだし》で、変装した同新聞の婦人記者が、活動や、芝居に紛れ込み色魔を釣って歩いた記事が、別囲いで連載せられていたが、これはその翌日の同欄の記事である。

そのまま西田は、工場へも顔を見せなくなった。

それから四、五日の後であったが、同じ新聞の「三行世間」という欄に、西田の自殺が小さく載っていた。

閉鎖を命ぜられた妖怪館

一　信《しん》

早いものだね、Y君、君が東京へ帰ってから早《はや》一月になるね。

君と「納涼博覧会」を見に行った時分は、場内は入場者の鮓詰《すしづめ》で、君は「ナーンダ、これじゃ納涼どころか、汗をかきに這入《はい》ったようなものだ」と言ったほどの盛況だったが、さすが今日この頃になると寂しいものだよ。何と言ってももう九月の十日だからね。

「納涼博」も、ここ四、五日で閉場するだろうと思っていると、突然一昨日その「納博」がその筋から閉鎖を命ぜられたよ。いや「納博」が閉鎖を命ぜられたのじゃないが、場内にあったあの納博名物「ばけものやしき」が閉鎖を命ぜられたのだ。

その閉鎖を命ぜられる前夜、僕は例によって（全く例によってだ、君を案内したときにも話した通り、僕は納博が開かれてから、大方三十回の余も入場しているのだから）納博の門をくぐった。

盛夏の頃には雑沓《ざっとう》した「納博」もさすがに寂しいものだ。入場者は、チラリ、ホラリ。看守人の被っている制帽の太い金筋を、強力な電気があかあかと照らしているのも妙に寂しければ、五色の噴水も何とはなしに肌寒を感ぜしめるのであった。

僕がこう再々、三十回の余も「納博通い」をやったのは、あの貧弱な納博が好きなんじゃない、あの「ばけものやしき」が妙に僕を引き付けたのだ。

僕はどうもあの造り人形の「ばけもの」を見ていると、何とも言えぬ面白い気持ちになるのだ、第一不細工なあの幽霊だの大蛇だの、三ツ目入道などを見ていると、それらの「造り物」を造った人形師（人形師というほどのものでもあるまいが）がその幽霊の頭に長い髪の毛を植え、顔を塗り、眉間から赤インキで血を書きなどするときの心持ちが、反射的に僕の心に映るのだ。

更に、あの造りものを動かすために、その背後《うしろ》に隠れているであろう人夫が、綱を引くときの気持ちを考えると、何とも言えぬ愉快になるのだ。

「辻堂」の前に人の山が築かれる、薄暗い場内に月光を摸した青電気が、杉の梢を照らしている。

「なんだ、なんだ」

「一体これはどうなるんだ」

辻堂の前に溜まった一団の人達は、初めの間はがやがやと騒いでいるが、どうかした拍子に、全くそれは「どうかした拍子」という言葉が適切だろう、しんと静まる潮時があるのだ、それは決してこの「ばけものやしき」が、凄いからと言うのじゃない。君も知っている通り全く滑稽なほど馬鹿馬鹿しい子供だましに過ぎないものだから、――どうかした拍子――という詞《ことば》が最も適切だと思うんだ。

その潮時を見計らって背後《うしろ》に隠れているであろう人夫が、その綱を引くとその辻堂の扉が、不意にパッと開いて中からスルスルと幽霊がせり出す、辻堂の前の人達は「ワッ」と言う喊声《かんせい》――喊声はおかしいが――、とにかく叫び声をあげる。その時の綱を引く人夫の心持ちが、僕にはたまらなく嬉しいものに感ぜられるのだ、そこで僕も思わず知らず声を上げて笑うのだ。

「ワッ」とあがる喊声のなかには、「キャッ」という女の声も、「ワッ」と泣き出す子供の声も、「ワハ……」と笑う男の声も交じっているのだが、その喊声なるものの響きがまた僕にはたまらなく愉快なのだ。

僕はこの「ばけものやしき」特有の気分を味わうために、納博が開かれた数日後から、毎日のように「納博通い」をやっていた始末だ。

ところが、こうして毎日のように「ばけものやしき」へ通っているうちに、僕に一つの謀叛《むほん》が起こったのだ、別に大げさに謀叛と言うほどでもあるまいが、とにかく僕は一度あの「ばけもの」を繰《あやつ》る綱を引いてみたいと思い出したのだ、だがいやしくも、と言うほど威張れた訳でもないが、これでも法学士弁護士で前の××地方裁判所判事だ、まさかにそれを志願する訳にもゆかない、そこでせめては「ばけものやしき」を一人で見たい、と、こう思い出したのだ。

大勢の人達と一緒に見るときの気持ちは充分味わい得たから、こんどは一つ自分が一人で「ばけものやしき」を見るときの気持ちを味わいたいと思ったのであった。

しかし毎晩「納博」の開館は午後の六時で、開館と同時に人が詰めかけるのだから、一人で這入るにはどうしても夜遅く閉場間際よりほかに仕方がない。

そこで僕はその日午後の九時頃に納博の門をくぐったのであった。それがその筋から閉鎖を命ぜられる前夜のことなんだ。

場内へ這入って見たが、まだ「ばけものやしき」へ這入るには時間が早い、そこで、これも僕の好きなものの一つである江州音頭の鈴木主水《もんど》を聞いたり、伊勢神楽の曲芸なぞに時間を消して、「ばけものやしき」へ這入ったのは、十一時ちょっと前くらいの時間であったろう。

江州《ごうしゅう》音頭だの、神楽の曲芸、余興場の周囲なぞには、まだ人が散らずに居たが、さすがに「ばけものやしき」の中は一人の人影も見えない、しいんと静まりかえっていた。

「安達ヶ原」の鬼婆も、三ツ目入道の出る「古寺」も僕にはおなじみの『ばけもの」だが、その晩は妙に薄気味が悪いのさ。

白骨のるいるいたる「安達ヶ原の一ツ家」でヒョイとのれんを捲《ま》くって、出刃を咬《くわ》えた鬼婆が首を突き出したときには、毎晩見馴れている僕だがその晩は「ハッ」としたね。

それから、あの古寺だって何時《いつ》もなら、鐘を叩いている後ろ向きの坊主が、ヒョイと首だけを後ろに捻《ね》じ向ける、あの機械的な動作が滑稽に見えて愛嬌だったものが、やっぱりその晩は気味が悪いのさ。

それから三番目が、そら、君が「これが秀逸だ」と言ったあの「蚊帳の怪」さ、ちょうど僕がその前に立って、蚊帳に映り出す幽霊の影を待っている時だった。しんとした場内に、ぼそぼそと話し声がするじゃないか。こんなに遅くなってから「ばけものやしき」に這入るとは物好きな人だ、やはり僕と同じような人達かな。こんなことを思いながら、植木屋からでも借りて来たらしい俄《にわか》ごしらえの、杉の生け垣のすき間からすかして見ると、例の「辻堂」の前に、白い浴衣に麦稈帽《むぎわらぼう》を被った男と「モスリン」らしい浴衣を着た女の白い横顔とが見える、どうも若い夫婦者らしい。

僕が「フト」気が付いて向き直ったときには、既に自分の前の蚊帳から辷り出た幽霊は「仏壇」の中に消えて行くところだった。

僕は一人で「ばけもの」を見たいと思ったのであったが、その夫婦者が「辻堂」の前に立っている姿を見ると、

「あの夫婦者が、辻堂から出る幽霊に、どういう驚き方をするだろう」

という例の興味が起こったものだから、仏壇の中に消えてゆく蚊帳の怪を尻目に見ながら、V字形になった杉の生垣の道を、その角まで来たときだった。

例の「辻堂」の扉が「ギー」と開いて、スルスルと幽霊がせり出して来た。

すると、そのとたん「キャッ」という悲鳴が起こって女がそこへ打ち倒れたのだ。

さすがの僕も驚いたね。すぐに駈け付けて夫らしい男とともに、女を抱き起こして介抱する、出口にある喫茶店の人達が駈け付ける、看守が来る、主催側の新聞社員も来る、大変な騒ぎだ。

「辻堂」の扉は元の通りに閉ざされて、何事もなかったように静まりかえっている。

ところが、この騒ぎに当然飛び出して来なければならないはずの綱を引く人夫が、出て来ないのを僕は不思議に思ったのであったが、これは僕ともあろう者の大きなうかつであったよ、なぜかと言えばこれらの「ばけもの」の活動が、何時《いつ》の間にか人夫の手を離れて、動力に移っていたことに僕は気が付かなかったのだ。

僕はその「どさくさ」に紛れて逃げ出した。もしこんなことに係り合って警察などで調べられたりすると、僕の職業柄ちょっと困るからね。

「納博」の門を出た僕は、ぶらぶらと音楽堂の前を下って行ったが、フト僕はあの「辻堂」から、せり出した幽霊が何時もの幽霊とはちょいと違っていたように思われ出した。

扉が開いて、スルスルと幽霊が出たときは、僕は三間くらい手前から見たのであったが、「キャッ」という女の悲鳴を聞いて駆け付けたときには、既に扉は閉まっていたから、ほんとに僕はただ一目《ひとめ》その夜の幽霊を見ただけであったが、この「辻堂」の幽霊は「ばけものやしき」中で僕にとっては、最も馴染みの深いものだから、僕の目に間違いはないはずだが、どうも僕にはその晩の幽霊が、毎夜のものとは違っていたように思われて不思議でならなかったものだから、明日の晩も「ばけものやしき」へ這入って、も一度しっかりと見究めてやろう、こう思いながら帰ったことであった。

その翌日だ、「ばけものやしき」が閉鎖を命ぜられたのは。

その「納涼博覧会」も昨夜限りで閉場したよ。

……………。

二　信

…………。

弱り目に祟り目ということがあるね。去年の秋から今年へかけて、僕の事務所は散々な成績さ。

そら、君にも話したことのある、「東海燐寸《マッチ》」の事件ね、東海燐寸は僕にとっては弗箱《ドルばこ》だ。僕が当地で一流で通っているのも、実を言えば東海燐寸会社のお庇《かげ》だよ。その東海燐寸の損害賠償事件で、僕は散々な敗北をとったよ、すんでのことに「先ず」になるところだったが、永年の関係でそれだけは免れた。そしてホッと一息する間もあらせず今度の事件だ。

これも僕が顧問をしている、新築されてまだ間のない××デパートを被告として起こった事件だがね、その送達された「訴状」を一通り読んだ時から、何だか僕にはうるさい事件のように思われたが、果して厄介な事件になって来たよ。

その訴状の内容というのは、大体次のような意味なんだ。

原告は×月×日午後三時頃夫とともに、買物をしようと思って、市電××停留所で下車し、××通りを××デパートの建物に沿うて夫と並んで歩いていた、ところが不意に××デパートの屋上から、並んで歩いていた夫の頭上へ人が落ちて来た、それがため夫はその下敷きとなって重傷を負い、直ちに県立病院に入院したが、それが原因でついに死亡するに至った。これは被告（××デパート）が公衆の来集を目的とする営業をしながら、その屋上に完全な設備を施さなかったために起こった損害であるから、被告はその損害の賠償並びに原告を慰藉《いしゃ》する義務がある。

と、こう言うのである。

僕は無論それに応訴した。そして既に十二回の「口頭弁論」が開かれて、原告側からは五つの証拠物が提出せられ、一回の検証があった、その五つの証拠は僕にとってはずいぶん痛い証拠であったが、そのうちでも最も僕を手古摺《てこず》らしたのは、相手方から本訴に先だってなされた「証拠保全」の結果であったよ。

その証拠保全の記録を見ると、××デパートがあまりに開業を急いだために、屋上周囲のコンクリートの塀に植え込まれた鉄棒に取り付ける金網がまだ一部分しか張られていず、ちょうど原告が歩いていた辺りの上部は、まだ金網の張られていなかった部分で、ただわずかに鉄棒から鉄棒へ細い麻縄が二筋引き渡されてあったのみで、しかも被告側にとって最も不利益であったのは上部に金網を取り付ける設計のため、コンクリートの塀が非常に低かったことと、引き渡されていた二本の麻縄の上の一本が、ちょうどその箇所から切断されて、それを後で結び合わした跡が歴然《ありあり》と残っていることであった。

この証拠保全の結果だけでも、僕にとってはかなり不利であったが、更に墜落した婦人（墜落したのは二十五、六歳の女であった）が墜落の刹那《せつな》に同じ屋上に居て、それを目撃したという証人は、

——一人の婦人が塀の際に立って、右手に鉄の棒を持って、あたりを眺めている様子であったが、二度目に証人が見たときには、右手はしっかりと鉄の棒を握っていたが、その上半身はずいぶん前へ乗り出して、そのために細い麻の綱はピンと張り切っていた。ああ浮雲《あぶな》いなと思う間もあらせず、右手が鉄棒を離れたと思うと、麻縄のピンと切れる音がして、女の姿はもうそこには見えなかった。——

と、証言している。この「証拠保全」の結果と、証人の証言とはどう考えてみても、被告側の不利である。このままに結審されたら僕が敗《ま》けることはもちろんだ。

ただこうした最も有力な証拠を根本から覆す反証は、ただ女が自殺の目的で飛び降りたものであるという事実を立証するよりほかはない。この事実が明らかになりさえすれば、責任は自殺者に帰することになって、××デパートの設備の不完全が原因とはならないのだから、証拠保全の結果も、証人の証言も何の力も無いものとなる訳だ。

そこで僕は女の墜落が、自殺か、誤死か、ということを究めるために全力を注いだ。それには第一、墜落した女の身元を明らかにする必要がある。そこで種々《いろいろ》と手をつくして調べてみたのだが、当時の新聞では「身元不明のため市役所へ引き渡した」と載っているだけで、その女の身元がハッキリと判らないのだ。

ただ去年の夏頃、新地の××座という色物席へ、半月ばかり蝶吉と名乗って出ていた芸人であるということが判ったので早速興行主に就《つ》いて訊いてみると、

——蝶吉という女は、去年の夏頃東京から私を尋ねて来たもので、こういう社会のこと

であるから、その身元などは全く知らない。が、ちょっと顔もきれいに作れるし、芸は、三味も持てば、鼓《つづみ》も打つ、歌もやれる、その上に舞の地《じ》があって所作がかった芝居事などもずいぶんきようだったので、ちょうどその頃は「納博《のうはく》」の余興を引き受けて「掛け持ち」をやらせていたため、芸人に不足を感じている当時であったから、足を止めさせようと思って、かなりに良い待遇を与えたのであったが、どうしたものか半月ばかり働くと、フイと姿を消してそのままになっている。――

ということが判ったのみで、それ以上のことはどうしても判らないのだ。

そこで君に頼みたいのだが、二つも仕事を持っている多忙な君に、こういう厄介な用事を頼むのは気の毒な気もするが、幸い君は探偵小説を作る男だ、まんざら縁のない仕事でもないから、一つこの蝶吉の東京での（いずれは浅草者に違いない）身元を調べてみてくれないか、東京における彼女の動静と、関西落ちの事情が判れば、蝶吉の墜落が、自殺か、誤死か、を知ることもできるだろうし、もし自殺であればその原因を知ることも容易であろうと思うのだ。一つたのむよ。

………………。

三　信

………………。

蝶吉の身元調査に行き詰まった僕は、君の返事を一縷《る》の頼みとして、一日千秋の思いで待ったのであったが、あの手紙を見てすっかり落胆した。しかし君があれほど調べてくれて判明しないものなら、これ以上手を尽くす余地もあるまいから、この上は別な戦法を執るよりほかはあるまい。といって僕には今、何のあてもないのだ、全く窮地に陥ったよ。

　この手紙を受け取る前日が、第十三回口頭弁論の期日だったが、君からの返事は届かず、僕の手に証拠物はなし、法廷に立てば相手方は必ず弁論の続行に反対するに違いない、もし裁判長が続行を許可してくれなかったら、それで「けり」だ。とこう思いながら僕は法廷に立った。そして僕は「証拠準備」のために続行を求めた。

　すると、相手方のK弁護士が立ち上がって、何か言おうとした、たぶん結審を求めるためだったろう。その時に何か後ろで小さい女の声がしたように感じられたので、僕は後ろを振り向いた。K弁護士も振り向いた。そこに一人の女が立っていた。するとK弁護士はツカツカと傍聴席に近付いて、二口三口何事か女と私言《ささや》いたのである。

　女というのは年の頃は二十一、二で、髪は太子まげ、ひき眉、頬紅のコッテリとした厚化粧、水色に白格子の絽《ろ》の着物に海老茶無地の一重帯を胸の上に締めている、どう見てもカフェーの女という柄だ、まああんなのを現代的美人と言うのだろう。

　そこは商売柄だ、この女がこの事件の原告本人であるということは、僕にはすぐに合点されたのだ。

　ところが僕はその女を一目見たときから、「ハテナ……この女はどこかで見たことのある女だが……」とすぐに感じた。

相手方のK弁護士は、僕の予想の通り結審を求めたが、裁判長は続行を許可してくれたので僕はホッとした。

法廷を出た僕は、K弁護士と女とが廊下で何事かを話し合っている姿を再び見た。

弁護士詰所に帰ってからも、事務所へ帰る電車の中でも僕はあの女を思い出そうと焦った、その女の住所氏名は無論「訴状」に書いてあるが、それではなくどこかでその女を見掛けたような気がして仕方がないのだ。これを思い出したからとて、この事件に何の変化も持ち来たせそうにないが、相手方は結審を急いでいる。有力な証拠は五点も出ている。それに僕の方には何の反証もない場合だ、古いやつだが「溺れる者は藁をも摑む」だ、この女のことを思い出すことができたら、何か大きな反証が得られそうな気がしてならないのだ、が、しかしそれが容易に思い出せない。

街路で通り掛かりの女と、フトすれ違って行き過ぎてからどこかで見たことのある女だと、思うことがよくあるだろう。そしてよく考えてみると、自分の知っている人に似ていたに過ぎなかったり、昨夜見た夢の中の女の顔であったりすることはよくある例だ、ちょうど、そういう風に見た女だと思った原告本人は、それに類する僕の錯覚であるかもしれぬと思ってみたりするのだ。

こんな役にも立たぬことを考えているうちに四、五日の日が経ってしまった。このまま次回の弁論期日が来たら、結審は免れない、無論僕の敗けだよ。

……………。

四信

……………。

思い出せたよ、君、あの女が……。この月の二十日から××新聞の年中行事の一つである例の「納涼博覧会」が開かれるのだ、今朝××新聞を見ると、その第一頁《ページ》にその社告が出ている、それを見た瞬間フト思い出した、あの女（原告本人）は、そら去年の夏君に手紙で言ったことのある、「ばけものやしき」で気絶した女だ、しかも僕がその良人《おっと》らしい男とともに、介抱までしてやった女だ。事の起こりが「ばけものやしき」であっただけに妙な処で因縁が結び付いたものさ。

僕は、そうと知ったとき、何だか暗闇から明るみへ出たときのような気がした、そして事件に大きな光明を認めたように思った。が、しかし時間が経つにしたがって、何の事だ、よしその女が去年の夏「納博」の「ばけものやしき」で、気絶した本人であることが判っても、それがどうして今度の事件と関係があるのだ、どうしてそれが結び付くのだ。そう思うと、何のためにあの女を思い出そうと努力したのだか、全く馬鹿馬鹿しくなって、俺の頭は近頃どうかしているのだな、と思ったことだ。

ところが僕は、スッカリ忘れていたのだが、卒倒した女を思い出すと同時に、そら、あの「辻堂」の幽霊のことを思い出したのだ、あの晩の幽霊はたしかにいつもの幽霊とは違っていた、が、あの幽霊もどこかほかの処で見たことのある幽霊だ、なんて飛んでもないことを考え出したものだ。

こういう風にあの女を思い出したことは、事件にとって何の役にも立たないばかりか、かえって事件の証拠蒐集に妨害となるばかりだったよ。

僕はもう事件を投げ出してしまった。

次の弁論期日は欠席してやろう、欠席のまま判決を受けてやれ。

こう投げ出してみると、気分もサバサバとして、あたままでスーとしたような気がする。

翌日は日曜だった。係争中のほかの事件で、面会せなければならぬ人もあったのだが、僕はその日一日は事件のことなんか何にも思いたくないと思ったので、写真機《カメラ》を肩にしてブラリと家を出た。

どこと言うあてもなしに家を出た僕は、この真夏の暑さに、カメラを担ぎ出したことをすぐに後悔しはじめたが、「写友会」の（これでも僕は写友会の会員だ）課題が「盛夏」であったことを思い出し、つい近くの会下山《えげやま》公園に登ってみた。山上に三脚を立てた僕は、緑葉樹の黒い茂みを近景に、強烈な太陽を反射してギラギラと光る大阪湾の海を一枚撮った。

さて、どこへ行ったものか、と迷っている僕を誘惑したのは、山裾を大きな池に沿うて延びている一本の小径《こみち》だ。池畔の小径はいかにも暑そうであったが、黒く澱んだ水の色もよければ、小径のうねうねとした曲線もよい、更にその小径の彼方の山裾を迂回して隠れているあたりに、うっそうとして茂った小さな森は充分に僕を引き付けた。

早速僕はその遠景にレンズを向けた。

池畔の小径の暑さは森に着いてみると、すぐに酬いられたような気がした、それはその森が小さな森に似合わず、五、六本のうっそうとした老樹の梢に蓋《おお》われて、湿った空気がヒイヤリと肌に感ぜられたからであった。いずれは「伝説の森」であろうが郷土歴史に無関心な僕にはそれを知ろうはずもなく、また市街から十丁と距《へだ》てないこんな処に、かくまでも静寂な別天地があろうとは思いもかけぬことで、全くその日初めての発見であった。

森の中央には狐格子の小さな祠《ほこら》が建っている、その格子には白紙で捲いて水引で結わえた幾本もの女の髪の毛がつるされている。吹くともなしに吹く風に、その髪の毛はゆらゆらと揺れている。

その祠から少し離れた所に二坪ばかりの建物がある、近付いて見るとその建物の格子戸に一枚の制札《せいさつ》が打ち付けてある、祠もその建物も相当に古びてはいるが、その制札は幾分風雨に晒されて黒ずんではいたが、その文字はハッキリと読むことができた。その制札には、「爾今参籠《じこんさんろう》を禁ず。××県」と書かれていた。

あまりの静寂は一種の気味悪さを僕に与えたが、暑い道を歩いて来た後で、祠の前に腰を下ろして汗を拭い、煙草を喫《す》い、そして立ち上がるとピントガラスを覗き回った、が、何処も画《え》になりそうにもない、最後に森を出ようとしたとき、僕はそこにある杉の大木を見て思わず足を止めた。一抱えもあろうと思われる大木には〆縄《しめなわ》が張り回してある、その大木を近景に茂った杉の下枝《しずえ》を通して祠を見ると、印画には良い構図だ、僕はすぐに三脚を立てた。森の光線は暗いが、僕の手札のカメラは、「テッサー」の四、五が付いている。杉の大木と下枝を思い切り近景に入れて、ピントを定《き》めてシャッターを切った。

帰宅したのは四時過ぎであった。今夜は「現像」明日の晩は「引き伸ばし」だ。××デパートの事件さえ成り行きに任せば「心にかかる雲もなし」というやつさ。

…………。

五 信

カメラを担いで回ったのは、後月の第三日曜だった。

その翌日、月曜日が第十四回の口頭弁論期日だったが、無論僕は出頭しなかった。ところが二、三日すると、「来《きた》る×月×日午前九時に口頭弁論期日を延期する」旨の通知が来た。これは思うにK弁護士が紳士的態度で、僕の利益のために延期を求めてくれたものとみえる。それがかえって僕にとっては迷惑なことであったのだが、僕はあの乾板を現像引き伸ばししてから急にも一度、この事件に最後の努力をしてみようという勇気が出た。そういう勇気の出た原因は、期日の延期されたことも無論その一つではあるが、あの「大杉と祠」

…………。

の印画が最も大きな原因なんだ。

すぐに現像をやろうと思ったのであったが、大儀だったものだからそのまま打っちゃっておいたのだが、期日延期の通知を受けた夜、「エエどうでも勝手にしろ」と捨て鉢な気になって、三枚の乾板を現像して見た。二枚は全然駄目だったが、例の「大杉と祠」は非常に良い調子が出ているのだ、構図も型に嵌《は》まってはいるが、僕の好きな構図だ、その一枚だけを僕はその翌晩引き伸ばして見た。四ツにはちょっと無理かなと思ったが、原板の調子が良かったので立派に出来上がった。

あくる朝、僕は構図を定《き》めて周囲を切断しようと思って印画を見ると、近景に撮った杉の大木の上の方に何かこう紙片らしいものが喰っ付いているらしいのだ。僕は初め杉の皮が剝がれて脹《ふく》れているのかなと思ったのであったが、よく見るとどうしてもそれは紙片らしい。そしてその紙片には妻楊子《つまようじ》のようなものが二、三本突き刺さっているように見えるじゃないか。

「引き伸ばし」には「ベクト」を用いたから画が軟調になっている、そこで僕は修正台に白紙を敷きその上に原板を載せて、持ち合わせの拡大鏡で照らして見た。原板では杉の大木に鋭くピントが合っている、皮の肌までがハッキリと判るのだ、その大木の〆縄のやや下の所に紙片らしいものは付いているのだ。それをよく見ると、どうやら写真らしい。しかも朧気《おぼろげ》ながら二つの人像が見える、そしてそれに突き刺さっている妻楊子のようなものは、釘らしく見えるのだ。

僕はピントガラスを覗いた時に、ピントを合わすために充分注意したが、こういう物が付いて居ようとは思わなかった。

「ばけものやしき」へ日参する僕だ、この変な紙片を究めないはずはない、その日の午後僕は書生を連れて「祠」へ行ってみた。

果して杉の大木に付いていたのは、台紙に貼られたままの手札形の写真であった。しかも写真には五寸釘が五本まで打ち込んである。どうも旧式な「呪いの釘」というやつだ、今の世の中にこうした馬鹿馬鹿しい迷信で、人を呪う者があるのかと僕は全く驚いた。こういう話は僕らが六歳か七歳の頃に、母の寝物語に「うしのときまいり」として、頭に蠟燭を立て、胸に鏡を掛け、右手に金槌を振り上げて、藁で作った人形を木の幹に打ちつけるという話を聞いたことがある位のもので、今の時代にこういう方法で人を呪うものがあろうとは想像もできないことであった。

やっとのことでその写真を引き剝がして見ると、風雨に曝されたためか色は褪せて、六本の大きな釘穴のために損じてはいたが、それが男女の全身像であることはすぐに判った。が、その顔の中央に各一本宛の五寸釘が打ち込まれているために、顔面は潰れて何人《なんぴと》とも判断はできない。あとの四本の釘は胸部に各一本宛と、驚いたことには局部と思われるあたりに一本宛打ち込まれているのだ。裏を返して見て僕は更に驚いた、太い毛筆の折釘流《おれくぎりゅう》で、

うらめしや、うらめしや、このうらみはらさでおくべきか、おのれ、おのれ、いまにみよ、きっとおもいしらすぞよ。

うらめしや、くちおしや。
と、書いてある、その字がまた小学一年生の清書でも見るように、手札の台紙一ぱいにべったりと書かれているのだ。
僕はそれを見たときには、思わず噴き出したね、だが僕はそれを見ているうちに笑うことをやめなければならなかった。と、いうのは、その太く大きな字の奥に、細くこまかな字が沈んでいるのを見出だしたからだ。
その字もところどころ釘穴のために損じていたが、
山木一雄　二十四歳
妻　はな　二十歳
と、判読ができるのだ、言うまでもなく、「はな」とは原告本人で、山木一雄というのは訴えの原因となっている「はな」の良人で、圧死した男なんだ。
僕はこの偶然な「拾い物」に小躍りするほど嬉しかった、事件の一切が明瞭になったような気がした。
書生を連れて帰る途中も、僕は貧弱な推理力を働かしてみたが、結局駄目だ。「ばけものやしき」で卒倒した女が原告本人であり、呪われた写真の二人が原告とその圧死した良人だということが判ったって、それがどうしてこの事件に関係があるのだ。
僕の頭はまたぐらぐらしはじめた。「ばけものやしき」で卒倒した女が先入主となって、またしても僕は、それを事件に結び付けようとする、僕にはどうも事件の考え方が横道へ外《そ》れているように思われて仕方がないのだ。

Y君、一つ僕の第一信からの手紙を読み直してみてくれたまえ。そして君の透徹した推理によって考えてみてくれたまえ。

…………。

六　信

…………。

何のことだ。

――圧死した男が山木一雄なら、落ちた女は一雄の前の情婦の蝶吉だろう。一雄とお花の二人が睦《むつ》まじげに歩いている姿を、上から見下ろした蝶吉が「二人の日の前で死んでやれ」と思ったことは無理のないことだ、それが偶然に心中の形となったことは、蝶吉にとっては満足なことだろう。――

これだけのことが僕には判らなかったのだ、僕は次の口頭弁論で「一つの証拠」を提出し「一人の証人」を申請した、この一人の証人を得るまでには相当の苦心をしたものだが、これは次に会ったときに話すことにしよう。

一つの証拠、というのは無論例の五寸釘の写真さ、そしてその証拠説明として、

――被害者一雄と蝶吉はかつて最も深い情的関係があり、捨てられてから後は二人を非

常に怨《うら》んでいたこと。――

一人の証人によっては、写真裏面の筆蹟が蝶吉のものであるということと、蝶吉が常に自殺の危険があったこと。――

を述べたが、その日蝶吉が自殺の目的で××デパートの屋上へ登ったという証拠は、どうしても得ることができなかったよ。何と言っても下を通る二人を見てから、自殺の決意をしたのだからな。

事件は結審した。判決は××日だ。

温泉へでも行こうかと思っていた僕は、また「納博」へ通い出した。「ばけものやしき」も許されている。「ばけもの」の趣向はすっかり変わっている、が、去年の通り「ばけものやしき」とT字形に接続している余興場では、「四の代わり余興」として去年好評であった「四ツ谷怪談」を打ち出しに据えている。

舞台の横に張り出している「番組」には、

四ツ谷怪談――橘家桂三、引き抜き実演、伊右衛門――桂三、お岩――そめ太、と書いてあった。

去年はたしか「お岩」は「蝶吉」が演《や》ったはずであったよ。

馬酔木《あせび》と薔薇《ばら》

…………………

一

こういう所でいうのもちょっと変ですが、実は私は妻をもらってから間がないのです。——新婚者の家庭——それは、ここにいうまでもなく、皆さんは婦人雑誌などの漫画にある、あの新婚の男女のことを考えて下さればそれで充分です。

で、その夜帰りの少し遅くなった私は、矢のように真一文字に家路に急ぎました。門をくぐって玄関の格子戸をガラリと開けると、私の想像の通り、襖の影から私の新しい妻が、その美しい、開いた薔薇のような顔を現すと、両手をつかえて、耳のつけ根のあたりまでポッと赤くなって、

「お帰りなさいまし」

をいうのです、そこで私が……ああ、これはどうも失礼しました、私はこんな所で、こんなことをいわないために、皆さんに婦人雑誌の漫画で想像していただくはずだったのです……どうも失礼しました。

着替えをすませて、机の前に座った私は、まず煙草に火をつけました、学校の門を出てから、こうして煙草に火をつけて、「フウー」と一服吹かすまで、まったく一息です。さ、

これから落ちついて我が愛する細君の顔でも……あっ、また失礼しました。しかし、どうもこれをいわないと、ちょっとその話の都合が悪いのです。ま、辛棒《しんぼう》して聞いて下さい、その代わりどっさりと面白いお話を、お土産《みやげ》に差し上げることにいたしますから。

妻が勝手元の方へ立ってから、フト机の上を見ると二通の郵便物が届いています。一通は京都のS君から来たもので、別に珍しくはないが、あとの一通がどうも私には合点《がてん》がゆかない差出人です。

「ハテネ……河内特之助《かわちとくのすけ》……ハテネ」と小頸《こくび》を捻っていると、

「あなた、御飯が……」

私の前に妻が片膝を突いている。私にとっては未知の人から来た手紙を開封するよりも、妻と母との三人で夕食を摂ることの方が、どれだけ楽しみであるか知れない、私はそのまま立ち上がって次の間へ入って行きました、そこには楽しい夕げの膳が主《ぬし》を待っている、既に母は膳についています、そこで私の一日中で一番楽しい夕食が始まるのです。

老人のくせに沢庵《たくあん》を一切れ口に入れた母が、口をもぐもぐさせながら、

「耕三《こうぞう》、お前花子に隠しているようなことなぞはあるまいね」

と、いいかけると、妻が慌てて母の顔へ平手《ひらて》を持って行って、

「お母さん、お母さん」

を、連呼しながら、真っ赤な顔をしてそれを遮っているのです。

「エ、私が花子に隠していること、……何のことですか、お母さん……」

「いいんですよ、いいんですよ、何でもないの……お母さん、そんなつまんないこと、いわないでね、ね」

一生懸命です、私には何のことだか一向に合点がゆかないが、少なくとも私達夫婦の間に、鵜《う》の毛で突いたほどの秘密もないのですから、今母のいい出した言葉が、どんな些細《ささい》なことであろうとも、それは聞き捨てはならないことで、あくまでもそれを闡明《せんめい》しておくことは、妻に対する義務である。と、こう私は考えたのです。（笑わないで下さい）母は自分の目の前に、うるさく翻《ひるがえ》る花子の手を、箸を持ったままの手で、払いながら、

「お前、変なものを持っているそうだね」

「エ、何のことです」

私の顔が、あまり真面目であったためか、母もその持ち前の皺の多い、丸い顔をくしゃくしゃにして笑ってしまいました。

母の顔から手をのけた妻も、何だかきまりわるげに白いエプロンの上に、目を落としているのですが、そうっと、その横顔を覗いて見ると、これも今にもこぼれそうな笑みを、かみしめているらしいのです。

「お前、あの机のそばの支那かばんね……」

母が笑みの中から、これだけいってしまうと、第一に妻が笑い出しました。どうも私の真面目な顔と、「私が妻に隠しているもの」との対照が、変なのに違いない、と、感付いた私は、

「支那カバン」

と聞いただけで吹き出してしまったのです。そこで三人が一緒に笑ってしまった訳です。皆さんは、何がそんなにおかしかったのか、と、お思いになりましょうが、それは今ここで一時に説明してしまわなくても、この話をも少し聞いて下さると、次第に判ってくるのです。

二

「あ、あたし、スッカリ忘れていました」

急に立ち上がった妻が、茶簞笥の上から一枚の名刺を持って来ました。

「あのう、この方が今日……そうね、三時頃だったわ、尋ねていらしたの」

「河内天声《かわちてんせい》……ハテネ、聞いたような名だが、……河内天声……」

「あなた、知らない人」

「いや、たしかに聞いたことのある名だよ……あ、机の上の手紙を持って来てごらん」

妻が持って来た手紙の一通は、その差出人が「河内特之助」である、私はすぐに手紙の封を切って見ました、そして、その最初の一、二行を読んだだけで「あれか」とすぐに合点が行ったのです。

河内特之助と、河内天声とは同じ人間で、彼は有名な女魔術師地球斎天幽《ちきゅうさいてんゆう》の弟子です。

そういう社会の人間が、なぜ私を知っているのか、ということについては、ちょっとお話ししておきたいと思うのですが、だいぶん話が長くなりそうですから、ここでは略しておきましょう。

とにかく、その河内という男からの手紙です、そして今日本人《ほんにん》の河内が私を訪ねて来たというのです、もっとも手紙と本人とが同時に来ることは別に不思議なことではないのですが、その手紙の内容というのが、ちょっと変です、その手紙というのは、

先生、……（私は、この若さで先生と呼ばれることが一番つらいのですが、この男はこう書き出しているのです）

先生の方では何とも思っていらっしゃらないでしょうが、私は先生を天にも地にもたよりとするただ一人の兄様《にいさま》（失礼をお許し下さい）のように思っております、三年も前に、それもわずかに二時間ばかりお目にかかっただけですから、先生の方ではスッカリとお忘れになっているだろうとは思いますが、私のような手寄《たよ》りのない者にとっては、先生の温容な御人格を忘れることができません、それでこういう時に先生にお縋《すが》りしよう、お縋りするよりほかはない、と思い定めたのです。

まあ聞いて下さい先生、

天幽は女魔術師として今日では日本一だといわれております、なるほど天幽は先生もご承知の通り、魔奇術にかけては全く天才です、天才というよりは、天幽の魔術は、文字

通り本当の魔術であるかもしれない、というのは、八年間も彼の身辺に居る私でさえも「タネ」を知ることのできない魔奇術がたくさんあるのです。例えば「空中浮揚術《ふようじゅつ》」のごときものです、先生のご実験は主として、「遠隔透視術」でありましたし、「空中浮揚術」は、そうそう何時《いっ》も出している「だしもの」でもないので先生はご覧になったこともあるまいと思います。が、実に不思議です。八年という永い月日を、彼女の舞台から一日も離れない私でさえ、その「タネ」を知ることができないのです。

その「空中浮揚術」というのは、——舞台の左右に二脚のテーブルを置き、そのテーブルの上には各一個ずつの「鈴」が用意されます、天幽は目隠しを施して舞台の中央に座ります、観客の自由希望によって、数人の観客を舞台に上《のぼ》します、そしてある者は天幽の右手を、またある者は左手を捉え、他の者は左右のテーブルを押さえています、そしてそのまま無言の数分間が過ぎると、左右のテーブルは自動的に上騰《じょうとう》を始めます、観客が、力を籠めて押さえ付けても、テーブルは非常な力を以て上昇を続けます、そのテーブルが押さえている者の手を離れて四、五尺も空中に浮かぶと静かに下降し始めて元の位置に還《かえ》ります、すると今度は、突然卓上の「鈴」が両方ともに一度に空中にハネ上がり、ガランガランという高い音を立てながら、互いに空中を飛び回ります、最後にその鈴は、テーブルに打ち付け、打ち付けしてははげしく空中を飛び回るのです。

それればかりではありません、「超物質化術」では、天幽は壁でも、ガラスでも、あらゆる物体を通過することができます、「光力減殺術」「交霊術」等、私にはどうしても「タネ」の判らない魔術がたくさんにあります。前にも申し上げましたように、八年も天幽の身辺に付き添うている私が、こういうことを申し上げては、定めし変にお思いになりましょうが、これらの魔術は、私一人が不思議だと申しているのではありませぬ、先年天幽が洋行した時には、×××大学のローンプローレー教授、フラームマリヨンス教授らは、天幽を実験して、ユーザビアー以上だといって驚きました、また、クロード博士は「東洋のアーヂニー」だといって驚きました。先生も定めしお耳にしていられることでありましょう。

ところが、なんと先生妙なこともあるものじゃありませんか、あの「遠隔透視術」（先生がご実験になりました）あれだけは私というものがないと、どうしてもできないのです。先生、私と天幽との関係は、わずか二日間のご滞在に過ぎませんでしたが、先生は充分にお察しになったことと思います、天幽は私を絶対に離しませぬ、それはただ私が「遠隔透視術」の相手として、欠くことのできぬ人間であるからというだけではないのです。もちろんそれも重大な原因の一つには違いありませぬが、彼女は嫉妬のために、私をその身辺から離さないのです。私は天幽の執拗な嫉妬の情火のために、神経をぢりぢりと焼かれてゆく苦痛に堪《た》えられません。

このはげしい嫉妬の情炎に、身を焼かれつつある私が、何という恐ろしいことでしょうか、一人の恋人を持っております。その恋人というのは、先生もご承知であろうと思いますが、あの踊り子のみどりです。いつも舞台に立って、震えているようなみどり、あの観客に見せる淋しい微笑、私は何時の間にか、みどりと深い恋を語るようになりました。それは周囲の誰もがまだ知らないはずです、が、ただ一人天幽だけが、知っているのではないかと思うのです。

と、いうのは先生もご承知の通り、あの「魔人術」では、みどりが籠の中に這入《はい》ります、天幽は手にした鋭い長剣を執《と》って、床板に突き立てます、青竹を真二つに斬って見せます、その長剣をみどりの這入っている籠に擬して、一度正面を振りむきます。脚灯《きやくとう》の青が、長剣に反射します、蛇の這うような気味悪い光が、鍔元《つばもと》からきっ尖《さき》へ走ります、底知れぬ暗黒のバックの上に浮き出した天幽の顔、その顔は舞台の上手《かみて》に立っている私の方へ徐々に向けられます、その視線が一瞬私の目を射るときの恐ろしさは……私は思わず顔をそむけます。

魔女の総身《そうみ》の力が隻腕《せきわん》に加わると、「ブスリ」と低い、にぶい音とともにその長剣は籠に突き刺されます、それと同時に籠の中からは「キャッ」というみどりの叫び、敷いた白紙の上へどす黒い血が、タラタラと流れる、籠から、いやみどりの身体から引き抜いた長剣を持って、二、三歩正面に出た天幽が長剣を差し上げると、刀身を伝う血のりが鍔に溜まって青白い天幽の手の甲から、白紙の上にぽとりぽとりと落ちます、私にはこの時の天幽の顔が悪鬼《あつき》のように見えます、正面から徐々に私の顔に視線を移す天幽の顔を、私はとても見返す勇気はありませぬ。

籠の中からは、みどりの声が、その息もたえだえな悲鳴が続いています、二度、三度、長剣を刺し通される度ごとに、みどりの悲鳴は次第に小さく、はては幽《かす》かに、ついには聞こえずなってしまいます。

三

この手紙は、まだ続いているのです。

脚灯が白色に変わって、その瞬間「鈴」を振りながら、観客席の中を、小鳥のように素早く舞台に駈け上るみどりを見ると私は、ほっと安堵《あんど》の吐息をつくのです。そして舞台の中央にみどり、上手に私、下手に天幽と並んだとき、これまで天幽はこぼれるような笑顔でみどりをかえり見、観客に一礼するその動作は、数年来一分《ぶ》の違いもなく繰り返されたものですが、それが近頃はニコリともせず、私と、みどりに鋭い一瞥を与えると、無表情のまま一礼するようになりました。

スルスルと緞帳《どんちょう》が下りると、私達二人には一瞥をも与えないで、靴音荒く楽屋へ入って行きます。私達幕内の習わしとして、舞台が済めば必ず師匠に、

「御苦労様……」

の挨拶をすることになっております、私とみどりとは同時に舞台を下りますから、やむなく二人は揃って、師匠にこの挨拶をせねばならぬのです、師匠の部屋の入口から、「御

苦労様」をいうと、鏡に向かっている天幽は返事もしませぬ、ふと見ると鏡に映っている天幽の顔が、その目が、鏡の一部に映った私達二人を見つめています、そして鏡のなかで視線が会ったときの怖《おそ》ろしさ、二人は逃げるようにして、大部屋へ帰って来ます。こうして一日のつとめは済ましても、私にはまだ、小屋が「ハネ」てから、あの無気味な天幽の目を見なければならないのです、その嫉妬の執拗さ、それはとても筆紙《ひっし》のつくすところではありません。先生、どうかお察しを願います。

私は幾度脱走を企てたことか、だが先生、私一人なら脱走は訳なく成功しますが、私は、私一人で脱走することはできません、みどりを連れて逃げなくてはなりません。脱走の度ごとに私は捕えられては、引き戻されました。

前にも申します通り、天幽が私と申す者に、執着を持っているというだけではなく、一座の呼び物となっている「遠隔透視術」には、私という者が、無くてはならぬ人間なんです。みどりはまたその美しさから一座の明星として抜くことのできぬ人気を持っております。私達の幾度かの脱走は、ことごとく失敗に終わりました、そしてその度ごとに私達二人の上に監視の目が厳重になって来ました、そこで私は一策を案じたのです。それは、あの「遠隔透視術」の合図を故意に誤ることです、今まで百発百中といわれた、天幽の「遠隔透視術」が、的中せなくなったならば、私というものは当然この一座には不要なものとなるはずです、しかし、これはずいぶんと冒険です、もし私が故意に合図を誤っているということが発見されたら、それこそ私は殺されるかもしれないのです、私はそれを非常に注意深く最も自然に間違えて行きました。

さすがに誰も私が故意に間違っているとは、気付かなかったようです。私の「頭」が悪くなった、こういう風に信じ込んだ太夫元《たゆう》や、座員達は次第に私を疎《うと》んずるようになりました。私は心窃《こころひそ》かに自分というものが、この一座に不要となる日の近いことを喜んだのです。

ところが先生、天幽はさすがに私が故意に合図を間違えているということを、観破《かんぱ》したらしいのです。天幽はフッツリと「遠隔透視術」を出さなくなりました、いくら太夫元が勧めても、それを出すことを承知しませんでした。

その「遠隔透視術」の代わりとして、天幽は永いことおくらにしていた、「催眠術」を出して来ました、今どき古くさい催眠術なぞを、と、太夫元や座員達が反対しましたが、天幽は頑《がん》として応じませんでした、そしてその催眠術の術者はいうまでもなく天幽で、その被術者として私のみどりを指名したのです、催眠術の原理ではどうか知りませぬが、みどりは天幽の前に立って、目を見つめられると、すぐに催眠状態に陥ります。そして天幽は不思議な、恐ろしい暗示を与えます、何という情けないことでしょう、その暗示力の作用は、みどりの心に私というものを嫌悪することを教えてゆきます。

それに先生、天幽はまだまだ恐ろしい方法で、私達二人を苦しめようとしているのです、先生私はとても堪えられませせぬ………。

ずいぶんと長い手紙で退屈でしたろう。この手紙はここまではペンで克明に書かれているのですが、ここでプッツリと切れて、そのあとは毛筆でそれも郵便局にでも備え付けてあったものかと思われるような禿筆《とくひつ》で。

先生、私がこんな手紙を書いていることはちゃんと、天幽には判っているのではないかと思うのです、いつ先生の膝下《しっか》へ参るかもしれません、先生私達を救って下さい。

と、書き放しにしてあるのです、どうも迷惑な手紙が舞い込んだものです。私はこの手紙を読んでしまうと、何だかこう変な気持ちになってしまったのです。

私の顔と、手紙とを見比べていた妻が、

「あなた、どうかなさいまして」

と、聞くのです。

「いやなんでもないんだがね、あんまりこの手紙が気違いの寝言《ねごと》みたいだから、ちょっと変な気がしたのだよ」

妻が勝手元へ立って行くと、私は書斎へ入りました。

その晩は、宵から妙に曇っていたのが、夜に入ってからは、庭の木や窓を撫でる風の音がしていました。

四

「この男は強迫観念に捉われているのだな」

と思ってジッと河内の顔をながめました。

「ところが、先生、そればかりではないのです、近頃になって天幽は、私達二人を更にいっそう苦しめる方法を考え出しました。と、いうのは、天幽が『薔薇の精』という『劇』を自分で脚色して上場しました、その『薔薇の精』というのは、土耳古《トルコ》の伝説に取材したもので、その筋というのが……」

「ああ君、もういいよ、もういわなくても判っているよ」

私が遮っても河内は、それに頓着しようとせず、なおもいい続けるのです。

「……継母《ままはは》の言い付けで娘は町へ蠟燭《ろうそく》を買いに行きます、淋しい夜道を蠟燭を買った娘が家の前まで戻ってくると、狐のためにその蠟燭を取られてしまいます、それで娘はまた引き返して代わりの蠟燭を買って来ましたが、やはり途中で狐のためにその蠟燭を取られてしまいます、お金も蠟燭も無くした娘は、継母の前に泣いて許しを乞うのです。すると継母はいつにもなくものやさしく、『お前の髪は大そう乱れている、私が梳《す》いてあげるから頭を私の膝の上にお載せ』といいます、そして継母は娘の髪を梳き始めます。継母の膝から床に垂れ下がったその美しい髪は、継母のためには憎しみの種となるものでした、『お前の髪は膝の上では結われない、木の台を持っておいで』、何も知らぬ娘がそれを持って来ますと、今度は『お前の髪は櫛では梳けない、斧を持っておいで』と命じます、娘はいわるるがままに斧を持って来ました、すると継母は、『サア髪を梳いてあげるから、台の上に頭を載せなさい』と命令します。無邪気で美しい少女は何気なしに台の上に頭を横たえます、継母の打ち下ろす斧のために、少女の首は前へ落ちるのです……。

先生、いうまでもありませぬが、その継母は天幽です、そして娘は私のみどりです、そして私の捧げている銀盆の中へ、みどりの首がころりと落ちるのです、天幽が斧を振り上げた瞬間、あまりの恐ろしさに私は思わず目を閉じます。銀盆を捧げる私の手に、ズシリと重みを感ずるそのせつな、私はまるで冷水を浴びるようにぞっとします。先生、とても私は堪えられませぬ、どうか先生私達二人を助けて下さい」

こういって、その細く青白い顔を上げて私を見上げるのです。

「それはみな『タネ』のある奇術だということは、貴方《あなた》がよく知っているはずじゃないか」

と、私が申しますと、河内は、

「エエ、それはもちろん奇術です、奇術ですが、それは『タネ』のない奇術です、みどりの首はいったんその胴体から斬り離されます、そして再びそれがつながるのです。先生、それが証拠に、みどりの首筋には『ハッキリ』とした傷跡がついております、そればかりではなく、みどりは日一日と色蒼ざめて衰弱してゆきます。天幽は全く魔法使いです、こうして私が先生に訴えている一言一句は、ことごとく天幽に聞こえているかもしれませぬ。

先生、どうか助けて下さい」

はては、畳の上に俯伏《うつぶ》して泣き出すという始末です、それで私はいよいよこれは強迫観念に捉われているに違いないと思ったのです。

なるほど天幽という女は、ただの奇術師というだけではなく、透視、念写、千里眼《せんりがん》もやる、また彼女の交霊術や、光力減殺術などは、一つの心霊的現象として学界の問題になったこともあった、現に私なども天幽の「遠隔透視術」を実験したことなぞもあったのです。が、しかし何をいってもたかが手品師です、それをしかも天幽の助手を八年という久しい間その身辺に着き切りで勤めていながら、真面目にこういうことをいうのは、これはどうしても強迫観念から起こる「恐怖症」だと私は思ったのです。

それで、今、急にそれが一種の強迫観念であるということを説いても効果はあるまいと思ったものですから、まあとにかく、今夜は静かに眠らせて、明日になればたぶん誰かが迎えに来るかもしれない、もし誰も迎えに来るものがなければ、厄介《やっかい》でもこちらから送って行かねばなるまい、とんでもない厄介な代物《しろもの》が舞い込んで来たものだ、とこう思いながら、河内を無理に寝させることにしました。

五

夜とともに風は次第に強くなったらしく、庭木の騒ぐ音、窓の扉をうつ音が次第に強くなって来ました、夜中にフト目覚めた私は、

「はああ、だいぶん風が出て来たらしいが、嵐になるのかな」

こう思いながら、なお、うつうつとしていたのです、すると一きわ激しい風が、ドッと窓に打ちつけたと思うと、窓の扉は内側に煽《あお》り開かれ、カーテンは風をはらんで浪のように室内を流れる、はげしい雨が横なぐりに降り込んだと思うと、たちまち電灯は消えて闇となってしまいしました。そして私が「アッ」と思って起き上がろうとしたときでした。開かれた窓の外からにぶく青い光が差し込んで来ましたが、やがてその窓に半身を現した女があるのです、左の手に青色のランプを翳《かざ》して、右の手には氷のように冷たく光る剣をささげています。そして静かに部屋のなかに入って来ました、女が音もなく歩を移す度ごとに、女の身体からは蛇の皮にでも見るような、かすかな底光りがします。捧げている剣には青龍が動きます、私はあまりの怖ろしさに寝台に俯伏したまま息をこらしておりました。

その女は、やがて静かに河内の寝台に近寄ると、十分間ばかりは何事をかいい続けたが、それは何をいっているのか、私には少しも聞こえなかったのです。

女は独りごとを続けながら、時々私の方を振り返ります、私は恐ろしさのあまり女の顔を熟視することはとてもできなかったのですが、それでも痩せた細長い青い顔に、髪が乱れかかっていることだけは、見ることができました。

女は更に河内の寝台に近付くと、青色ランプを翳して、しげしげと、その寝顔に見入る様子であったが、やがてかたえのテーブルにランプを置き、左の手で静かに河内の頭を押しまげて、右手の剣を逆手《さかて》に持ち替えたと思うと、河内の首筋にグサと突き立てました。そして女はそのままあたりを見回したが、テーブルの花瓶に挿してあった、薔薇の花を一輪むしり取ると、その花を傷口に押し込んだまま立ち去ってしまいました。

ようやく、我に還った私は、あまりの珍事に呆然として為《な》すことを知らぬ有様でしたが、考えてみると、とんでもない掛かり合いに引っ懸かったものだ、三、四年も前にわずか二、三回会ったに過ぎぬ男のために、わざわざN市まで同伴して送ってやるさえひとかたならぬ迷惑であるのに、途中下車して一泊したホテルで、こういう恐ろしい目に会うとは、何という馬鹿馬鹿しいことだ、こんな所に止《とど》まっていては、この上どのような災難に出会わないとも限らない、こういう場所からは一刻も早く逃げ出すに限る、とこう私は考えたのです、そこで周章《あわて》ふためきながら、服を着けて急いで部屋を出ようとしたはずみに、思わず花瓶の乗っているテーブルに突き当たったのです、平素はそんなにそそっかしい私ではないのですが、あまりにも恐ろしい殺人事件を目《ま》のあたりに見た恐怖のために、スッカリ狼狽していたものと見えます。

花瓶は床上に落ちて割れてしまいました。その物音に驚いた私は、更に次の瞬間には冷水を浴びるような恐ろしい驚きに打たれました。というのは、寝台の上に屍体となって横たわっていた河内が、ムクムクと起き上がったじゃありませんか。

「あっ……」といったまま私は、思わず知らず二、三歩後ろに寄ると、自分のベッドに尻餅をつきました。

「先生、どうかなさいましたか、……もう夜が明けたのですか」

河内は寝不足の顔を私の方に向けて不思議そうに私を見るのです。

何時頃であるのか時間も判らないのですが、あかあかとした電気の光が、部屋の隅々までも照らしています、今壊れたばかりの花瓶が、絨壇《じゆうたん》の上にみにくい内部の赤茶気《あかちやけ》た肌を露《あらわ》しています、私は無言のままでじっと河内の顔を見守りました、深湖《しんこ》の底のような無気味な沈黙が部屋一ぱいに満ちています、私は恐る恐る部屋を見回しました、窓は宵に締めたままでびろうどのカーテンが静かに、ゆれているばかりです。

六

私と河内とを乗せた汽車が、ある鉄橋を渡ろうとした時でした。

この列車がH駅を出るときは、そこの大きな電気時計がまさしく三時を指していたことを私は記憶しています。そしてその列車に乗り込むとき、ちらりと見たばかりでしたが、その車室の側面に掛かっている青い木札にはS行と書いてある白い文字が、あざやかに私の記憶に残っていました。

どうしたものかその列車には非常に乗客が少ないのです、私達二人のほかには五、六人より乗っていないのです、そしてその人達は深い眠りに落ちているらしく、ただ汽車の震動によって左右に動揺するのみで、起きているらしい人は一人もないのです、私は河内と向かい合わせに腰を下ろしておりました。

汽車が動き出すと間もなく、河内は居眠りを始めました、河内は右手を肱《ひじ》かけにかけて眠《ね》ている、その首筋を私はみつめました、そこには針で突いたほどの傷もとどめず、どちらかといえば、やや長い、青白い首筋の皮膚が引っつけられて、太い動脈が見えるばかりです、私はどう考えても昨夜——いやまだ昨夜ではない今夜です——今夜の出来事を夢だとは思われない。あの首筋に青白く光る長剣がグサと突き刺されたのを見た、そしてその傷口には一輪の薔薇が押し込まれた。あの青白い皮膚の下には薔薇の花が入っているに違いない。どうしてもあれが夢だとは思われない、が、しかし現在殺された本人の河内が、目の前にかすかな鼾《いびき》を立てながら眠っているではないか。これはいったいどう解決がつくのだ、ひょっとするとこれは天幽の魔術にかかっているのではあるまいか、こう思うと何とはなしにガランとした車内が、薄気味悪く感ぜられるのです、殊に私の掛けている座席から二つ目の、反対側の座席にかけて、顔をこちらに向けて眠っている三十五、六歳の女の顔をフト見たとき、私は思わず声を立てようとしました、それは昨夜、いや今夜、あの窓から入って来た女に違いないのです、私はこわごわ再び女の方を、ぬすみ見ました、するとどうでしょう、その女のはだけた胸からチラリと感じた光はあの奇術師の女が舞台に用いる「装《かざ》り服の一部に違いありません、そしてその光は昨夜、いや今夜つい今しがたホテルの部屋で、青い光のなかで見たものに違いないのです、そう思うと眠っているように見えるその目は、うすぼんやりと開いて、じっと私達の方を見つめているようにも思われます。私は恐ろしさに身動きさえできず、じっと竦《すく》んでしまいました。

その時です、汽車が鉄橋に懸かったのは。

汽車が土の上を離れて、ゴーウという音響とともに河の上に差しかかった時でした、今まで眠っていた河内が、突然立ち上がって車窓から半身を乗り出しました、そして「あっ」という声とともに、口から真っ赤な一団の血のようなものを吐き出しました、私は慌てて窓から下を覗いて見ますと真紅の薔薇の花が煙のように赤く漂う血の中に、ポッカリと浮いて見えます、それがちょうどあの水中花を白い瀬戸引きの洗面器へ浮かして見るようにあざやかに、大きく私の目に映ったのです、そしてそれが緩《ゆる》やかな流れに乗ってその位置を移します、私はじっとその水中花を眺めました。

すると、突然、静かなその流れに時ならぬ水音がして、飛沫を四散させました。

河内が河へ身を投げたのです。

夜が、もう明け離れていました、薄い陽《ひ》の光が、その黄色い光を斜めに川の面《おもて》に投げて、その波紋を怪魚の鱗《うろこ》のように光らせました。

七

S駅で汽車から降りたのは無論私一人でした、私は汽車から下りると元気よく改札口を出ました、そしてそこに並んだタキシーを呼ぶと、H座へと命じました。

私の胸は跳《おど》っていました、それは昨夜以来連続的に起こる不可思議を解こうとする研究心のためでした。

N橋の北詰めでタクシーを捨てて橋を南へ渡ると、橋の上から川添えの片側町にある、H座のイルミネーションが黒い川の水に写って五、六本の幟《のぼり》が侘しげに見えるのでした。まだ宵の口であるはずなのに、その辺りはヒッソリとして人通りもまれで、H座は無人のごとく静まりかえっています。

六枚の看板は全部が真っ黒く塗りつぶされて、ただ真ん中の一枚のみに「白十字」が現してあるだけです。

私は三等を買って場内へ入りました、外の淋しさに引きかえて、場内の光景は素晴らしいものでした、それこそ文字通り満場立錐《りっすい》の余地もない有様です。

奏楽もなし、木の頭《かしら》もなく、何の合図もなしに不意に緞帳《どんちょう》が引き上げられました、バックは例によって漆黒である、緞帳が上り切ると下手《しもて》からつかつかと天幽が舞台の中央へ現れました、それがあの恐ろしい夜の女であることはいうまでもありません。

すると、ややそれに遅れて上手《かみて》からそろそろと力のない足どりで、舞台に現れた男があります、それはまごう方なき河内です。

しかし皆さん、私はもう少しも驚きませんでした、それは昨夜以来の不思議が、この天幽によって為された一つの妖術であると私は信じていたからです。

舞台に現れた二人は、観客の方に向かって一礼しました、するとそこへまた一人の男が現れて口上《こうじょう》をいい始めたのです、その口上というのは大体次のようなものでした。

今回は催眠術をご覧に入れます、これは被術者が睡眠中に、術者の暗示によって現す、種々《しゅじゅ》不思議な現象をご覧に入れるのでありますが、ここに控えております被術者（弁士はちょっと河内の方を見ました）に応用したのではすこぶるお慰みが薄い、それでどなたでもよろしゅうございます、ご希望の方がありましたら、どうかご遠慮なく舞台へお上がり下さい、睡眠中といえどもご人格を傷つけるようなことは、決して致しませぬから研究のためだというご希望の方がありましたら、どうかご安心の上お出ましを願います……。

その声が、まだ終わらぬうちにつかつかと舞台へ上がって行ったのはもちろん私でした。俯向《うつむ》いていた河内が、顔を上げて私を見ると、そろそろと私のそばに近付いて来ました。そして何事をかいおうとしたせつな、天幽の目がチラリと動くと、河内はちょうど猫に魅入られた鼠のように、立ち竦んでしまいしました。

あとで気の付いたことでしたが、河内はこの時私の身に危難の降り掛かっていることを、知らそうとしたのでしたが、その時の私は天幽に対して持つ一種の憤《いきどお》りに似た憎悪のために、それには気付かなかったのでありました。

天幽の催眠術の施行方法は、今ここに詳しく申し上げる必要はあるまいと思います、普通の奇術師などが、よく舞台でやるあのいかさま催眠術の通りです。

被術者が、術者に対して反対の意思を持つとき、催眠術はその効を有《も》たないことは、誰でもが知っています、まして私がそれを知らないはずはありませぬ、しかし、私は今ここでは天幽の術中に陥ったごとく見せかけなければ、私の目的を達することができない、そこで私は天幽の催眠術に内面は反抗しながら、表面だけは完全に陥ったものと見せなければならなかったのです。

ところが、私として何という不覚だったでしょう、天幽の目がじっと私の目を見詰め、彼の白く細い一本の指が、私の目の前に次第に近寄って来ると、私は全意識を反抗のために集めたが、その反抗意思は次第に煙のように消えて行く不安を感ずるのです。

これではならぬと思いました、で私は視線を逸《そ》らそうとしました、ところが不思議なことには、私の視線は天幽の指頭《しとう》に吸い付けられたごとく視線を逸らすことができないのです。

そして次第に瞼《まぶた》が重くなって来ると、私の意識は次第に睡眠状態に陥るのでありました、私は必死となって反抗しました。が、しかしそれはとうてい駄目でした。

数分の後私は睡眠状態に陥ったのであります。

ところが幸いなことには、いや不幸なことであったかもしれないが、私の睡眠状態は、催眠術にいわゆる「半睡《はんすい》状態」であったのです。

八

皆さんの記憶にも定めし残っていることだろうと思うが、イヤ皆さんがそれを知りそうなはずはないが、それから後私は非常に有名なものになったのです。

しかし、それは「人」として有名になったのではなくて「馬」として有名になったのです。その当時の各新聞紙に「思考する馬」とか「利巧なハンス」とかいう大見出しで盛んに書き立てられたのは私であったのです。「人間が馬になる」ということは、それこそ馬鹿らしくて信ぜられることではないが、しかし、「催眠術」の一冊でも読まれた方は「人間が馬になる」ということを、少しもお疑いはあるまいと思う、すなわち私は天幽の施術《しじゅつ》に、半意識の抵抗を続けながら、ついに彼から与えられた「暗示」のために「馬」となってしまったのです。

そして何年の月日が経って行ったことでしょう。十年、二十年、いや五十年も経ったかもしれない、その超時間的な長い間に、私の身体の外部に起こった変化が、どのようであったかは私自身には判らなかったのですが、人間が私を見て、「狂人」だと呼ばずして「馬」だと呼んだところをみると、他人から私が馬に見えたに違いないのです。もちろん私の言葉は封じられて、ただ馬の嘶《いなな》きに似た奇声を発し得るのみでした。

しかし、その当時私は馬になってしまったのです。存在すらも認められない人間として、生涯を終わるよりは、「馬」として世界にその名を馳せて生涯を終わるということが、私にはかえって誇らしいもののように感じられたのでした。こうした、間違った考えは、たぶん永い時間の諦めに根ざしていたのかも判りません、またあるいは恐るべき天幽の暗示であったかも判りません。

とにかく私は得意になって、いろいろな芸当をやって見せました、それは本来人間であるところの私が行《や》って見せるのですから、私を馬だと思っている他の人達から見たら、「利巧な馬」と見えることは無論であります。

果たせる哉《かな》、私の声名は次第に高くなってゆきました。そしてついには皆さんもご承知の、イヤ皆さんはたぶんご承知ないかもしれませんが、あの実験が行われたのです。

その当時、既に私は「馬」の愛好者として有名な氏の寵を受けていました。

その実験の光景を詳しく申したいと思うのでありますが、その話だけでもだいぶんに長くなりそうですから、ここではごく簡単にその日の大体の模様だけをお話ししようと思います。

まず第一の試験は「数学」で、第二は「作法」です。

私の部屋？　の前にズラリと並んだ洋服の紳士を見ると、その顔は皆私に見覚えのある、××大学の教授連です、短く刈りこんだ白髭の××博士、無髭の××博士、いつもちょっと首を右に曲げる癖の××博士、そのほかそれに同伴の人達が、鹿爪《しかつめ》らしくずらりと私の前に並んだものです。

「やあ先生、ご壮健で」

と、声をかけてやったら、定めし驚くことであろうと思ったのですが、悲しいことには私の詞《ことば》は彼らには通じないのです、博士達は頻《しき》りに私語を交わしている。

そこへ私の主人が進み出て、

「いよいよこれから実験にかかります」

こういって私の方へ向き直ると、二本の指を突き出しました、私は早速前足で二ツ床を打って見せました、次には三ツ、次は四ツという風に的確に床を打って行くと、今度は××博士が主人に代わって、だしぬけに両手を拡げて見せました、そこで私は九ツを打って見せました、すると列座の先生達は小首を捻っています、この先生達は大方両方の手を拡げれば、十に定《き》まっていると思っているのでしょう。ところが××博士の指は九本しかなかったのです、私が九ツで打ち止めると、××博士は慌てて両手をズボンのかくしに突っ込んでしまいました。博士の指が九本よりないということを知らぬ他の先生達は、どうやら私を「十という数は計算ができない」ということに定めてしまいそうです。私は残念に思いました。どうかして××博士の指が九本より無いということを、他の人達に知らせようとしたのでしたが、現在の不自由な私の表情と言葉とでは、どうしてもそれを知らせることができないのです、するとそばに立っていた今年七歳の×坊が、

「ヤア先生の指は九本しかなかったよ」

と頓狂《とんきよう》な大声で叫んだので、私の計算に誤りのなかったことが、証明されたのです。

博士は負傷したのか、どうしたのか、左の手の小指が一本不足していたのでした。

次の「作法」の試験というのは、西洋料理を順序を間違えずに食べるということでした、無論訳のないことです。

数日の後博士達は、「実験報告」を発表しました、こうして私は「利巧な馬」として、ますます有名になって行きました。

九

ある日の夕暮れのことです、どこからともなく、ふくいくとした薔薇の香《におい》が漂うて来たのです。私はすぐに薔薇の花を思い出しました。

その頃から私は毎晩夢を見るようになったのです、その夢と申しますのは――。

私の部屋？　の天井といわず、壁といわず、部屋の周囲はすべて青葉に包まれます。そしてその青葉の間に点々として、美しい四季の花が咲き乱れます、そして、それらの花の間には白く大きな薔薇の花が、高い香りを放っているのです、私は引き寄せられるように、その薔薇に唇を当てようとする、と夢は覚めます。

こういう夢を毎夜のように続けて見ているうちに、私の前世のことがそろそろと、まるで雪どけの青草のように、意識の下積みから上って来ます、そうすると恐ろしい天幽のこと、哀れな河内のこと、そして私が今まで不思議にも忘れていた妻のことが思い出されて来ました。さあ、そうなると洪水に土手が潰れたようなものです、よい気になって「馬」の境界に甘んじていたことが、大きな海となって我が身を責めます、人間に生まれ変わりたい、早く妻の顔が見たい、私は明けても、暮れても、そのことばかりを思い続けました。

するとある夜、例の夢を見ているうちに、私はフトある一つの「暗示」を受けました。それは、

「薔薇の花を食うと人間になれる」

と、いうことでした、なぜそういう暗示を得たかということは、私にも判りませんが、ただ私は何とはなしにそう思ったのです。

その夜も例の通り、私の部屋の周囲には美しい花が咲き乱れ、薔薇の花は一際すぐれて高い香りを放っています、私はただ一口にそれを食べようとしました。

ところが、何と驚いたことには、その薔薇の花は、「あせび」の葉に埋もれているのです、薔薇を食うと思えば、どうしても「あせび」の葉とともに食わなければならないのです。

「これは」

と、思って他の薔薇を求めましたが、どれも、これも皆「あせび」の葉に埋もれています、私がただの馬であったら、知らずに「あせび」の葉とともに薔薇を食ったかもしれないのですが、元来人間である私のことですから、「あせび」を食った馬は二十四時間以内に死ぬということを知っていたのです、私は落胆しました。

が、しかし一心というものは恐ろしいものです、私は一つの冒険を試みようとしたのです、それは、「あせび」は馬体《ばたい》にとってこそ恐るべき毒であるかもしれないが、人間にとっては無害であるかもしれない、もし馬体にとってのみ有害なものであれば、それを食することによって私は馬体を脱することができる、もし人間にとっても有害なものであれば

それまでである、いつまでもこうして馬としての生命《いのち》を続けていても仕方の無いことである。

こう決心した私は、すぐに薔薇の花にかぶりつきました、「あせび」の葉と「薔薇」の花とが長い私の咽喉《のど》を通過して、胃の腑に納まりました。

それから、何時間くらい経過したことでしょう、開いた薔薇のように美しい妻の顔が、私の目にぼんやりと映ったのでした。

どうも摑まえ所もない、たよりないお話を永々といたしまして、皆さんはさぞご退屈を感ぜられたことでありましょう。

しかし皆さん、私の机上の一輪挿しには、薔薇の花が挿してある、枕元には「河内特之助」の手紙が置かれてある。

そして、すやすやと眠っている私の枕元に座った妻が、私の「実験器具箱」であるところの、小形の支那カバンを開き、私のノートと首っ引きで噴霧器、青ガラス、妻楊子《つまようじ》、香水、等、等を、次々と取り出して、噴霧器で私の顔に心持ちほど水を吹いたり、青ガラスで目を掩《おお》ったり、妻楊子で首筋を突ついたりなぞして、私が「ベソ」をかく様を興がっている光景を、皆さんご迷惑でも想像して下さい。私は妻を「実験台」にするつもりで準備しながら、すっかり妻に先を越されて私自らが「実験台」となった訳です、お蔭で私は世界的「レコード」を作ることができました。皆さんはどうぞ、私の妻と、河内特之助君とに感謝して下さい。

これは×月×日××公会堂で開かれた、「通俗心理学講演会」における××先生の「夢の製造法」という講演であります、先生は来週、「夢中の感覚」について更に引き続き講演されるはずであります。

空想の果て

貘《ばく》が夢を喰って生きているように彼は空想を喰って生きている男であった。

一日の勤務を終わって往来に出た彼は例の通り空想に耽りながら歩いていた。


こうして道を歩いている。百円紙幣が一枚落ちている……いや百円一枚じゃ都合が悪いな、十円紙幣十枚にしておこう、それを拾う、カフェーレーブンでコクテル一杯に十円札をポンと放り出す、かねちゃん、ようちゃん、ふうちゃん達が驚くだろう……だいたい奴らは俺を軽蔑していやがるからな……そして残りの九十円で……。

いやそんなことは小さいな、千円拾う、そうすると……千円、いやそんなことじゃあ足りない。五千円、一万円……だが待てよ金を拾って隠匿すると懲役ものだな、懲役は感心しない。だから、警察に届けて報酬をもらうことにしよう。そうすると一万円拾ったところで最高二割で二千円か、足りないな、五十万円拾うことにしよう、報酬が十万円、まだ足りない、百万円、ええ、一層のこと五百万円拾うことにしておけ、すると報酬が百万円ある訳だな。

そうなると、その百万円でまず最初に家を建てる、家の外観、間取り等は、あそこの×

×工務店のウインドに出ているある設計図のあれにするかな、だがあれだと総工費三千五百円だ、ちょいとお粗末かな、だがまああれで辛抱しよう。そうなると俺一人じゃあいけない、美しい妻……いや妻はもらわないことにして、美しくて可愛い小間使を置くことにしよう、そうなると書生もおかなくちゃならない、だが待てよ、もしその書生とその美しく可愛い小間使とが愛し合って俺が苦しむなんかは困るな、こいつは困るな……しかし五百万円なんて大金が落ちていようはずがないじゃないか、いや落ちていないことも限らない、××銀行から××銀行へ８０８号の自動車が大トランクを積んで、警官護衛で毎日午後四時にはこの道を通るじゃないか。

行員も居眠っている、警官も居眠っている、運転手は目茶苦茶に走らせる、××屋の角を急角度で曲がるときに、急激な反動で立ててあった大トランクが横っ倒しにころげる、そのはずみに扉《ドア》がバタンと開《あ》いて、トランクがコロコロと転がり出る、運転手は気付かずに目茶苦茶に走ってしまう。

俺の歩いている前へ五百万円入りのトランクがコロコロと転がって来る、俺は直すぐにそれを拾う、俥じゃあいけないタクシーを呼ぶ、タクシーが都合よくその辺に居てくれればいいがなあ……まあ都合よく居ることにしておこう、××警察へ……。

警部さん立ち会いの上でそれを開いて見る、無論なかには百円札がギッシリと詰まっている、五百万円なんだ。

間もなく銀行員が泡を喰って駈けつける、警部さんの前でお金の引き渡しが済む、そこで拾得報酬金が問題になる、銀行員は十万円出すと言う、俺は法定の二割説を固執する、警部さんは仲を取って三十万円で我慢せいと言う、だが俺は我慢せないな、あくまでも二割を主張する。

銀行員はやむなく二割、百万円を俺の前へ列べる。

俺はそのうちから、十万円を分けて、

「これは御署を通じて慈善事業に寄付します」と言って差し出す。警部さんは嬉しそうにニコニコとするだろう。

さて百万円、いや十万円寄付したから九十万円だ、それを蟇口《がまぐち》、……九十万円はとても蟇口へは這入《はい》らない、その日はちょうど都合よく大きな風呂敷を持っていることにしておこう……だが、それはあまりにお誂《あつら》え向きで自然でないな、困るなどうも……そうなると……ええ仕方がない、オーバーを脱いでそれにくるむとしよう、そして待たしてあった自動車に乗って……サアどこへ行ったものかな、下宿の部屋なんかには無論置けない、一軒の銀行に預けて銀行が倒れると困る、だから何軒にも分けて預けることにしよう、三菱、三井、住友、第一、という風に二十万円くらいずつ分けて、預けることにしよう。

××橋の交叉点で彼はあやうく電車に衝突するところであった。

これは、ある日の時の彼の空想の一つに過ぎない、こうした空想にばかり生きていた彼に、ある日彼の空想どころではない、もそっともそっと不思議な事件が現実に起こってきた。

キネマ館のハネでたくさんの人とともに吐き出された彼は、更秋十一月の夜をゆったりとした歩調で帰途についた。電車にも乗らずひいやりとした秋の夜更けを淋しい××町まで、しかも落ち着き払ったあしどりで歩いているのは、今見たばかりの映画のストーリーに彼一流の空想を被せて楽しもうというのである。

××通りを東へ、××通りの坂道を北へ、更に××町を東へ折れた。昼でさえ人通りの少ない門構えの大きな建物の立ち並ぶ高台の××町は、人一人通っていない淋しさであった。

一丁に一つ三丁に二つという風にまばらな軒灯が、ただわずかに街路のところどころを照らしているだけである。

つい二、三丁の前方に、大きな真っ黒いゴムの木の葉影に彼の下宿である翠明館《すいめいかん》の窓がぼんやりとした薄暗い光を覗かせている。

目を上げればその大通りからは、急な傾斜をなして港町の灯《ひ》がイルミネーションのように、ぼんやりとした夜気のなかに、またたいているのであるが、彼はそんなものに目を向けようともせず、ただ暗く黒い昆布のようなアスファルトの上に目を伏せながら歩いていた。

静止した大きな車輪が次第に速度を加えて回転を始める。その音響が、地軸の回転音に似た、偉大な沈静の音律をなして映写壁のなかから聞こえてくる。

水に浮かぶ水蓮の葉のように静止していた大小無数の歯車が音もなく咬《か》み合って、あるものは急に、あるものは緩に、各々異なった速度で回転を始める。黒ずんだ鉄の光、精巧な機械の組み立て。それらの「静」と「動」と荘重な美が彼の網膜に蘇《よみがえ》ってきた。

彼は今「鉄腕の男」を見ての帰り道である。

彼は、彼が今までに見た機械の映画の種々《しゅじゅ》を思い出してみようとしていた。「車輪」「人でなしの女」「正義の強者」「……………」

彼のあたまの映写壁はそれらの映画の機械の場景を映していた、だが何時《いつ》の間にかそれは豊艶な肉体美人の行列に変わっていた。そこには幾十人の、いや幾百人のビリーダブがいたことであろう、足を揚げ、手を伸ばして、一列に、柔らかな曲線を描いて、遠くの方にあたかもたそがれの薄明《はくめい》のなかへその列は連なっているように、それは彼が前週見たばかりのファストナショナルの「紅 草紙《くれないそうし》」のあるシーンに連想したものであった。

何時の間にか彼自身が映画のなかの人になっていた。彼は紺サージの背広の上にカーキ色の工場服を着て、大きな車輪と、無数の歯車と、大きな喇叭《ラッパ》を備えた精巧な機械の前に立っていた。

彼の空想は何時の間にか彼を「人造人間製造機」の発明家にしているのである。

彼の空想は、彼が一歩を移す毎に成長していった。

……とにかく俺の完成した「人間を造る機械」は、一回転毎に一人ずつ人間が機械に装置せられた喇叭管から飛び出すんだ、ちょうど水泳の飛び込みみたいな姿勢で、その前面に設けられた温湯《ぬるまゆ》の硝子の大浴槽のなかへ飛び込む。見る見るうちに真白い大魚を詰め込んだように、その大浴槽はギッチリ一ぱいになってしまう、それに一定量の太陽熱を一定時間直射すると人造人間は生命を与えられ溌溂として踊り出す。

年齢なんかは自由自在だ、ゲージを３０に合わせば三十歳、１８に合わせば十八歳の人間が飛び出す。

「男女の別」なんかはなんでもないことにしておこう、「白灯」を点ずれば男、「赤灯」を点ずれば女という風にしておけばいいんだ。「美醜《びしゅう》」こいつは是非必要だな、俺は醜い仔が嫌いだから美しいやつばかりを製造することにしよう。

だしぬけに、彼が瞶《みつ》めながら歩いていた真黒い舗道が鋭く光った。

自動車のヘッドライトである。だしぬけに、まだ彼の空想が消えぬうちにエンジンの音も立てず、スルスルと辷《すべ》るように進んで来た自動車は、彼の前まで来ると吸い付けられたようにそこに止まった。

止まったと思うと黒い服を着て、大きな車上眼鏡をかけた運転手がドアを開くと、スルりと一人の女が降りてきた。目の覚めるような美しさだ。

ぼんやりとしている彼の前へ、白いベールを被ったままの女が近付いてきた。

フェルト草履《ぞうり》のこころよいきしみが彼の頭を撫ぜた。

「ただ今、あなたのお宅へ、お伺いしましたの、……いいところでお目にかかれました……さあ……どうぞ……」

女は落ち着いた、流暢《りゅうちょう》な、美しい声で言った。

「いや、僕は……」

面喰らった彼が何か言おうとしたが、

「いいんですよ……だまってお乗りになればいいの」

「いや、僕は……」

しかし彼は、ある不可抗力《ふかこうりょく》に押し込まれるように、女と並んで、不安な腰をクッションに下ろした。

自動車は走りだした。快速力で。

深夜の街を縦横に走る自動車。

市街地図に縦横に線を引くがごとく、東に向かうかと思えば南に、西に、北に、東南に、西北に、どこをどう走っているのか方角さえも判らない。

「一体どこへ……」

彼が言おうとすると、

「ただ黙って乗っていらっしゃればいいのよ」

美しく、冴えた声がそれを遮《さえぎ》る。


自動車の着いたのは、暗い地下室らしい車庫の中だ、女は黙って彼の手をとって、そこから通ずるコンクリートの階段を上がってゆく、闇《くら》いなかに、うっすりと光る大理石の廊下の階段、カーテンを深々《しんしん》とたれた幾間かの洋室、彼は長い廊下を幾曲がりしたことであろう、そして最後に導き入れられたのは十畳ばかりの日本室であった。

三十二燭《しょく》であろうか、その電光は白い薄絹のカバーを通して室内を照らしていた。暗に慣れていた彼の目があまりの明るさに視力の統一を失っていた。なんでも彼は新しい畳から、ゆらゆらと陽炎《かげろう》がのぼっているように思った。

部屋の装飾。


ただ彼の目についたものは、座敷の中央の火鉢と、傍らに立てられた無地金《むじきん》の半双の屏風。

火鉢の前の座布団に彼を導いた女は、

「どうも失礼をいたしましたね、ずいぶんお驚きなさったでしょう、じつはね……」

こう言いながら女がベールを脱《と》ろうとしたとき、その瞬間パッと電灯が消えた。

「あら……」

女は低い叫びを上げた。

部屋は真っ暗である、どこからも光の洩れてくるところもない。その闇のなかでスルスルと絹ずれの音がした。

その夜明け方に近い頃、彼の乗った自動車は、またしても一時間の時間を費やして、彼の下宿である翠明館《すいめいかん》の表に止まった、喪心したもののような彼をそこに降ろした自動車は後灯を消したまま走り去った。

空想に生きていた彼は、その夜から追憶に生きる彼となった。

電灯が消えた、さやかな絹ずれの音がした、女の近付く気配を感じた……しかし、その女は、電気が消えるまでそこにいた女の持っていたものとは、まるで異なった匂いをもっていた。

また金屏風のうえに静止した仄かな光の一点が、暗黒の空中に半円を描いて、そこに静止するまでのある一点に、キラと光るように見えた凄艶な瞳……それはもちろんダイヤの光に違いないのであるが、あの女の指にはダイヤはなかった。だから電気の消えてからの後の女は、電気の消えるまでの女とは別のものに違いない。

彼のその夜の印象は、ただこれだけであった。

走る光線のなかを、チフと通った瞳。

金屏風に反射した雨後の大気をすかして見る星のような光。

ときどき彼の顔をさぐった青白い電光。

それは、あのとき、あの室《へや》のどこからか忍び込んでいた一道の光線に反射するダイヤのそれに違いない。

電気が消えて、女が、「あら」と言って立ち上がったとき、屏風の影にキラと光ったものを見た、その時女は、まだ立ち上がったのみで、一歩もその位置を動いてはいないはずであった。

闇のなかで、女が入れ替わったことは間違いないのだが、一体なんのために……。

その不思議が彼の頭を満たしているうちはよかった。だが、そうした不思議の次には、ダイヤの光、女の匂い、闇のなかの女の髪の触感、肌、の魅力が彼の頭を一ぱいにした。

それはなんという、狂おしき悩ましさをもって彼に迫ったことであろう。


彼は、その夜の女を忘れることができなかった。


それからの彼は夢遊病者のように街を徘徊し始めた。その夜の女の家を捜すためである。

彼は幾度か、その夜の記憶に残る総てのものを数え出してみた。だが、そこにはただ大きな機械と、まっ白な肉体とばかりが鮮やかに蘇生《よみがえ》ってくるだけであった。

ある日、彼は部屋の椽側《えんがわ》に出て、ぼんやりと庭を眺めていた。

晴れた日の朝である。

そこに一羽の鳩が餌をあさっているのであったが、そしてそれがこの庭としては不思議なことであったのだが、彼はそれをただぼんやりと眺めていた。

鳩は人なれた鳥だ。やがて庭から椽側に飛び上がり、彼の前へ次第に進んで来る。鳩が前一尺に近付いても彼は、ぼんやりとそれを眺めているだけだった。鳩が彼の膝の上に上った。

フト見ると、鳩はその首に何ものかを着けているようだ。彼はそれを手に取って見た。それは一個のダイヤの指輪であった。

その昨夜《ゆうべ》のことであったが、××座の松旭斎天洋《しょうきょくさいてんよう》が、特等席の婦人客から借り受けた指輪を、喇叭状の金物容器に入れそれをピストルに仕掛けて、正面に仕掛けた額を撃つと、その額は破れて婦人客から借り受けた指輪を首に結び付けた鳩が飛び出したが、その鳩はどう戸迷いしたものか、どこともなく飛び去ってしまった。

その指輪は大きなダイヤの入った細い白金であった。

ところが不思議なことには、天洋が失策を謝して、その代価を賠償しようと思って特等席へ行って見たが、そこにはその指輪の所有主である婦人の姿は見えなかった。

それから二十年の歳月が流れた。

彼の指には二十年間ダイヤの指輪が差されていた。

彼はこの指輪が、その夜の女のそれであると信じ切っていた。なぜそう信じたか……それは判らなかったが、彼は堅くそう信じ切っていた。

彼は二十年の間その指輪を指にして、その夜の女を捜し求めていたのである。

その二十年間のただ一つの出来ごと。

それは××ステーションで今まさに発車しようとする××行の車窓の女を見たことである。だが、その女はその夜の自動車の女であったかもしれないが、むろんダイヤの女であろうはずはなかった。

あるいは自動車の女であると思ったことさえが彼の錯覚であったかもしれない。

ある夜のことである。

その夜はちょうど二十年前のあの夜と同じように、更《ふ》けた淋しい街の夜であった。

みすぼらしい彼の姿が酒にでも酔っているのか、ふらふらとしたあしどりで歩いていた。

影絵のように黒い彼の姿であるが、彼があやうく歩を移す度《たび》ごとに、その手からキラキラ、とダイヤが光った。

不意に自動車が通った。一瞬彼の姿が前照灯の鋭い光線に照らし出された。彼はヨロヨロとした。運転手はハンドルをグイと回した。車の前輪が斜めになって自動車はそこに止まった。

彼の姿は地上に倒れていた。彼は死んだのである。

運転手が降りて来て車上《しゃじょう》の人になにごとか一言、二言、詞をかけた。

車から降りる一人の青年紳士、続いてその母らしい婦人。

運転手が彼を抱き上げようとしたとき、ダイヤがキラと光った。

「ちょいとお待ち」

婦人が声をかけた。

「動かしちゃあ悪いかもしれないから……お前この車を持って××先生をお迎えしておいで」

運転手はその場を立ち去った。

倒れている彼のそばに近付いた婦人は、彼の顔にしばらくは視線を凝らしたが、次には地上に投げ出された彼の手にじっと見入るのであった。そして、やがて婦人は片手を持ち添えてそっと彼の手から指輪を抜き取った。

黙ってそのそばに、港の灯を瞶めて立っている青年紳士の顔は彼の青年時と同じ顔であった。

この悲劇のなかに、最も幸福な一人の富豪があった。富豪は巨万の富を相続せしむべき一人の男子を得たことを喜んで死んでいったのである。

一枚の地図

（連作「楠田《くすだ》匡介《きようすけ》の悪党振り」第五話）

A検事の論告

被告匡介《きょうすけ》は前科こそは有《も》ってはいないが、元来意志の弱い男であって、殊に犯罪に対しては、何らかの動機、誘導に動かされるときはすぐに働きかけるという危険な性質を持った男である。

満鮮放浪中その同僚であるところの斯波準一《しばじゅんいち》の遺産を横領しようとして果たさなかった事実、コスモポリタンに出入りして常に不良の輩《やから》と交わり、詐欺、恐迫に類した行為を常習としていた事実。あるいはまた新聞広告を利用して他人の秘密に立ち入り、あわよくば金を詐取しようと企てた事実。しかもそれらの事実はいずれも与えられたる動機による犯行で、被告匡介が何らかの動機誘導に動かされる場合はいかなる罪を犯すやも計り難い危険な性質の持ち主であるかを証している。

更に被告匡介は、この種犯罪人の通有性であるところの放浪癖を有っている。彼が妻子を捨てて満鮮を放浪したのは、もちろん東京に多少の負債のできたこともその原因の主なるものであったことはもちろんであるが、その負債は別段匡介が身を匿《かく》さなくとも解決の方法はいくらもあったのである。然るに匡介の意志の薄弱と、持って生まれた放浪性とは容易にその妻子を置き去りにして彼をして満鮮の地に飛び出さしめた。

かような薄弱な意志と、天性の放浪性とを有った被告であったから満洲から東京へ帰ってからも、しかも妻が自分の名札を掲げた家に住んでいる事実を知り、更にまた腸詰ハムの工場に彼を誘ってその改心を促したのであったが、それでも被告は容易に待っている妻の懐《ふところ》に還《かえ》ろうとはせなかった。

その間被告匡介は更に二鈴というカフェーに出入りして鈴代という女給とも関係している。こうして一方に鈴代というものを持っておりながら被告はまた妻子を忘れることができなかった。時々妻を訪ねて可愛い子供の顔を見たりした時なぞは明日からは必ず家庭の人になろうと決心するのであるが、その夜また三鈴へ行って鈴代に会うと、すぐに鈴代の愛に溺れて妻子を忘れるという風で、妻子も可愛いが鈴代も捨てられない、こうして宙に置かれた被告匡介の意志が何かの動機に誘導せられない限り容易に決定さるべくもないことは前に述べた通りで、その匡介がついに妻と同棲するに至ったのは、彼が鈴代を捨てて妻子に還ったというのではなく、いずれとも決定せない気持ちのままで同棲したに過ぎなかったのである。

かような状態で再び結び付いた匡介夫婦の生活が円満に営まれるべきはずがない。殊に匡介は妻と同棲の後も鈴代との関係を継続していたことはもちろんで、それが第一家庭の不和の原因であった。この危険な夫婦生活に一つの安全弁となったものは長男の太郎であった。もし太郎が生きていたならば本件のごとき事実は起こらなかったかもしれないのであるが、太郎が死亡してから夫婦の間柄が一層険悪になったことは当然のことで、殊に澄《すみ》子《こ》が腸詰ハム製造の事業に失敗して資産を無くしたというのは、これも匡介の心を撓《た》め直すための嘘であって事実は以前にも増して澄子は多くの資産を有していたのであるが、既に匡介に絶望していた澄子は、その資産を匡介の自由に任すことを絶対に拒んだ。これは澄子としては当然なことであったと言わなければならない。既に夫婦としての愛情を失った二人は、更に太郎の死亡によってその契結《けいけつ》を取り去られてからは、匡介はただ澄子が持っている五、六万の金に未練を残してその身辺を離れようとはしなかったものである。

ちょうどそうした状態にあるとき、鈴代は執拗に、匡介に同棲を迫ってやまない。被告匡介においても澄子の心が既に自分から離反していることを知っているので一日も早く鈴代と同棲したいと思うのであったが、それにしても先立つものは金である。どうにかして澄子の持っている金を自分のものにしたい、と、考え種々《いろいろ》な策をめぐらしたのであったが、澄子の警戒が厳重なために容易にその目的を達することができない。

そこで被告匡介はこの上は澄子を殺してその財産を自由にするよりほかに道はないと考えその機会の到来を窺《ひそ》かに待っていた。

そしてついにその機会が来た。××年九月中旬澄子はとかくにすぐれない健康を養うために、北国山津の温泉へ単身出掛け旅館西屋に滞在したのである。そして予定の二ヶ月の期間が残り少なになった十一月七日被告匡介は澄子から「本月十二、三日頃帰京」する旨の手紙を受け取った、その手紙を受け取った被告は、この好機を逸してはならぬと考え窺《ひそ》かに東京を立って同月九日山津温泉に到着し、加賀屋に宿をとってひそかに澄子の動静を窺《うかが》っていた。

かくのごとく被告楠田《くすだ》匡介は澄子殺害の目的をもって山津温泉へ出掛けて行ったものではあるが、もしそこに匡介の殺意を実行に移すについて何らかの誘導的な動機が起こらなかったならば、恐らく被告匡介は澄子を殺害し得なかったかもしれないが、ここに一つ匡介にその誘導的動機を与える最も適当な事件が待っていたのである。

それは被告匡介の警察並びに検事局、あるいは予審廷における各聴取書に現れている通り、山津温泉に到着後の匡介はでき得る限り人目に触れることを避けて、始終一室に籠もり勝ちで内湯に入るさえできるだけ人の少ない時を選んでいたくらいであったが、それほど人目を畏《おそ》れた被告が、十日、十一、十二、の三日間午前中各一回宛約二時間外出している、これは澄子が毎日午前中一回は必ず日課のように観音公園を散歩するからである、そしてその時を除いては他に目的を達すべき機会がないからである。彼はその三日間澄子の跡を尾《つ》けて観音公園を徘徊したのであったが、澄子が一日は旅館の女中と二人連れであり、一日は澄子一人ではあったが、ツイその機会を失っていまだ目的を達するに至らなかった。然《しか》るとその第三日目である十一月十二日被告匡介は「今日こそは」という決意のもとに旅館を出た。

以上の事実は加賀屋旅館の女中太田ともの証言によって明らかであり、十一月十二日被告匡介が旅館を出た時間を太田ともは午前十時頃であったと証言している。

旅館を出た匡介は、観音公園の表登り口とは反対の××衛戍《えいじゅ》病院山津療養所の横手の道を上って行った。この時の様子を被告は警察署において次のごとく自白している。

………衛戍病院山津療養所の塀を出外れて二丁ばかり行きますと、短いがかなりに急な坂になっております、その坂を昇り切ると左側は山になっておりますが、右側は二間《けん》ばかりの緩い逆勾配でそこには短い笹だの草なぞが生えております、そしてその二間ばかりの前方からは急な谷になっているように見えました。ちょうどそこを通りかかった私は、フトその二間ばかりの前方の、急な谷になっているだろうと思われるその出っ端《ぱな》に一輪の花の咲いているのを見ました。それは何と言う花か知りませんが、白い、綿をまるめてその一端を紅で染めたような美しい花でありました。ただ今から考えてみますと、あの場合そんな道端の草花なぞに心をひかれたことは不思議な感じがいたしますが、そのときちょいとその花に目を留めた私は、何気なく足元の雑草を踏み分けて花の傍らまで参りました。するとその真下約一間ばかりの処にある松の枝に一人の男の縊死体《いし》を発見したのであります………

被告匡介がこの縊死体を発見したことは、被告自身のためには不幸であったと言わなければなるまい。何故なればもし被告がこの縊死体を発見せなかったなれば、次の澄子殺しはあるいは未遂に終わっていたかもしれない。この点被告匡介のために多少の同情は持てるが、しかしその縊死体を発見してから後の被告匡介の行為は、純然たる悪党振りで毫《ごう》も同情の余地なきはもちろん、被告が縊死体を発見した不幸に対する少しばかりの同意さえ抹殺されなければならないのである。

被告匡介はその縊死体を発見するとたちまち彼の作った計画を変更した。

その後の行動を被告は警察において次の通り陳述している。

……………そこで私はフト思い付きまして谷へ下りて行きますと、縊死者の身体を充分な注意を払って調べて見ました。それは私がとっさに思い付いた計画をこれから実行しようとするについてその計画を破るような遺書あるいは遺留品なぞを死者が持っているようなことはあるまいかと思ったからであります。死者の懐中からは一個の紙入《シース》れが出て来ました、その紙入《シース》れは皮製のもので一方には一本の万年筆が挿してあり、加除自在のペーパーが挿入されたものでした。私はそのペーパーに何事か記《しる》してはないかと調べて見ましたが、それには何事も記してはありませんでした。その一方を開いて見ますと十円紙幣が二枚と若干の小銭、名刺二、三枚、新聞紙の切り抜き外《ほか》に書留郵便の受取書なぞが入っておりました。それで私は金はそのままにしておいて他の書類は全部破棄しようと思いましたが、また思い返してその三枚の名刺と一枚の切り抜き、郵便の領収書なぞを自分の紙入れに移し入れ、なお死者の着衣の袂を調べて見ますと二、三本の金口《きんぐち》煙草の残った皮製のケースを発見しましたが、これはそのまま死者の袂に残しておきました……………

と、陳述している。

澄子を殺害する目的で観音公園に登って行った被告匡介が、その途中において一輪の花に心をとめ、更に一個の縊死体を見てとっさにその殺人方法の計画を変更し、しかもこの陳述のごとく落ち着き払って綿密なる注意のもとに縊死者の身辺、その周囲等までも捜索し自己の計画の障害と目すべきものを取り除いたこれらの行為は、被告匡介がかつて満鮮放浪中にその友斯波準一の死体の頭部に液蠟を注射した事実と思い合わせて被告匡介の大胆と、その犯罪の計画的なるとに驚かざるを得ない。

かくて被告は縊死体を検し終わり、もはや自分の計画の障害となるべきもののなきを確かめて、そこより約一丁半の丘上にある観音堂の裏手に身をひそめて澄子の来るのを待った。

西屋旅館に投宿後の澄子の日常については、同旅館女中赤坂アイの供述によって明らかであって、ただ時々東京から手紙が来ること、それに対して返事を書くこと、雑誌や小説などを読むこと、毎日観音公園に登ることのほか別にその日常に変わったところのあったことを陳《の》べてはいない。そしてその前夜すなわち十一月十一日の夜その翌十二日の朝までの澄子の行動についてはかく述べているのである。

………その前夜（十一日の夜）金沢から奥様の処へ電話がかかって参りました、それ以外には別に変わったこともございませんでした、ただ平常《へいぜい》と少し変わっていたことと申せば床にお就きになる前に、何だか書きものをしてお出《い》でになりましたために、平常よりは二時間ばかりもお寝《やす》みになる時間が遅くなった御様子でありましたが、別に御用もなかったと見えお呼びもございませんので午後九時頃ちょいと御座敷を御伺いしたのみで、その夜はそのまま御座敷へは御伺いいたしませんでした。翌朝（澄子が観音堂で殺された朝）は平常の通り午前七時頃御目覚めになりました、そして日課のようになさっていた観音公園の散歩にお出掛けになりましたのは九時頃であったかと存じます、それにには私が手すきの時にには御供することにいたしておりますが、その朝は私の受け持ちのお客様で御立ちになる方がありましたので、電車の停留所まで参っております間に一人でお出掛けになったのでございます………

と陳述している。この陳述からは澄子の死について何ら他からその原因を求めることはもちろんできない、すなわち澄子はただ平常の通り観音公園へ散歩のために登ったものである。

澄子は観音堂に参拝を終わって、その横手からつまさき上がりの坂を登り桐畑の桐の梢越しに町の家並と、芝田湖の見下ろせる位置にまで来るとそこに設けられた自然木の切株に腰を下ろした。

観音堂の裏を抜け出して、窺《ひそ》かに後を尾けて来た匡介は、澄子の腰を下ろしている切株よりわずか一間の距離にある記念碑の影に一旦身をひそめ、そこで自分の巻いていた綿紗《きんしや》の兵児帯《へこおび》を解いてこれを身にし、機会を待って記念碑の影を出て、やにわに後方から澄子の頸部にこれを巻きつけ力にまかせて引き締めたものである。

被告匡介がわざわざ腰に巻いた綿紗の兵児帯を取ってこれを凶器に使用したのは、縊死体の発見後とっさにその計画を変更したため、使用すべき凶器を持ち合わさなかったためであることはもちろんであるが、縊死体の懸垂が綿紗の兵児帯によってされていたことを見ている被告が同じ綿紗の兵児帯を凶行に用いたことは賢明な遣り方であると言わねばなるまい。

もちろんその現場に死体を放置しては、あまりに早く発見される畏れがあることを知って被告匡介は記念碑の後方から谷へ下り、約一丁半の中腹の窪地に澄子の死体を運んだ、しかも匡介は計画上また自分の風体上、澄子の頸部からその兵児帯を解き放さなければならないのであるが、あまりに早くそれを解き去るときは蘇生の虞《おそれ》がある、そこで用意周到な被告は死体をその窪地に下ろして約二十分間時間の経過を待ったのである。

この点に付いては当時現場を見分した××巡査部長の見分書に、

……………死体の傍らに金口煙草の吸殻二本落ち散れり………

という一文によって被告匡介が十五分乃至《ないし》二十分間その死体の傍らにあったことを考え得られるのである。

澄子の絶命を確かめた後被告は、死者の頸部から兵児帯を解いて大胆にもこれを自分の腰に巻き、観音堂には下らずして現場よりなお二丁の上手にある楓《かえで》ヶ滝を迂回して山津療養所の上手に出て、再び縊死体に到着するや縊死者が懐中に所持していたシースより万年筆を抜き取り、同シースに挿入されたペーパーに今自分が絞殺して来たばかりの、澄子の死体の位置を明示せる図面を描き、その頁《ページ》に万年筆を挿んでこれを縊死者に懐中せしめた。

かかる場合吾人《ごじん》の常識によって考えるならば、自分に好都合な遺書を偽造しそうなはずである、また事実こうした場合に遺書を偽造した前例も少なくはないのであるが、被告匡介がこの場合ただ線のみによって作られた図面を残すにとどめて、これに一文をも添えなかったことはさすがに悪党楠田匡介であると本職は感心せざるを得ない。が、しかしながら匡介が文字の鑑定は容易であるが、線の鑑定は困難であると考えたことは甚だ幼稚であった。もちろん線の鑑定が文字の鑑定よりも困難であることは事実ではあるが、数十本の直線と、曲線とよりなる本件証拠物件の図面のごときは、鑑定人の鑑定を待つまでもなくその鑑定はまことに容易である。果して鑑定人は、

……………要するに本図に現れたる各線並びにその構図は被告人の作成せるものと甚だしく類似せり…………

と、鑑定を下している。

かくのごとくにして用意周到にその目的を達した被告匡介は、さすがにその逃走の径路の大事なことを知っていたのであるから被告は徒《いたずら》な小細工を弄することなく、その足ですぐ旅館に帰りその翌朝帰京するという大胆な方法を採っている。

本件死体の発見は、前述犯行のあった日から五十日を経過した後で、しかもまず山津療養所裏の男の縊死体の方から発見せられ、その死体が懐中していたところのシースから出て来た図面によって被害者澄子の死体のあることを知ってこれを発見したという、すこぶるお誂《あつら》え向きに被告匡介の計画に嵌《は》まっていった訳で、更に被告にとって好都合であったことは、山津巡査部長派出所が無責任な嘱託警察医の検案に誤られて早計にもこれを情死と認めてしまったことである。そして男の方は身元不明のため仮埋葬の処分に付し、一方被告匡介に対して澄子の死体引き取り方を照会して来たもので、被告匡介は何喰わぬ顔で

澄子の死体を引き取りこれを火葬に付し、その遺産約五万円は当然戸主である被告の所有に帰しここに全くその目的を達したものである。

以上の犯罪事実はその証拠充分でありますから刑法の適条により被告楠田匡介に対しては最も重き刑をもって臨まれんことを希望する次第である。

A弁護士の弁論

検察官閣下の御論告を承っておりますと、本件犯行の動機並びに径路等まことに理路井然《せいぜん》として、一点の疑いを挿むべき余地すらもないもののごとくでありますが、これはかえって本件がいかに証拠に乏しい事実であるかを証拠立てるものでありまして、検察官のご論告の総ては遺憾ながら独断的な想像によって作られたる一篇の創作であるかの感がいたすのであります。

まず第一検察官閣下は、被告匡介の性行について甚だしく誤れる観察を下していられる。本弁護人は本件におきましては、この被告の性行に関する認定は非常に重大な関係を持っているものと考えておりますので、被告匡介がいかなる性格者であるかということを充分明らかにしておきたいと思うのであります。

検察官閣下は、被告の満鮮放浪中の事件、コスモポリタンに出入りしている事実、あるいは腸詰ハム工場等の事実を引例して被告が、ある動機に出会《でくわ》すときは、いかなる大罪をも犯しかねない危険な素質の持ち主であると論断されておりますが、検察官が引例せられたこれらの事実はむしろそれとは反対に被告匡介がいかに善人であるかを証しているものであると本弁護人は考えるのであります。

検察官閣下は、被告匡介は非常に意志の弱い男であると申されましたが、これはまことにご明言でありまして例の通り被告匡介は非常に意志の弱い男でありますが、大体意志が弱いと申すことは善人であると申すことと同じ意味ではあるまいかと本弁護人は考えるのであります。意志の弱い悪人などと申すものは存在しない。悪人はたいてい意志の強い男である、この意味から申しましても被告匡介は善人であると申すことができるのでありま す。

更に検察官が例に用いられました三つの事件につきましても、各々《おのおの》の事件におきまして被告の演じております役割はすこぶる道化《どうけ》たものでありまして、よしその行為が犯罪の性質を帯びておりましょうとも、その社会的影響は非常に稀薄で、と、申すよりもむしろ滑稽に近いもので、第三者がこれを見るときは「ご愛嬌」より以上には出ないものであります、これは被告匡介の持つ「人の善さ」が投影するものでありまして、この三つの事件は被告の善人であることを知る最もよき材料であると本弁護人は思料《しりょう》いたすのであります。裁判官諸公におかれましても本件記録に編綴《へんてつ》せられた「火傷《やけど》した……」「笑う……」「人肉の腸《ソー》詰《セイジ》」「流れ三つ星」この四つの資料をご通覧下さいましたならば、必ずや本弁護人と同じ感を致されることと信ずるのであります。

かくのごとく善人であるところの被告が、検察官のご認定になるがごとき干悪《かんあく》なよほどの悪党でもが為《な》し能《あた》わぬような残忍な犯行をなし得るでありましょうか、もし検察官ご論告のごとく被告をしてかくのごとき犯行をなさしむべく、その動機を与えこれを誘導教唆《きょうさ》したものがありましてもおそらく被告匡介は頭を抱えて逃げ出すでありましょう。

いずれの点より考えてみましても本件犯人としての被告匡介はあまりに意志の弱い善人であり過ぎるが故に、かかる干悪残忍なる行為はなし得るところでないと本弁護人は断言致すものであります。

次に検察官ご論告の犯罪の動機はこれまたすこぶる薄弱たるのうらみがある。なるほど夫婦間が円満でなかったこと、それには三鈴の鈴代が介在していたこと、二人の間の契結であった一子太郎が死亡したこと、それによって二人の交渉がますます悪いものとなっていたこと等は事実でありますが、

……………澄子を殺してその財を得ようとした。…………

と、いうご認定はあまりにも独断であると申すよりほかはないのであります。なるほど鈴代が被告匡介と同棲を熱望していたことは事実であり、その間に鈴代の兄でCCの匿名に隠れている秘密結社×××の頭目《とうもく》大城戸連太郎の仲在《ちゆうざい》も事実ではありますが、検察官ご論告のごとく決断の力を持ち合わせていない被告匡介はいまだ鈴代と同棲しようという意志さえ持っていなかったのであります。仮に検察官ご論告のごとき必要に迫られたと致しましても、澄子の財産を自分の財産とするには他にいくらも方法がある、例えば妻の印鑑

一つを偽造することによって、銀行の預金を引き出すことも自由であれば、また不動産を売り飛ばすことも容易である、しかも相当に教養のある被告匡介が何を苦しんで本件のごとき厄介千万な手数を掛けて殺人と申すがごとき不利な方法に出《い》ずる必要がありましょうか。殊に被告と澄子との間柄は不和であったとは申しても、互いに相手を見まいとするほどの間柄でなかったことは澄子が山津温泉から被告に送った手紙によっても判ることでありますす、その手紙の一節には、

……………こちらは、ほんとに静かでよい処ですね、夜になりますと山の向こうの日本海から遠雷のような海鳴りが時々聞こえて来ます、夜によっては寝ながら湖水の櫓声《ろせい》を聞くこともできます………

などというのもあります、更に澄子は帰京の日取りを匡介に知らせて来ております、これらの事実を見るとあるいは澄子はなお一縷《る》の望みを匡介の上に懸けていたのではないかとさえ思われる点さえあるのであります。被告匡介におきましても、ただ財産を自分のものにしたいと思う点のみで澄子の身辺を離れなかったと見るよりは、澄子のこの心を感じていたものではないかと本弁護人は考えるのであります。

かく観じ来たりますと本件が検察官ご論告のごとき動機にありと断定せられることに反対いたさねばならない。

次に本件犯罪の手段については、更により以上の疑念を挿むべき余地が多く発見されます、本件におきましては被告匡介の、警察署、検事廷、予審廷における自白のほか証拠と

なるべきものが甚だ少ない、しかも被告は当公判廷におきましてはその自白のことごとくを翻している、自白の証拠力については今更論ずるまでもないことでありますが、自白なるものが往々にして一片の創作である事実は諄々《くどくど》しくここに引例するまでもないことで、ただ被告人の自白が他の証拠によって裏書きされた場合にのみこれを信ずるに足るものであります。然《しか》るに本件におきましては被告匡介の自白の裏書きする何ものもない、しかも被告は当公判廷において自白を翻している。

　第一被告はその郷里に近い関係上山津温泉へは再々行ったことがあって、その地勢なぞはかなりに詳しく知っておりますが、本件犯行当時におきましては被告は絶対に山津温泉へ行ったことがないのであります、被告匡介が山津温泉へ行ったのは警察から澄子の死体引き取りの通知があって後初めて行ったもので、この点については証人として取り調べを受けている加賀屋旅館の女中太田ともは被告の首実験の際、

…………顔の傷は似ておりますが、どうももう少し背が高かったように思います…………

と、陳述し、同旅館の女中福本ヨシは、

…………その人の顔は火傷の跡は、耳の後ろのところでちょいと禿になっていたように思いますが、この人にはそれがありませんのでちょいと不思議には存じますが、どうもこの人のように思います…………

と、各陳述いたしておりまするが、この曖昧な証言を以て加賀屋旅館へ武藤作之助と称

して投宿した男を、被告楠田匡介なりと断ずるはあまりに危険であると本弁護人は考えるのであります。広い世間でありますが顔面に火傷を負うたものは被告匡介のみではありますまい、その武藤作之助なるものの身元がただ一夜の取り調べで不明と申すことになっておりますす以上、なおさら被告匡介を以てそれなりと断定することの危険は申すまでもないことだと本弁護人は思料いたすのであります、ただ本弁護人が最も遺憾とするところは、被告匡介の現場不在証明としてはただ三鈴の鈴代の証言あるのみで他に完全なる証明のないことであります、この鈴代の証言は真実であろうとは思われますが、被告との関係においてその措信《そしん》される力の弱いことはやむを得ないことでありますが、しかし一方において前に述べました曖昧な旅館の女中達の証言のみを以て被告匡介なりと断ずるの危険なる場合におきましては、あえてこれ以上の現場不在を証明するの要もまた無い次第であります。

被告匡介の自白聴取書中その自白の最も真実らしく思われる点は縊死体発見の条でありま す。殊に……綿をまるめて、その一端を紅で染めたような花……云々《うんぬん》の条に至りましては、実にその自白の真実なることを思わせるに充分でありますが、しかしながらこの聴取書を作成された警察官は、この一句を聴取書中に載録せられたがために、本聴取書を全然効力なきものとしてしまった、なぜかと申しまするにこの陳述自白は被告匡介が当公判廷においてて陳べております通り、徹宵《てつしょう》訊問が三日も続いて、心身ともに疲労し尽くしてもうろうとした意識のうちに、前夜明け方近く留置場に戻されツイうとうとと仮睡した間に見た夢であると申しております。次の日の誘導、強制あらゆる手段を尽くした訊問に、被告は立ちながら再びこの夢を見たのである。そして小説家であるところの被告匡介は夢見るがままに供述したものであろうと察せられるのであります。しかし本弁護人は被告の自白が夢を語ったものであるからという意味でその効力を云為《うんい》するものではないのであります、「白い綿をまるめて、その一端を紅で染めたような花」と申しますと、言うまでもなくそれは「いねむり草の花」でなければならない、然るに「いねむり草の花」は初夏から真夏へかけて開く花であって秋には開かない。少なくとも九月中旬以後にその花を絶対に見ることはできないのであります。更に念のためにその候《こう》に開く花を物色いたしましても、その頃に被告の陳述に該当するような花は他にないのであります、この一事を以て見ましても本聴取書は被告の夢を載録したる一篇の創作に過ぎない、したがってその証拠力において全然価値なきものなることは明白であります、しかしなお一言この点につき付言しておきたいと思いますのは、陳述自白が当時の縊死者の持ち物、着衣、その他の点で一致するのは何に原因するものであろうかという点であります、この事につきまして本弁護人はあまり多く謂うことを差し控えたいと思うもので、前述の一事によりまして、この聴取書がいかにして作成されたものであるかが明らかになった以上これらの点について符合いたすのは当然であると申すべきでありましょう。

然らば物的証拠はどうであるかと見ますると、すこぶる薄弱であると申すよりほかはありません、本件唯一の物的証拠たる図面でありますが、これが被告匡介の作成に係わるものかどうかという点につきましては、ただ一片の鑑定書あるのみであります、しかも本鑑定は甚だしく杜撰《ずさん》極まるものでありまして、線と性質について何ら科学的に研究していない、ただ常識的に述べられたる一片の意見書である。本弁護人はこれを甚だ遺憾といたしまして、当公判におきまして再鑑定の申請をいたしたのでありましたが、残念ながらご採用を見るに至らなかった次第でありますが、本弁護人がこの鑑定を以て何ら価値あるものにあらず、一片の意見書に過ぎずとなす所以《ゆえん》のものは、その鑑定の結論において鑑定人は「……認む」と印字しながら次にはこれを抹消して「類似す」と訂正しているのである、言うまでもなく「類似す」とは「似ている」ということであろうと本弁護人は考える、「似ている」という事くらいであれば別に鑑定人を煩わすほどのことはないので誰にでも素人《しろうと》にでも判ることなのである。それほどにまたこの詞《ことば》は価値なきものでありまして、少なくとも本件のごとき重大なる事案を断ずる資料としてとるに足らざるものと本弁護人は思料いたすのであります。

次には澄子の死体の傍らに落ちていた金口巻き莨《たばこ》MCについてはこれまたあまり多くを論ずるの必要はないのであります、本件におきましては被告匡介もMCを喫《す》って居れば、縊死者の袂のなかにもMCは残っていた、更に加賀屋旅館に武藤作之助と称して泊まった男もMCの吸殻を火鉢の中に残していったのであります。凶行に用いたという兵児帯に至っては、分析の結果は何ら凶行に用いた痕跡を止めず、かえって新調以来水に入れたることなきものという被告にとって有利な証拠となっている有様であります。

終わりに臨んで本弁護人は、被害者澄子について少しく論じてみたいと思うのであります。

　澄子の身元、素行《そこう》につきましては、ただ一通りの調査に終わっておりまして、別に不審な点を発見せないようでありますが、本弁護人の調査しましたところでは、澄子は「謎の女」という感じがいたすのであります。

　第一澄子は「コスモポリタン」へ毎夜のように入り浸っていた。そして彼女を取り巻く男達の中には小説家あり、俳優あり、画家あり、音楽家あり、実業家あり、相場師あり、外人あり、という有様で、これらの男達は澄子を中心として常にかつどうの渦を巻いていたという事実があります、澄子が実家から受け継いだという五万円も、実はこれらのうちのある男から提供せられたものだ、という噂も相当に根拠のあるものらしく、こういう生活をしていた女でありますからその内面がどのようなものであったかは想像に難くないのであります、しかも澄子は匡介と同棲の後も「コスモポリタン」へ通うことをやめず、殊に匡介と鈴代との交渉を知って以来、更に太郎が死亡の後はほとんど自暴自棄的に「コスモポリタン」へ浸っていたということでありますが、本件の起こる二、三ヶ月前から澄子に五万円を提供したと言う噂のある男の失敗と、その男と澄子との間が澄子を取り巻く連中の問題となって、にわかに彼女の人気が落ちてしまった、そういう噂、あるいは事実を綜合して考えてみると、澄子が本件のごとき横死《おうし》を遂げたその原因はあるいはそのあたりにはいたいしていたものではあるまいか、そして澄子にはそれが必然的な運命ではなかっただろうかと、本弁護人は考えるのであります。

かくのごとく本件を観じ来るなれば、被告匡介の性質において、その動機において、または犯罪の径路において何ら被告匡介を以て犯人と目すべき理由なく、更にその証拠に至っては一つも拠《と》るべきものはないのであります。したがって本件被告事件は、当然証拠不充分により無罪のご判決を賜わるべきものと信ずるのであります。

×

この弁論があって数日の後、楠田匡介は無罪の宣告を受けた。

×

その後匡介が鈴代とともに銀座を歩いている姿を、時々見掛けたものがあるということである。

小坂町事件

犯罪捜査報告（1）

小職《しょうしょく》は小坂町老夫婦殺しが、継続捜査に移されたる後においても、もちろん窺《ひそ》かに犯人逮捕の端緒を得んと常に深き注意を払い居たり。

痴情、怨恨、強盗の三方面については、既に事件発生の当時充分の捜査をなされたるにもかかわらず、何ら得るところなかりしものなるを以て、これ以上前記三方面につき、更に捜査をなすことの徒労なるを知り居たれども、なお小職が容易に断念し得ざりしは痴情関係なり。

元来被害者森野方は、小坂町においては富有の家なれども、その一家が忌まわしき血統にあることは町民の間に周知の事実なり、しかして被害者方は、棍棒を以て惨殺せられたる太兵衛《たへえ》老夫婦に、八重子《やえこ》と言える当年二十四歳の娘の三人暮らしにて、現在においては雇い人等なく、家庭は円満のごとくなりしも、かかる血統を有する家庭が、常に憂鬱に閉ざさるることは自然の理にして、町民の間においても常に「何とはなしに気味の悪い家《うち》だ」と噂されいたり。しかも八重子は美人の聞こえ高く、その年齢既に婚期を失せるを以て、これに関しても町民は種々《しゅじゅ》の噂をなせり、その一例を挙げんに、

娘が年頃になっているのに婿を迎えるような話もないのは、たぶん親が娘に因果を含め

て一生独身で暮らさせようとしているのであろう。娘の身になって見ればずいぶんつらいことだろう、可愛想《かわいそう》な話さ、なんでも縁談が起こる度ごとに親子喧嘩があるということだ。

これらの噂を耳にしたる小職は、本件犯行が八重子を囲《めぐ》る痴情関係にありと見込み、その方針を以て捜査の歩を進めつつありたるところ、その後同町山中石松なるものが、本件発生の約二、三ヶ月前、

子供さえ拵《こしら》えなかったら好《い》いじゃないか、相手は美人だし、財産はうんとあるし、それに両親は老人だ、云々《うんぬん》。

と、放言したることあるを聞き込みたるを以て、窺かに右山中石松なるものの平素につき捜査をはじめたり。

山中石松は小坂町において「大将」という綽名《あだな》を所有せる男にして、低能者、というほどには非《あら》ざるも、幾分普通人と異なりたるところあり。されどその性質温順にして何らの危険性なく、かえってその蓄財のことにかけては凡庸なる常人の及ばざるところあり、彼はその勤務する大谷製材所に勤務すること十余年、しかも精励にして既に千円に近き貯蓄を有せりとの噂ある男にして、ある意味よりするときは彼は低能者に非ずして、常人より傑出したる人物なるやも計られず、然《しか》れども、その締まりなき風姿と容貌とは、接する者をして低能者を思わしむるものあり、されば乙そ町民の間において彼を呼ぶに「大将」なる賤称《せんしょう》を以てせるものなり。

以上のごとき性質を有する石松が、以上のごとき放言をなしたりと聞くや、小職はその噂の真偽につき調査したるところ、次のごとき事実を知るを得たり。

本件発生の約二、三ヶ月前、小坂駅に通ずる道路において石松と八重子とが立ち話せるを見掛けたる町民某は、

「大将、うまくやっているな」

と、言いたるところ、彼は、

「うん」

と、答えてニヤニヤと笑みを浮かべ、

「大将は森野の婿になると言うが本当かい」

との問いに対して、

「うん」と答え、

「しかし大将、森野は悪い病気の筋だと言うぜ、それでも行く気かい」と、問いたるに、

「うん、赤ん坊さえ拵えなかったら好いやないか、お八重さんは別嬪《べつぴん》やし、財産《かね》はうんとあるし、親は年寄りやし」と、答えたりと言う。

この噂の事実なることを確かめたる小職は、更に調査の歩を進めたるところ、その当時石松の兄虎松が、石松を婿にという縁談を森野家へ持ち込みたるところ、森野の老夫婦は言下にこれを拒絶したりと言う、然るにその後噂として町内に流布《るふ》せらるるところを聞けば、本人八重子はこの縁談の申し込みについては、何ら知るところなかりしもののごとく、

ただ老両親の一存にてこれを拒絶したるため、後に至りて八重子は両親に対し、

「いかに相手が石松だからと言っても、私に一言も知らさずに断るとはあまりに非道《ひど》い、何時《いっ》でも私に縁談の申し入れがあっても、私には知らせずに断っているのだろう、ほんとに非道い親達だ」

と、いう意味の不服を述べたりと言う、これ素《もと》より噂にしてその真偽のほどは遽《にわか》に断じ難しといえども、森野家の事情よりして一応は首肯し得るところなりと小職は思料《しりょう》せり。

しかしながらここに小職をしてやや不審を感ぜしめたるは、「赤ん坊さえ拵えなかったら云々」の言なり、この詞《ことば》はすこぶる常識的にして、少なくとも低能を以て目《もく》さるる石松の言としては信じ難きところあり、小職思うにこの詞は何者かが石松に授けたるものならんと信ず、はたして然《しか》らば森野家がその遺伝性の血統に苦しみつつある弱点を利用し、一方においては石松が八重子の美貌に懸想《けそう》せるを奇貨《きか》として、石松を傀儡《かいらい》としてその間《かん》に処して何らかの野心を満たさんとする輩《やから》のなすところならんと思考す、然らばこの縁談により て利益を得る者、少なくとも利害関係にあるものの所為ならざるべからず、然らばその利害関係者は言うまでもなく山中一家、すなわち石松の両親兄弟たらざるべからず。

小職はこれより本件発生当時、並びにその前後における山中一家の動静につき調査の歩を進めんとす。

犯罪捜査報告（２）

小職は×月十五日私服にて小坂青年会場に至りたり、开《そ》は同夜同会場において開会さるる青年会例会に石松が参会することを知り居たればなり。小職が正面より彼の家を訪《おとな》わずして、何気なき風にて青年会場に赴きたるは、元より調査の秘密を期せんがためにして、既に本件発生後四十日を経過し、ややその噂の遠ざかりたる今日、突然に彼の家を訪ねて訊問的態度に出ずることは、かえってその真相を得るに不利なることあるべく、またせっかく遠ざかりたる噂を再燃せしむるの動機ともならば事件の解決に不利なるべしと考えたるが故なり。

同夜青年会例会の終わりたる後、小職は石松とともに会堂を立ち出で、何気なき風を装いて彼と同伴しつつ次のごとき会話を交わしたり。

「大将は、この頃は大変嬉しそうだな」

「ううん、ちっとも嬉しいことなんかないよ」

「そんなことはないだろう。嬉しいだろう、大将は八重子さんのお婿さんになるんじゃないか」

「うん、あのことか」

「あのことかって、どうしたんだ大将」

「あれはな……駄目だよ」

「駄目だって、……どうしてだ」

「八重ちゃんの両親が死んだからさ」

「森野の旦那や、奥さんが死んだっていいじゃないか、八重さんは大将を可愛がってくれるんだろう」

「うん、八重さんは俺が好きだと言うよ」

「八重さんが大将に直接『大将が好きだ』と言ったのかい」

「うん、そう言ったよ、それからな、俺を婿さんに欲しいと言ったよ」

「それは大将、八重さんが大将に直接言ったのではあるまい、誰か他のものが言ったのだろう」

「うん」

「そんなことを誰が言ったのだい」

「…………」

「おやじか?」

「…………」

「おふくろか?」

小職が問い詰めれば、問い詰めるほど石松は答えをなさず。

「八重ちゃんは別嬪だし、財産《かね》はあるし、両親は老人だし、悪い病気があっても、子供さえ拵えなければいいのだから養子に行けって大将のおやじが言ったのかい」

「ううん」
「誰が言ったのだい」
「俺が」
「俺がって……」
「俺がな、森野の八重さんが俺を婿に欲しいと言うから、俺を森野へ養子にやってくれとおやじに言ったんだよ」
「ほほう、大将が言い出したのかい」
「するとおやじがな、駄目だ、むこうは筋が悪いからやめとけと言ったんだよ」
「ああそうか、そこで大将が——筋が悪くても子供さえ拵えなければいい——と言ったんだね」
「うん」
「しかし大将、それは誰かから教わったのではないか」
「…………」
「誰が教えたのだ」
「…………」
「言わないな、よし言わなければ、お前を警察へ連れて行く、サ、誰がお前にそんなことを教えたか、言えッ」
「…………」

「どうしても言わないな」

「旦那さん……俺は誰にも教わりはしないよ、俺が考えて言ったんだよ」

これ以上の追究の無益を知りたる小職は、語を転じ、詞を和らげ更に次のごとき問答を為《な》したり。

「大将は、森野のお爺さんや、お婆さんが殺された晩はどうして居たい」

「家で寝ていたよ」

「その晩は家内中、おやじも、おふくろも、兄貴達も、皆家に居たかい」

「ああ」

「大将はあの晩も平常《いつも》の通り寝たんだね、何時頃だった、寝たのは」

「汽車が通るとすぐに寝た」

「ああ、すると九時半の汽車だね、大将は寝てしまうと朝まで目が開かないんだろう、だから兄貴がその晩出て行ったかどうかは判らないんだろう」

「俺が寝るときは居た」

「大将の家じゃ肥料代を払ったそうだな」

「うん」

「肥料代が払えないんで大将に金を貸せっておやじや、兄貴が言ったが大将は貸さなかったと言うじゃないか」

「うん」

「どうして貸さなかったのだ、大将は沢山お金を持っているんじゃないか」

「俺はもう金はないよ……いや金はある、金はある、金はあるけれども、おやじや、兄貴は金を使うばかりで返してくれないから貸してやらない」

「大将が金を貸してやらないのに、どうして肥料代が払えたのだ」

「知らないよ」

小職と石松とは以上のごとき会話を続けながら山中方の手前半丁の処に達したり、折柄九時三十二分××行急行列車は、遠雷のごとき響きを立てて小坂駅を通過したり。この時石松は列車に向かって化石のごとくに佇立《ちょりつ》し、その列車、小坂駅を通過したる後も容易にその姿勢を崩さず、小職はさすがに低能者だけに汽車電車を好むは小児と同一なりと思い失笑を禁じ得ざるものありたり。

然るに石松は、列車の通過後数分を経過して、中間の小駅なる小坂駅が列車通過以前の静けさに還りても容易にその姿勢を改めず、小職が彼の家に近付きたれば、今夜の問答を他言すべからざる旨を命じて別れを告げんとし、「大将、大将」と呼びかけるにもかかわらず、あたかも彼の耳には通ぜざるもののごとく、彼は依前として静かなる小駅の或《あ》る地点と思わるるあたりに視線を凝らし、何事かを口中に呟きながら佇立を続けたり、小職は石松が口中に称《との》うるごとく呟く詞の意味を聞き取らんと、全身の神経を耳に集め、息をひそめて彼の身辺に寄り添いたるも、彼の口中の呟きは容易に聞き取ることを得ず、彼が注ぐ視線の焦点ならんと思わるる地点を凝視したるも、これまた何ら小職の注意に価するものなし、小職は多少の焦燥を感じつつなおも彼の呟きを聴き取らんとするうち、彼の呟く声は次第に高まり、やがてまた次第に低声《こごえ》となり、最後に彼は沈黙したり。その間小職が彼の口唇《くちびる》の動きと、深夜に髪を梳《くしけず》るがごとき低声《こごえ》によりてわずかに聴き取り得たる彼の呟きは、

青い火
赤い火
青い火
赤い火

の連続なり。


やがて数分を経過したる後、石松は突然急に頭を回《めぐ》らし丘上の森野家を眺むるや、

「消えている」

と、低く呼びたるまま小職の存在を忘れたるもののごとく、突如踵《きびす》を回らし急ぎ我が家の方向に歩み去れり、小職はあまりにも急激にして不可思議なる石松の動作に、ただ呆然として彼の後ろ姿を見送るのみに終われり。

犯罪捜査報告（3）

小職は石松の謎のごとき詞《ことば》を解かんため、その翌晩午後九時を過ぐる頃より石松が佇立

したる地点に立ちて、急行列車の通過を待ちたり。やがて小職の腕時計が暗《やみ》のなかに九時三十分を指すや、列車は平常と何らの変わりなく、いとも平穏無事に暗のなかに一道の光を連ねて小坂駅を通過したり、小職は列車通過の数分後まで、昨夜石松が見たる、あるいは見んとしたるものを究《きわ》めんとして小坂駅の建物、またはその構内に充分の注意を払いたれども、何ら小職の注意を惹くべき変化を見出だし得ず、昨夜石松の視線の焦点を小坂駅と見たるは、小職の誤りにてあるいは駅の構外に列車通過の直後に何らかの現象を見るに非ずやとの懸念《けねん》より、その地点より展望し得る駅の構外にも充分の注意を払いたれども、何ら小職の注意を奪うべきものなく、当夜は何ら得るところなくして引き上げたり。

　小職が斯《か》かる低能者のうわごとにも似たる謎語《めいご》のため、徒《いたずら》に貴重なる勤務の時間を割《さ》き、しかも本件犯罪事案とは次第に縁遠き傍路に入り、次第に事件の本体に離れつつあるは小職自らも焦燥の感を抱けり、然れども本件のごとく犯罪捜査の総ての方面に行き詰まり、事件をして迷宮の奥深く追い込みたる今日においては、小職は従来の捜査方針の何物にも捉われず、その捜査の第一歩に立ち戻り、まずその犯罪の原因ともなすべき事実の探究のためには、かかる低能者の一言《げん》一行《こう》といえども、少なくとも本件被害者の家族と多少の関係を有する以上、これを等閑に付すること能《あた》わず、これいわゆる「溺者藁摑《できしゃこうかく》」の愚を学ぶに似たれども、今しばらく小職に藉《か》すに時間を以てせられんことを。

　その翌晩小職は再び石松が佇立したると同一地点に立ちて列車の通過を待ちたり。列車の小坂駅を通過すること前夜のごとく、その通過後においても何らの異なりたるものを発見し得ず、失望のうちに引き上げんとして頭を回らし、丘上の森野家を見上ぐれば、闇を通してただ土蔵の白壁を仄見《そくけん》し得るのみにして、他に一糸の灯光さえ見る能わず、あたかも魔の棲む家のごとく闇のなかに沈黙す。

小職はその位置を去らんとして二、三歩、歩を移したるが再びそこに佇立したり。

昨夜石松が頭を回し丘上の森野家を見上げて「消えている」と洩らしたる一言は、何らかの内容を有するものに相違なしと考え、現場に佇立時《とき》を久しくしたれども、その語が何を暗示するものなるやを解することを得ずついに断念して引き上ぐるのやむなき状態なりき。

小職は曩《さき》に「子供さえ云々」の詞を彼石松に授けたるものを究めんとしたるものなるに、いまだそれを究めずしてかかる傍路に入りたるは、我ながら甚だ遺憾とするところなれども、その夜の石松の言動は小職の捜査上に一つの好奇的暗示を与うること大なるものありたるが故に、彼石松に「子供さえ……云々」の詞を授けたるものの捜査を第二とし、まずこの謎のごとき石松のその夜の言動を解くことに専念せんとす。

小職はその帰途なおも彼の言動につき種々推考したれども、何らその謎を解くべき鍵の影さえ見出だすことを得ず、果ては元来がその智能的成育において小児に等しき低能者の言にして、しかも「青い火、赤い火」と呟きたるは、小児が色火に特別の注意を惹かるるにその軌《き》を一にし、ただ単に駅構内のシグナル灯位を望見して興を遣る児戯の類に属し、これを以て特別の内容を持ちたる謎の言と考うるは、あまりに事を重大視するの弊なりとも考えたるが、それにしても彼石松がその呟きの次に森野家を見上げて「消えている」と一言洩らしたるは、そこに何らかの意味を有するもののごとく解せられ、一概に「馬鹿のうわごと」として葬り去るべくあまりに暗示的なりと小職は思料せり。

帰宅後小職は明夜は石松を同一地点に伴い、再度彼の言動につき取り調べをなし、その謎の内容空実《くうじつ》につき彼に訊問を試みんとす。しかも彼を低能者扱いとしてみごと失敗したる先夜の例に鑑《かんが》み、もっとも効果多き方法を以て彼の答えを誘導せんことを期せり。

犯罪捜査報告（4）

小職は謹《つつし》んで罪を待たざるべからず。小職は小職の好奇的趣味のために徒《いたずら》に時期を失したるため重大なる失敗を招けり。

本件解決の鍵、少なくとも本件解決に曙光《しょこう》を齎《もたら》すべしと信じたる石松は、去る×日ついに死亡せり、その死因たるや彼が勤務する大谷製材所において、夜間ただ一人残業作業中、午後七時頃木材の下敷きとなりて変死したり。本件変死は既に当路官吏の立ち会い見分にて「木材の倒潰《とうかい》による圧死」と決定せられ、何ら後日に問題を残さざるもののごとくなれども、少なくとも小職が捜査中に属する森野老夫婦殺しにおいては貴重なる資料を滅失せしめたる憾《うら》みこれあり、小職の捜査上に一頓座を来すものにして、小職の失望まことに大なるものあり、これ全く小職が犯行原因の中心に進むべくあまりに自己の趣味に堕し低迷《ていめい》遅疑《ちぎ》したるがためなり。その職務を怠るの罪、まことに以て恐縮に堪えざるところなり。
小職はこの貴重の資料を失いたれども、その罪を購《あがな》うため本件の解決に努力しその罪を担《にな》わんとす。

一昨×日小職は石松の死亡に落胆し、一日の公暇を得て小坂町字森山に友人なる小学校員末松篤《すえまつあつし》を訪問したり。而《しか》して図らずも末松より本件解決の曙光を与えられたり。

以下当時小職と、友人末松との間に交えられたる会話を抄録せんとす。

「小坂事件は、まだ目鼻がつかないのかい、君はあの事件の継続捜査の主任だと言うじゃないか」

「あの事件には全く参っているよ」

「それに、あの『大将』が死んだと言うね、あれは君、何かい、その死因に疑わしいところはないのか」

「疑わしい点は無い、ということになって処分済みにはなっているんだが……僕には一つ二つ不審な点がないでもないんだが……」

「すると、なんだね、『大将』の変死が疑問だということになると、君の事件がますます複雑になる訳か」

「そうだよ、第一『大将』がね、千円ばかり金を持っていたことは事実なんだ、これは僕が調査したことがあるので間違いはないんだがね、ところが『大将』の死後調べて見ると、その金も無くなっている、もっとも『大将』はその金を隠し回って、預ける銀行を再々変更したものだから、その死後『大将』の父や兄等もその金の所在を血眼《ちまなこ》になって捜し回っていたという始末だ、僕はまたちょっと捜査上の必要からその金の所在を捜したんだがね、するとK市の四、五の銀行だの信用組合なんかを転々して、その最後にやっぱりK市の玉川銀行に預金しているんだ、ところがその金は四、五回にわたって綺麗に引き出されている、しかもその引き出された日付が×月十一日から×月二十四日までになっているのだ、そしてそれ以後どこへも預け入れた形跡がない、まさか、大将自身が浪費したとも思われないんだが……」

「その引き出された日付というのが、この前君が話した、『大将』が森野の婿になるという噂が立ち出した頃から、森野老夫婦が殺されるまでの期間に相当するという訳なんだね」

「そうだよ、そこでだ、僕の考えでは『大将』が低能で女を見るとニヤニヤするものだから、『大将』をたぶらかして――八重子の婿にしてやる――なんかと言って嬉しがらせておいて何かと口実を設け、それを餌にして金を引き出した奴があるんじゃあないかと思うんだ」

「大将の兄貴が森野へ『大将』を婿にもらってくれと申し込んだという噂だが、それは本当かい」

「本当らしいね」

「だが、だしぬけにそんなことを言って行くのは、よほど可笑《おか》しいじゃないか」

「ふむ、可笑しいようには思われるが、君だって知っている通り森野は血統がよくないだろう。だから誰も婿に来る男がない、多少言い分のある男でもこっちから持ち込みさえすればものになると思ったんだろう、それにさ、石松は『大将、大将』と呼ばれて低能者扱いをされていたが、あれでなかなか働くことにかけては、人一倍真面目な働き手だ、だから、親や兄にして見れば充分の可能性があると思った、慾と二人連れで持ち込んだものだろう」

「それにしてもさ、あの『大将』を突然持ち込むというのは気のひけた話じゃあないか、なにかそこに訳がなくてはならぬと思うね」

「さあ、それもそうだが、しかし八重子が『大将』を可愛がっていたのは事実らしい、可愛がると言ったって、相手があんな男だから、冗談を言って遊ぶのに面白い、という程度だったろうがね、それを『大将』がスッカリ真《ま》にうけて、母親や、父親にせがんだものらしい」

「すると、やはり君の見込み通り『大将』の尻を叩いたやつがあるという訳になるんだね」

「そうさ、だから其奴《そいつ》を捕まえりゃあこの事件に大体の見当がつく訳だよ」

「なるほどね……すぐ捕まりそうじゃないか」

「うん大将が生きていてくれりゃあ訳なく判るんだが」

小職と友人末松とは、大要如上《いじよう》のごとき会話を交えながら夕食をともにし、その食後もなお雑談に時を費やしたり。然るにその雑談中、友人末松の居室より斜面の畑を通してはるかに見下ろし得る小坂駅を、今しも九時三十二分の急行列車が、その音響とともに通過せんとするや、末松はツト頭をめぐらして椽側《えんがわ》の硝子《ガラス》戸越しに、列車の通過する小坂駅を見下ろしたり。列車が小坂駅を通過し終わるや小職は、かつて石松が残したる謎のごとき詞に想到し、末松がもとの姿勢に復《かえ》るを待ちて、その夜の有様を語りたるに、友人末松は、

「ああそうか、大将《あいつ》もそれに気がついて見ていたのか、僕一人だと思って楽しんでいたんだが……どうもああいう男は普通の人間と異《ちが》っているだけに、変なものに注意するんだね……しかし今夜君が来ている場合に大変いいことを思い出した、君の事件の参考になるかもしれない……君は片町の駐在所に住んでいるんだから気のつきそうなはずはないね……そうだ、これは面白いよ」

末松は小職をその椽側に伴いて、大要左《さ》のごとき話をなしたり。

「そら、ここから見ると、小坂駅が見下ろせるだろう、……そうだな、僕がそれに気がついたのは一年ばかりも前からだよ、九時三十二分の急行列車が通過して約五分間くらいすると、そら見えるだろ、あの場内信号機の柱が、あの柱から六尺くらい右に寄った位置で、定《き》まったように最初は青い火が一つ円を描くんだ、そして次にはそれが赤い火に変わるとスウッと消えてしまうんだ、その火が駅に備え付けてある回転式の手提げ合図灯であることはもちろんだから、初めのうち僕は場外信号機にでも合図しているんだろうと思っていた、ところが、その火は隔晩《かくばん》ごとに起こる、僕が一番最初発見したのはフト目についてからなんだが、それから以後注意して見ると、隔晩ごとに、それも大の月は偶数の日に、小の月は奇数の日に間違いなく繰り返される。

僕だって初めのうちは、そんなものを一々気にかけて注意していた訳ではないんだが、

それがちょうど急行の通ったすぐ後だし、僕の座っている机の前から座ったままそれが見える、何時の間にかその火を見ることが一つの習慣のようになってしまって、しまいにはなんだかその合図が自分に向けられているような気がしてね、こちらからも何かそれに答えたいような気になって、妙にそれが待たれたりすることがあるんだよ。

月のいい晩なんか紫色に塗り潰された斜面の畑を越して、その青と赤のゆるやかに描く円を見ていると、なんだか童話の国へでも行ったような気になったり、暗黒の闇のなかにその火を見ると怪奇の世界へでも行ったような気持ちになるんだ、何時《いつ》とはなしに僕はその火がスッカリ好きになってね、偶、奇数日の関係でそれのない晩は妙にもの足らぬ感じがしたものだ。

話は少しばかり感傷的になって来たが、……ところが、その青、赤の火を三月ばかり見ていた後だったが、もう一つ妙なことを発見した、もっとも、それまでだってその信号が場外信号機へ合図しているものとも受け取れず、またそのはか列車の運行上の合図とも受け取れず、何の意味の合図か不審には思っていたんだが、そんなことは僕にとってはどうでもよいことで、別に詮議立てする必要もなしそのまま楽しんでいたのだ。ところが、そら、ここから見えるだろう、森野の屋敷が、そしてその離れ座敷がここからよく見えるんだが、今晩はどうもあまり闇《くら》くてよく判らないね、……半年ばかりも前のある晩のことだったが、僕は明け放した椽側の障子にもたれて、例の通り列車の通過と青、赤の円光を待っていた、例の通り列車が通過する、まず青い火が円を描く、そのとたん、僕の右の視野の端でピカと、なんだか光ったような気がした。フト気が付いて見ると森野の離れの灯《あかり》が消えている、もっとも僕はその晩森野の離れに灯がついていたかどうかを注意して見ていた訳ではないんだから、その青い火が一つの円を描き終わると同時に消えたものか、それともその晩は宵からついていなかったものか、その辺ははっきりせないんだが、とにかく、青い火が一つ円を描くと同時に消えたような気がしたのだ、その晩はそのまま済ましてしまったが、それ以後注意して見ると、いつでも青い火が一つ円を描くと、定《き》まったように森野の離れの火が消える、たまには座敷の灯の消えなかったこともあるが、そんなときは青い火が二回円を描く、そんなことも月に二度や三度はあったように思う。

ところが、あの惨劇のあった日から青い火も見えなければ、森野の離れにも灯がついたことがない。

もちろん、それが何かの合図であることは僕にだって判っていたが、それが何の合図であったか考えてみたこともなく、またああした惨劇のあった後に迂闊《うかつ》なことを言い出して、自分の迷惑はいいとしても、もし他人に迷惑をかけるようなことがあっては、僕の職掌《しょくしょう》上困ると思って、今日まで別に口外する必要もなかったものだから黙っていた訳なんだが、今君から話を聞くと死んだ『大将』もそれを知っていたらしい、殊に相手が君で、この事件の解決に困っている折柄だから話をするんだが、どうだ少しは参考になるかい、その合図が何を意味していたものかは、大体僕にだって見当はついているが、これは僕の想像だから、想像だけで人に言《もの》を言うことはできない、殊に君はその捜査主任だからな、まあ、それは君の判断に任しておこう……云々」

小職は友人末松の以上の話を聞くに及びて、本件に一大光明を認め得たり、もはや嚢中《のうちゆう》のものをさぐるに等しく、旬日を出でずして犯人逮捕の自信を有するに至れり。

犯罪捜査報告（5）

小職は本件の最も濃厚なる嫌疑者として、小坂駅助役小林正一を任意本署に同行を求めたり。

小林正一は、かねてより森野八重子と情を通じ居たるものなるが、八重子の老父母がその血統の子孫に遺伝せんことを恐るるがために、八重子を監督すること厳重にして、恋を語るべき機会を得ることに困難なるところより、ついに窮余の策として職務に使用する合図灯を以て、駅構内より望見し得る位置に立ち急行列車の通過後、青灯一回を振りて八重子の居室なる森野家の離れ座敷に向かって合図し、離れ座敷に消灯ありたるときは赤灯に変じてこれに答え、勤務終わりたる後直ちに森野家の裏手切石口《きりいしぐち》より忍び入るべく八重子と示し合わせ、もし青灯を二振りするも離れ座敷の消灯なきときは八重子に支障あるものとし、八重子はまた急行列車が通過するや直ちにその居室なる離れ座敷の椽に立ち、この合図に応じたるものにして、しかも、駅備え付けの職員勤怠簿《きんたいぼ》によるときは、被疑者小林正一は大の月は偶数日、小の月は奇数日の勤務当番なり。

しかして犯行当夜における小林の行動に付いては、彼は例のごとく合図し、八重子の消灯合図を得て同夜十時頃森野家に至り、翌日午前一時頃小坂駅に帰来し、同駅湯呑み所に備え付けある寝台《ベッド》に上がりたる旨自供し、森野八重子はまた小林が同夜午前一時頃帰りたるに相違なき旨自供し、当夜同駅勤務中なりし駅夫は同日午前二時前、小林が寝台《ベッド》にありたるを実見したる旨申述《しんじゆつ》せるを以て、検案医師のいわゆる死後経過時間による犯行時間――自午前二時至同四時――とは多少の齟誤《そご》は来せども、以上の事実によるときは充分にその嫌疑を受くべき地位に在るべきものと信ず。

なお駅備え付けの給品簿によるときは、その翌日（早朝ならん）新しき手袋を請求記入し、これを用いたる事実等を参考とするときは、小林正一を以て本件嫌疑者として最も濃厚なる者と目せざるべからず。

犯罪捜査報告（6）

小職は本件被疑者として、曩《さき》に留置せられたる小林正一の物的証拠蒐集のため、青年団員、または特志家の応援を得てまず第一に未発見のままなる凶器の発見に努力したり。

しかして××日午後二時頃、再び被疑者森野方付近を捜査したるも何ら得るところなく、徒労に帰したるを以て、同家裏手疎林中の藁小屋の前に集合し、なお捜査方針手配等につき協議したり、然るにその協議中特志応援の一人、山本重蔵《しげぞう》なる者、その小屋の側面に積み重ねられたる藁束に向かって放尿せり、他の団員らとともに協議しつつこれを傍見したる小職は、山本の挙動に不審の点あるを発見したり。すなわち山本は午前十時第一回捜査手配打ち合わせのため同所に集合したる際も放尿し、しかもその箇所は同一箇所なり、然《しか》れども小職は斯《か》かる偶然は問題となすに足らずとし、協議終わるや応援団員とともに協議所定の捜査区域に就き、更に精細なる捜査をなしたるも、これまた何ら得るところなく、ついに当日の捜査を打ち切り引き上ぐるのやむなきに至れり。

特志者、青年団員等の労を謝して独り帰途に就かんとしたる小職は、フト山本重蔵の挙動を思い浮かべたり、元来山本が特志団員として加わり、小職の面前にその姿を現したる刹那《せつな》、小職はある一種の予感に似たる暗示を受けたるも、斯かる直覚のため捜査の方針を誤り、または無辜《むこ》の良民を冤罪に泣かしむることしばしばなることを反省し、務めてその直覚を退けんとしたれども、彼山本がその放尿に際し執りたる前後の動作挙動は、小職の直覚を退くべくあまりに多くの不審を懐《いだ》かしめたり。

よって小職は念のため、全く念のためにして、何ら予期する念慮なくして山本重蔵が放尿したる現場に立ち見たるに、驚くべし、偶然にも凶器を発見したり、すなわち同所に積み重ねられたる藁束中の間隙《かんげき》に、血痕付着の棍棒《こんぼう》（森野家戸締り用）の挿入しあるを発見したり。（中略）

小職は曩《さき》に小林正一を本件嫌疑者として連行し、その報告をなしたれども、小林を以て真犯人と目すべく小職の心証に許さざるものありたり。

すなわちその後小職の取り調べたるところによれば、小林正一は、性質温順、素行善良にして、職務に忠実、勤勉、青年助役として部内に聞こえ、その前途を嘱目《しょくもく》されつつあり、その八重子との恋愛関係においても、畢竟《ひっきょう》は八重子の薄幸に同情したることが原因をなせるもののごとく、小林を知るほどのものはその不幸なる恋愛に同情し、その犯行には不審を懐き、当局の誤認を罵るものさえ生じたる有様なり。

されば小職においても小林正一の犯行に幾分の疑念を抱ける折柄、捜査当日の山本重蔵の挙動並びにその挙動によりて凶器を発見し得たる事実は、小職に甚だ大なる疑念を生ぜしめたるを以て、窃《ひそ》かに山本の犯行当時並びにその前後、及び現在の動静につき捜査をなしたるところ、左記のごとき不審の点を発見したり。

(1) 山本重蔵は「大将」こと山中石松が勤務し居たる大谷製材所に仲仕《なかし》を勤め、その木材の運搬上、しばしば小坂駅に出入し居りたること。

並びに例の合図を知り居たる疑いあること。

(2) 森野八重子の関知せざるところにして「大将」に関する種々の噂を捏造《ねつぞう》してこれを流布し、または種々の言辞を弄して「大将」を使嗾《しそう》しその金を巻き上げたるは彼の行為なること。

(3) 山本は最近小鳥売買にて儲けたりと称し、K市に移転し、娼妓を身受けする等身分不相応の金銭を浪費したるも、彼が小鳥にて儲けたる事実なきこと。

(4) 犯行当夜山本は、午後九時四十分頃、すなわち急行列車通過後まで小坂駅に遊び居たること。しかしてその帰宅したる時間は午前三時半頃にして、その間の行動曖昧なること。（彼が当夜午前三時半に帰宅したることは、彼の先妻とくの供述するところなり）

よって小職は山本重蔵を本署に連行し、その任意供述を求めたるも、容易に実を吐くに至らず。然《しか》れども、前記のごとき諸点に徴して山本が、合図後においては森野家の裏木戸の締まりなきことを知悉《ちしつ》せるところより、小林正一が合図灯の把手《ハンドル》に掛け置きたる古手袋を窃取し、これを穿《うが》ちて小林に先立ち窺かに森野家邸内に潜入し、小林が帰りたる後その戸締り用棍棒を携《たずさ》えて老夫婦の寝室に押し入り、金品を物色中老婆の目を覚ますところとなり、その姿を認められたるを以て後日の憂いを恐れてその頭部に一撃を加え、物音に驚きて起き上がらんとする老爺《ろうや》の頭部にもまた一撃を加え、続いて交互にこれを乱打しついに死に致したるものならんと思料す。

しかして当夜森野家に在りたる小林正一にその罪を嫁《か》することの容易なるを知り、その凶器の捜査にあたりて殊更にその隠匿箇所に放尿し、その所在を暗示したるものなりと認め得べく、手袋の所在については取り調べの進行とともに、彼の供述により判明すべきを信ず。

なおその犯罪の動機に至りては、放蕩の結果その費用に窮し窃盗の目的に出でたるものならん。

可憐なる「大将」の死因につき小職は山本重蔵に充分の嫌疑あるものと自信せるを以て、

追って調査の上報告することあるべし。

映画館事故

スクリンには百々之助の「武士」が映っていた。男は二十分も前から着衣を通して女の股を感じていた。男はちょいと足で女の足を小突いてみたが、なんの手ごたえもなかった。男はまた二、三度連続的に、前よりはやや力を入れて押してみたが、何の反応もなかった。女の顔はなにごとも感じないもののようにスクリンに向いていた。

男は右の手をそろっと女の膝の上に置いてみた、女はそれに気付かぬもののように、身動きさえもせず、いぜんとしてスクリンに顔を向けていた。時間が経った。男は次第に手を進めた。

突如！　女は男の手をとった、男は胸にドキリと音をさせた。

女は、とった男の手を静かに男の膝へ戻した。

△

スクリンにはマキノ輝子の「お洒落狂女」が映っていた。

「長尺につき五分間休憩」素通しのヒルムに変わると、パッと場内が明るくなった。隣に座っていた女は、

「いかが、一つ召し上がらない」

と、言って、手提げの中から支那栗を出して男にくれた。

また写真が映りだした。十五分ばかりすると、女は、小さな伸びを一つして、

「……ああつまらない……なんて面白くない写真だろう……」

と、言いながら男の方にその白い顔を向けた。

「あたし、もう、あきあきしちまった、……あなた……どう……あたしと一しょに散歩でもなさらない……」

二人は連れ立って館を出た。女は道々歩きながら支那栗の皮を取って喰べた。男にもくれた。男はそれをそのままポケットに入れた。二人は三越の食堂に入った。喰べものは女が誂えた。

道を歩きながら、栗を喰べながら、三越の食堂で食事を摂りながら、女は時々着物の袖口から覗いている赤い襦袢の袖を、指につまんで、まるで癇癪でも起こしているように、ピンピンと力を入れてはじくように引っ張った。

「あたしね……」

三越の食堂で女が言う。

「……お母っさんといっしょに、月ヶ瀬の梅を見に行くことになってるの、……だけど、つまんないわ、お母っさんといっしょなんか、あなた、あたしといっしょに行かない、行きましょうよ、ね、ね」

女は、紙入れから青切符を出して男に見せた。二枚。「伊賀、上野行」の。

「この通り、ちゃんと切符は買ってあるの、ね、行きましょうよ、ね」

男は、黙っていた。

「お金なんか、ちっとも心配はいらないわ、これだけあれば、足りるでしょう、……足りないかしら……」

女が、無雑作に引きあけた紙入れの紙幣挟みから、紫色の一〇〇円札が、二、三枚、はみ出していた。

男は、気味が悪くなって来た。

それで。

駅までは女といっしょに行ったが、待合室の人込みのなかで、女をまいて逃げだした。

△

スクリンには、岡田嘉子の「京子」が映っていた。

男は、ちょいと女の小指に触れてみた。女の手は動かなかった。また触れてみた。やっぱり女の手は動かなかった。小指、薬指、無名指、人指し指、拇指、と順次にからみついた。それでも女は動かなかった。男は力をこめて女の手をギュウと握った。それでも女は動かなかった。女の顔は、手のひらに感ずる異性の肉に酔うているようでもあった。また、写真の興味に魂をぬかれているようでもあった。

男は、やわらかな、しなやかな、つめたいような、温かいような、女の掌を享楽した。

写真がきれた。

パッと電気が輝いた。

ツト、女は立ち上がった。そして人込みのなかをわけて出て行きながら、握られていた手を上げて、指輪を見た。

長襦袢
ながじゅばん

（ある探偵座談会の筆記抄）

——それでは、ひとつ、自殺を装わしめた他殺、というような話をお願いいたしましょうか。

——そいつはずいぶんたくさんの例がありますね。

——まったく、たくさん例がありすぎて困るくらいでしょう。

——今更ではありませんが、まったく殺人の犯人というものは、非常に浅墓《あさはか》なものですね、自殺を装わしめた他殺で、成功したという例は、私達はほとんど聞いていないですよ。もっとも露れたものだけが私達の耳に這入《はい》るので、成功したものは露れないのではありますが。

——全く、どれを見ても無智に近い方法ですね、本人にして見れば充分によく考えて、これなら大丈夫と思って行《や》ることなんでしょうが、結果から見ればずいぶん馬鹿馬鹿しいと言いたくなるほど、浅墓なことをやっているようです。

——〇野《の》〇人《ひと》殺しの「き〇え」なぞは、うまくやっていたじゃないですか。

——あれは本当の自殺、ということになっているんです。

——そうでしたかね。

——京都の「小笛殺し」は……。

――あれは君、なんですよ、自分自身で自殺しながら、それが他殺であることを装うた、という形になっているんです、今では……。

こんなのがあるんですがね、これなぞは無智な田舎の人の犯行としては、ずいぶんと考えたものでしょう。

但馬《たじま》のH在《ざい》のある田舎に起こった事件なんですがね、私がちょうどH署に勤務していた当時のことですが。例のあの奥丹《おくたん》地方の震災直後のことです。○町の駐在巡査から、管内で井戸に投身自殺を遂げたものがあるから、検視をしてくれという電話報告があったのです。どうも、この検視というやつは面白くない仕事でね、すべてが医者任せで、ただ医師の検案を信じて現場で検視調書を作ればいいのです、だから大抵の場合は部長に任せておくのですが、ちょうど部長が不在だったものですから、私自身で出掛けて行ったのです、医者は○町に嘱託医がいるので、それに立ち会わすつもりでね。

○駐在所へ着いて、駐在巡査の案内で現場へ行って見ると死体はもう引き揚げて、井戸端に寝かし、莚《むしろ》が着せてある。私達が現場へ到着すると、自殺者の夫という男、その他近親者や、近所の者達が二十人ばかりも寄って来て、私達を取り巻き見物しているというお定まりの状景《ありさま》です。

私は、まあ第一番に、巡査に命じて死体にかけてある莚をとらせて見たのです、するとどうでしょう、その汚い莚の下から、真っ裸の女の死体が現れたじゃありませんか。

――真っ裸って……一糸も纏《まと》わぬ……。

——ええ、まったく、一糸もつけぬ……血の気が失せて透き通るような白い屍肌《しはだ》が、黒い土の上に押しつけられたようにながながと横たわっているのです。

——長々と横たわっている、というのはちょいと変じゃないですか、時間の関係もあるだろうし、その井戸の大きさにもよることでしょうが、長々と、ということは……引き揚げてから寝かすときに、そうしたものでしょうか、どういう形をして井戸にはまっていたものでしょうか、この点はかなり重大であったと思うんですが……。

——ま、しばらく待って下さい。私も在職二十五年、その間に自殺死体の検視もずいぶん行《や》ったから、なれっこになっているはずですが、その時の女の素っ裸の死体は、どう言うものですか、いまだに目の前に見るように私の記憶にあざやかな印象を残しているのです。

——おかしいじゃありませんか、自殺者が身に一糸もつけぬ素っ裸であるなぞは。

——ええ、無論あとでそれが問題になるのですがね、……どうも我々のように職業的に訓練されているものでも、この直感とか、第一印象とかいうようなものにはずいぶん力強く捉えられるもので、それがためにいろいろと捜査上の方針を誤ることが多いんだが、その場合だって、○町の駐在巡査が「殺人事件が起こった」と、言う報告をしてくれると、ちょいと緊張した気持ちで現場へ乗り込めたのですが、「自殺者があった」と、言う報告だったものですから、それに季節がちょうど夏のことであり、震災直後のことで、死体などは嫌《いや》と言うほど見ていたし、身内のものに死なれて世をはかなむと言ったような原因で自殺するもの、または気が変になって自殺する者なぞが続々とあったものですから、またか、といったくらいの程度により感じなかったものですよ。

――それにしても、失礼ですが、ずいぶん迂濶なことですね、自殺者が素っ裸であることに疑いを起こさないなんて。

――君は、自殺者が素っ裸であったことに、ひどくこだわっていられるようだが、そんな例はいろいろ珍しくはないことですよ、僕の知っている例にも素っ裸であったことが、二、三あるのです、それは、その一つは……。

――まあ、このおはなしを終《しま》いまで聞いて、それから後に、それについての例や、意見を持ち出すことにしようじゃありませんか、それに、このお話は、それが自殺であるとも、他殺であるとも決まってはいないんだから、それにこの話の根本の問題は「自殺を装わしめた他殺」と、言うことになっているんだから、いずれ話はそこへ落ち付くはずですからね。

――いや、その横鎗《よこやり》は私が甘んじて受けなければならないものなんです、全く私の在職中の一番大きな失態は、その裸体《はだか》婦人の自殺事件であったのですから……。

ところで、今の御説のように、その莚を取り除いたときにその自殺死体が素っ裸であったのですから「これは……」と、思わなければならぬはずなんです。それが、その環境が前にも言った通り震災直後のことであったものですから、その場合私は死体について、その死因に疑念を挿むというような、職業的な刺戟を受けなかったのですよ、それが後になって事件を解決するのに、非常な困難を与えた訳なんですがね。

――○野○人殺しも、最初の検視を誤ったために、後がずいぶん困ったようでしたね。

——そうらしいですな。

——加賀の山中温泉でもそんな例がありましたよ、それも他殺の疑いがあるということになってから、調べるのにずいぶん骨が折れたようでした。

——そうした場合大抵の事件は解決に困難を生ずるものですよ、なにしろ捜査上一番大切なものは「時」ですからね。

——そして、なんですか、結局その裸婦人は自殺者として検視が終わった訳ですか。

——そうです、自殺者として検視を終わった訳です。が、自分の失態を今頃ここで弁解する訳ではないですが、検視医の検案も、死者が水を飲んでいるし、外傷といっても、井戸に落ち込む際に蒙《こうむ》ったであろうと思われる下顎部《したあご》の、ちょいと半月形をなした紫痕《むらさききず》だけで、他殺の形跡はない、ということであったのだし、自殺者は震災当時から多少精神に異状があったものらしく、その点は夫の現場での話、付近の人達の話、駐在巡査の話等で充分信《しん》を措けるもので、その自殺前夜の自殺者の行動と何ら疑いを挟む余地はなかったのです。

　自殺者は、松谷《まつたに》すみという名で、当時二十四、五歳であったと思っています。夫である寛一《かんいち》の言うところによると、すみは時々夜中に飛び起きて、不意に表へ飛び出したりすることが往々あるものだから、幾分か保護する気持ちで何時《いつ》も一つ部屋に寝ていたと言うのです。そしてその夜は、なんでも町の復興事業について会合があったとかで、十二時前に帰宅したと言っていましたよ、その時女房は既に寝ていた、それで自分も寝《しん》に就いた、と言うのです。

――そういう風に夫の行動についてお調べになったとすると、多少は死因に疑いを持っておられたようにも見えますなあ。

――いや、その時私は、その死因に疑いをもって寛一を訊問した訳ではなかったのです、ただその自殺としての経過だけを一応聞いただけですから、別に聴取書もなにも作らなかったのですよ、何時《いつ》の検視の場合でも、それくらいの程度の状況は聞くものなんですから……、そして朝五時頃日が醒めて見ると女房がいない、そんなこともそれまでには二、三度もあったそうで、いつも打《う》っ放《ちゃ》っておくとフラリと帰って来る、というような有様だったので、その日も昼頃までは捜しもせず打っ放っておいた、と言うのです。

――そのとき、どうでしたかな、裸体《はだか》のまま家を出たものなら、衣類が残っていなければならぬはずですが。

――そうですなあ、まあ残っていなければならないはずだと思いますが、いくら精神に異状があり、夜更けのことであったとしても、女のことですからまさか家を出るとき素っ裸で家を出たとは思われないですから、当然その衣類については注意が向けられただろうと思うんですが、夫、寛一と言うんですか、衣類はすっかり残っていた、と言うんですか。

――そう諸君から攻撃的に質問せられては、全く面目ない次第ですが、当時はその死因に少しも疑いを持っていなかったものですから、衣類のことは聴かずに終わりましたよ、……この警部補、当時私は警部補だったのですが、無能ですな、まったく、ですけれども、私が無能で、その時そんなヘマをやったればこそ、ここに持ち出せるような話の材料ができたというものですよ。

（笑い声）

それに昼頃になっても、女房のすみが帰って来ないものだから、心当たりだけを捜してみたが判らない、そして結局自宅から約三丁を離れた、町端《はず》れの野井戸に投身自殺しているのを発見した、という次第なんです。

――その野井戸の付近には人家はないのですね。

――松谷寛一の家というのが町端れの家で、その家から約三丁ばかりの距離にある野井戸で、むろんあたりには人家のない田圃《たんぼ》の中でした。

――その野井戸に通ずる道は、その自殺者の家とは、どういうつながりになっていますか、そしてその道路はどういう風な道だったんです。

――道路は相当によい道であったと記憶していますよ、松谷の家は街道筋に面しているのですが、その街道を二丁ばかりS町の方へ行って、右に折れる細い畦道《あぜみち》を……。

――細い畦道、辛《かろ》うじて人が通り得る程度の？

――辛うじて、と言うほどにもなかったと思いますが、かなりに細い畦道であったと記憶しています。

――自宅に井戸はないのですか。

――さあ田舎のことですから、自宅に井戸のないことはないでしょう。

――自宅に井戸があるにもかかわらず、わざわざ三、四丁もある野井戸まで、しかも裸体で出掛けて行って、投身自殺したと見るのはずいぶん変じゃないですか。

――まるで、私は諸君に訊問せられて弁解ばかりしている被告のようですな。

――この話は先程も言ったように、他殺であることが前提されているんだから、そういう質問は無駄ですよ、しかしこの状態で継続していただければ結構ですが……。

――いや、後段ではいずれこの話は私の苦心談と、功名話みたようなものに落ち付くのですから、話の筋に不審を持ちながら聞いて頂いた方が、張り合いがあって面白いですよ。

――それで、それは自殺として手続きが済んだ訳なんですね。

――ええ、周囲の事情が自殺を条件付けていたものですから、いや、当時私には不思議とそう思えたものですから、お定まりの検視調書を作成して署へ帰ってから検案医師の提出した検案書を添えて処分済みにして終わったのです。それでこの事件は一段落ち着いた訳です。

――これからが名探偵の活躍ですか。

――はははは、いや、あまり名探偵でも、活躍でもありませんよ、この事件は徹頭徹尾偶然に終始しているのですからね。

事件が、そういう風に落着してから二十日ばかり後のことです、私の部下が妙なことを聞き込んで来たのです、自殺者すみの着《ちゃく》していたらしい長襦袢が、S町のある質屋に入れ質してある、ということなんです。その噂で出所を捜すまでもなく、その質屋はすぐに知れたのです。

——その長襦袢が質入れしてあるということを発見すると同時に、他殺であるということが確実になった訳なんですね。

——いかな私でもね……、そこでその質入れ品である長襦袢を、すみの夫寛一に見せたところが、当夜すみが着て寝ていたものに違いないと言うのです。そこで早速その質入れ主の住所氏名を調べてみると、S町字坪内、民野《たみの》たみ、ということになっている。民野たみというのは、その当時震災復興工事のためにS町に入り込んでいた、○人合宿所《じん》の炊事婦であることが直ちに判ったのです。でその民野たみを調べてみたところが○人の呉成塞《ごせいさい》というものから質入れ方を依頼せられたものだ、と言う。成塞を引致《いんち》してすぐに調べてみたところが、成塞はその長襦袢は拾ったものだ、と、言うのです。

——その質入れの日付は、何日になっていたのでしょう。

——それはですね、松谷すみが自殺した夜の翌日の午後八時頃であると、質屋の主人が言っていたように記憶していますよ。

——そうするとその時はまだ、○町の松谷の妻君が自殺した、そしてその死体が素っ裸のまま野井戸から発見された、という噂がS町へは伝わっていなかったのでしょうか。

——S町にはまだその噂が伝わっていなかったらしいですね。

成塞の長襦袢を拾ったなぞという申し開きは、元より信用されない、我々の方ではその成塞を厳重に調べたものですよ。

——その松谷すみという婦人は、凌辱《りょうじょく》されていたのですか。

——検視当時は他殺という疑いがなかったものですから、ただ外表検査だけに止《とど》まって、無論解剖などはせなかったのですから、凌辱されていたか、どうか、ということは判らなかったですよ。

——成塞が挙げられた当時、死体はどうなっていたのです。

——火葬に付した後でしたよ。

——どうも残念なことをしたものですな、……その成塞が着衣だけを剝ぎ取る、ということはちょいと考えられないですからなあ、やはり暴行を加えて後、その着衣《きもの》を剝ぎ取ったかあるいは凌辱を加えて後、殺して着衣を剝ぎ取り、死体を野井戸へ投棄した、と見るべきじゃあないですか。

——私達も、その何《いず》れかの見込みで調べたのですよ、けれども、今も言う通り火葬に付した後ですから、凌辱の点に付いては本人の自白を待つよりはかは致し方のない場合でした。

——一体、その着衣というのは、どんなものでした、長襦袢一枚だけですか。

——夫の申し立てによると、すみが当夜身に着けていたものは、水色モスの腰巻、モス友染の長襦袢、瓦斯《ガス》博多の伊達巻、これだけだと言うんです。

——それでその質入れしてあったという品は、その全部ですか、長襦袢も、伊達巻外《ほか》一品も……。

——いや質入れしてあった品物は長襦袢だけでしたよ。

——その長襦袢を質屋から引き揚げてから、その長襦袢につきなにか、化学的な試験でも行われたでしょうか。

——いや、別に化学的な試験は行わなかったですが、民野たみの述べたところによると、その長襦袢は濡れていたので、炊事場で乾かしてから入れ質した、と言うのです。

——その晩は雨が降っていたのですね。

——いいえ、好《い》い天気でしたよ、それはですね、それで私は押収後、その長襦袢を調べて見てちょいと妙なものを発見したのです。それはその長襦袢というのは白地に藍の草模様のあるものでしたが、長襦袢の肩のあたりから胸の辺りへかけて、その部分だけが一度水に漬かった形跡が歴然と残っているのです。胸のあたりから肩へかけてその辺りに雲のような浸《し》斑《み》がかなり明らかに浮かんでいるのです。それで自宅へ持って帰り妻に見せたところが、これは一度も水を潜《くぐ》ったことのないものであるが、その雲立ちになっている部分だけが水に漬かったものだ、と言うのです、それも水に入れて絞ったものではない、水につけたまま乾かしたものに違いない、それはその雲立ちの線状が鋭角をなさず、緩やかな条《すじ》を示しているることで判る、と言うのです。

——すると、その脱ぎ捨ててあった、またはその落ちていたというところに、水溜まりでもあって、その部分だけが水溜まりへ落ち込んでいた、とでも言う訳でしょうか。

——いやその付近に水溜まりはなかったはずだし、それに道路の窪みに溜まっていそうな汚い水ではなく、かなり美しい水に漬かったものであるということは、その雲立ちの斑条《はんじよう》が極めて稀薄であることによって、私にも充分に認められたですよ。

後になってその斑条がこの事件の解決に、最後の「鍵」と言ってもよいほど、重大な役目を果してくれたのでしたがね。

それで成塞の当夜の行動ですな、成塞の申し立てるところによると、当時××橋の復旧工事が非常に急であったため、当夜は電気を点《つ》けて徹夜工事をやっていた、と言うのです。徹夜工事とは言っても、午前二時には切り上げるんですから、二時半頃合宿所へ帰って来ると、合宿所の手前十間ばかりの街道筋で長襦袢一枚だけを拾った、と言うのです。

――どんな形で長襦袢が落ちていたと言うのですかね、肩から脱け落ちたままの形で落ちて居たものか、それともまるめて捨ててあったものか。

――さあその当時は、そんなことについても訊問はしたと思いますが、成塞の答がどうであったか、今はよく覚えていませんよ。

――しかし成塞が合宿所の前で長襦袢を拾ったということはずいぶんとあやしいですなあ、もし本当に拾ったものだとすれば、その事実を証明する者はたくさんにあるはずですからね、工事場から合宿所へ帰るのに一人で帰るというはずはないのだから、必ず二人なり三人なり、もそっと大勢であったかもしれないが、とにかく連れがあるはずなんだから。

――そうです、仲間の連れがあったのです、十二、三人、それで、その同じ合宿所に居て同じ所で仕事をしている仲間の者を呼び出して調べてみたところが、その仲間の連中は成塞がそんな長襦袢なんか拾ったという事実は知らない、と言う。それで工事監督を呼んで調べてみたところが、当夜成塞は道具片付けの当番で、仲間の連中よりは十分間くらい遅れて帰ったはずだ、ということが判ったのです。

——合宿所へ帰る道は一筋なんでしょう、だから、成塞が長襦袢を拾った、ということはますます怪しくなる訳ですね、成塞よりも十分間も早く帰った、しかも十二、三人もの大勢のものが、いかに夜分であるからといって、長襦袢というようなかさのあるものが、目に着かぬというはずはないのだから。

——それで、監督の述べたところでは、成塞の工事場を離れた時間は、午前二時十五分であったに違いない、と言うのですが、成塞が合宿所へ帰着した時間が明らかでないのです、炊事婦の民野たみは午後七時限りで自宅へ帰ってしまうと言うし十五分ばかり先に帰った仲間の連中は、すぐに寝たから成塞の帰ったのは何時頃《いつ》であったか知らない、と言うのです。

成塞本人の言うところでは、仲間の者よりは十五分くらい遅れて帰途に就いた、そして合宿所の手前十間《けん》ばかりのところで長襦袢を拾い、それを合宿所の横手の材料置場に隠して置いてそのまま寝てしまった、と言うのです。

——その××橋の工事場と、合宿所との距離は、どのくらいあるのですかね。

——それは、大変近いんですよ、六、七丁くらい、××橋の工事場に電気を点けて夜業でもしていると、O町とS町とをつなぐ街道筋からは、どこからでも見えるくらいですよ。

成塞は、合宿所へ帰り着いた時間を証明することができないばかりでなく、彼はその翌日足が痛いと言って仕事を一日なまけているんです。

——足が痛んだと言うのは事実ですか。

――嘘で、なまけているものと私達は見ていたのですよ。

――合宿所の炊事婦が、○人《じん》労働者から女の長襦袢などの入れ質を頼まれて、不審を起こさなかったものでしょうかね。

――無論、どうしたのか、と尋ねたそうです、すると成塞は拾ったものだ、と言い、仲間の者が拾ったということを知ると、飲んでしまうから、仲間の者には内所《ないしょ》で、お前にはよい駄賃を出すから質に入れてくれと、頼んだということなんです。

――大体、なんですか、そのO町とS町とはどれくらいの距離があるのですか。

――およそ一里弱。

――時間にすれば一時間弱ですね、すると成塞の申し立てが事実だとすれば、すみという婦人は、午前一時少し前位に、水色モスの腰巻と、長襦袢と、瓦斯《ガス》博多の伊達巻とを身に着けて家をぬけ出し、S町へ来る途中どこかで細帯を落としてしまい、その合宿所の前の辺で長襦袢を脱ぎ捨てた、それが午前の二時二十分乃至《ないし》三十五分というくらいの時間に当たる訳なんですね、つまり、その十二、三人連れの成塞の仲間が通過してしまった後で、すみ、という婦人が長襦袢を脱ぎ捨てた、ということになる訳なんですね。そして、O町へ引きかえす途中、更にどこかで腰巻までも脱《と》ってしまい、その野井戸へ落ちて死んだ、あるいは投身自殺した、ということになるんですね。

――ええ、そういう誤死、または自殺説とですね、一方にはまた成塞が前科を持っている男だから、ただ一人××橋の工事場の帰途、どこかで家を脱け出した松谷すみと出会った。

なにぶん夜更けに長襦袢姿の女に出会ったものだから、ツイ変な気を起こして暴行を加え、罪の発覚を恐れて井戸へ突き落とし、ついに死に致したものではないか、と両様の観方《みかた》ができる訳なんです。

――後者の場合、その女の衣類はどうしたということになるんです。

――無論、成塞が、井戸へ突き落とす前剝ぎ取った、という見込みです。

――その腰巻までもですか。

――ええ。

――ちょいと、その推定は無理のようでしたなあ、深夜に長襦袢姿の女に出会って暴行を加える、ということは首肯できますが、女の着衣の全部を剝ぎ取り、素っ裸にして井戸へ投げ込む、ということはちょいと考えられないじゃありませんか。

――いや、そういう例も珍しくはないだろう。

――前者の場合として見てですな、すみという女が多少精神に異状があった、として、家を脱《ぬ》け出してからの行動を、そういう風に見ることは変じゃないですかね、たとえば、その着物を脱ぎ捨てた順序なぞ……。

――精神病者なら、そういうことは有り得るだろう。

――我々としては無論二説の後者をとって、ますます厳重に成塞を調べたのです。種々《いろいろ》な手段と方法を以て、彼を詰問したところが、成塞はついにその犯行の大体を自白するに至ったのです。

――物的証拠としての長襦袢は挙がっている訳ですが、あとの伊達巻外《ほか》一品はどうなったのですか、それはかなり重大な関係を持っているものだと思いますが。

――ええ、それが重大な関係のあることは無論です。

ところが、伊達巻外一品の所在を、どうしても知ることができないのです。成塞の陳述は猫の目のように変わる、合宿所の床下だ、と言うかと思えば、××川へ投げ込んだ、とも言う、いや焼き棄てた、工事場の土中に埋めた、などといろいろに言うものですから、その都度《つど》手数をかけてその個所を捜索してみたのですが、そのどこからも発見されない。それにその自白なるものも、朝に自白したかと思えば晩には翻《ひるがえ》す、といった風で容易に真相を摑むことができない。殊に一番困ったのは、事件にとって一番重大な時間の問題です、検案書によると、死亡の時間は十二時乃至午前二時、ということになるのですが、成塞が二時十五分まで××橋の工事場に居たことは、現場監督によって証明せられている訳なんです、もっとも十五分や二十分の差違は、常識的に認められないことはないのですが、それを証拠とする時分には非常に困るんです。そう事情で局送りとするには証拠が足りない、そこで全く事件は行き詰まりの状態です。

ところがです、成塞を引っ張ってから四日目の朝でしたが、○谷村の――○谷村というのは、O町とS町の中間、街道すじから少しばかり、そうですな五、六丁ばかり入り込んだところにある村なんです――その○谷村の、川下八造という男がその伊達巻外一品を○駐在所へ持ち込んで来たのです。それで、どうしたのかと早速調べてみたところが、川下八造の言うところによると、死体の発見された日の夕方、すなわち長襦袢が質入れされた日と同じ日の夕方、午後八時過ぎ頃、奥の台所で家内中《かないじゅう》のものが寄って飯を食っていると、門口から「これあげます」と、言って、何物かを庭先へ放り込んでいったものがあった、なんだろうと思って出て見ると、庭にこの二品が、まるめて放り込んであったので不審に思いながら、急いで表へ出て見たが何物の影も見ることができなかった、と言うのです。

そして、その、「これあげます」と言った言葉の発音は、たしかに〇人《じん》に違いない、と言うのです。

――それで、行き詰まっていた事件に光明を認めた訳なんですね。

――しかし、変じゃないですか、そんな田舎のことだから、その事件はずいぶん噂が高まっていたろうと思われるんですが、川下八造という男が四日間もその品物を持ったまま、黙っていたというのは……。

――それですよ、その二品を持ち込まれたときには、嬉しかったのは嬉しかったですが、黙って四日間も持っていた、ということにはずいぶん腹が立ちましてね、川下八造という男を叱り飛ばしたものですよ。ですが八造にはまた無理もない事情がありましてね……。

しかし、その二品を得た我々はさすがに緊張せざるを得なかったですよ、なにしろその二品の捜査に手古摺《てこず》って、事件は行き詰まっていた場合でしたからね。

――しかし、川下八造は、「これ、あげます」と言って二品を投げ込んでいったのは、午後八時頃だと言うんでしょう、そうして炊事婦の民野たみが、質屋へ行っていたのは午後の八時だと言うんですから、成塞がそんなことをする時間の余裕があるでしょうか。

――時間の関係はどうでしたかなあ、つまり民野たみという炊事婦が、質入れのため合宿所を出て、質入れを済ませて合宿所へ帰り着くまでの時間と、合宿所から○谷村の川下八造方へ往復する時間との差違は。

――それは、とても問題にはならないのです。質屋へ往復するには二十五分で足りる、八造方へ往復するには五十分以上を要する、時間の点では問題にならないのですがね。

――乗物、自転車とか……。

――ええ、それですよ、その合宿所には工事監督の乗る自転車が二台ありましてね、その一台は当夜は置いてあったはずなんです、自転車で往復すれば十二分くらいで足りる、それに成塞は自転車に乗ることのできる男ですから、その点にも充分の注意は払いましたよ。

――成塞は、その二品を川下八造方へ投げ込んだことを自白せなかったですか。

――私達がずいぶん厳しい訊問をやったものですからね、自白するには自白したのですが、成塞の自白は、川下八造の申し立てと一致を欠くところがあるんですよ、成塞は炊事婦のたみを質使いに出してから、すぐに自転車で飛ばして○谷村に行き、川下八造方の表の戸が開け放してあったのを幸いに、その二品を庭へ投げ込んだ、と言うのですがね、その放り込むときには黙って放り込んだ、と言うのです。「これあげます」なんか言ったことはないと言うんですよ。

――そうでしょう、そんな馬鹿気《ばかげ》たことは有り得ない。その二品を投棄するために、わざわざ自転車に乗って、そんな遠方まで飛ばして行く必要はない、それに成塞が、いくら無智な男であったとしても「これあげます」なんて断る必要はないじゃありませんか、回りにくい舌で、日本語を使ってそんなことをすれば、○人《じん》だということがすぐに判るじゃないですか。

――だが、それとは反対にこう考えてみることはできないですかね、つまり○人が犯人は日本人であるということを思わせるために、ことさらに日本語を使い声をかけて放り込んだ。遠方へまで持って行ったということも、そんなに不自然ではないでしょう、そういう場合大抵の犯人ができるだけ遠くのそれもなるべく見当違いの方面へ、証拠品を運ぶということは、首肯されるではないですか。

――そう考えたところで、片方を質に入れながら、片方を隠匿せずわざわざ他人の家へ投げ込むなぞは、どう考えても変ですよ。

――そういう有様で、せっかく伊達巻外一品という貴重な証拠品は発見されながら、成塞の行動をそういう風に決定することはできないのです、直接証拠は無論のこと、間接証拠さえも得られない、苦心して集めた情況証拠を通覧して見ても、炊事婦民野たみの供述のごときは、かえって成塞のために利益となっている始末です、成塞を局送りとするだけの材料は、そういう風で皆無と言ってもいいような状態なんです。

――そうですかなあ、材料はずいぶんあるように見えますが……。

――ええ、径路はずいぶんはっきりと立っているように見えるでしょう、ですが、それを証明する証拠となると皆目です、御承知の通り警察では物的の証拠はとにかく、その事件の関係者の聴取書を作って、その聴取書が被疑者の犯罪を幾分でも証明していれば、それを証拠として挙げ、検事局へ送ることができるのですが、この場合は全然駄目でした。

――そうですか、ちょっと残念ですね、そのままでは釈放ですか。

――ええ、やむを得ないですからね。

さあ、そうなるともう八ツ当たりです、松谷の家に関係あるもの、その他多少でも疑わしいと思う者などを、片っぱしから引っ張り出して事件の端緒を得ようとしたのですが、なんの手懸かりも得ることができない。事件がこういう経過になって来ているから、今更自殺でけりをつけることは無論できない。事件は例によって迷宮入り、成塞は釈放、捜査は継続、ということになって、ここでまた一段落ついた訳です。

――新聞は定めし警察無能を叫んだことでしょうなあ。

――田舎の小さな新聞ほど、そういうことには喧《やか》ましいものでね、ずいぶん無能呼ばわりをされたものですが、それは甘んじて受けましたよ、なんと言われても最初の失敗は大きかったですからね。

事件が継続捜査に移されてから、四十日ばかりを経た後のことでしたが、また一つの自殺事件が起こったのです。OS町の郊外Cという踏切から、半丁ばかり西によった鉄道線路で、一人の女学生が轢死《れきし》を遂げたのです。

――ははあ、それが自殺を装わしめた他殺であったのですね。

——ま、話の順序ですからしばらく待って下さい。……その女学生の轢死が、迷宮入りの裸婦人事件を解決してくれたのですが……私としては、前に自殺検視で大きな失敗をやっているもんですから、今度は非常に綿密な注意を払って検視をやったものです。

ところが周囲の状況からその轢死は、覚悟の自殺であることは疑う余地がないのです。

——こんどは大丈夫ですか。

——ははははは。こんどは大丈夫ですよ、そう再々間違っていては、話の材料にもならないですからね。

自殺そのものについては疑いを挟む余地はないが、その自殺の原因は深い謎を与えているらしいんです。なぜかと言うと、その轢死した女学生は、S町にある××高女の五年生であるがそれで検案医師の診断によると、既に処女を失っていると言うんです。高女の五年で処女を失っているということは、そんなに特筆に価するほどのことではないかもしれませんが、他に自殺の原因と目されるものがないのだから、その原因をそこに求めることは、最も自然であるべきはずだし、よし処女性を問題としなくても、その女学生が前の話の裸婦人松谷すみの妹であるというだけでも、なにか因縁関係といったようなものを考えたくなるじゃありませんか。

——ははあ、裸婦人の妹であるのですか、なるほどね……、今まで裸婦人の家庭についていては、少しもお話しにならなかったようですが、その松谷という家の家庭についていては、なにも疑いを挟む余地はなかったのですか。

――松谷すみが他殺であるということが判ってから、無論家庭の様子も調べてはみたのですが、私に疑いを抱かせる何ものもなかったようです。

――その松谷というのは、一体どういう家庭なんですか。

――本店が×坂町である〇〇商事銀行の、〇町出張所というのをやっているのです。町ではまず中流以上の資産家で、手堅く暮らしているという風で、家族は裸婦人と、その妹の轢死した女学生、当時六十五、六歳であった老母との三人で、それに、その裸婦人すみが当時二十七、八歳になる寛一という婿養子がしてあったのです。

――ははあ、姉娘が自殺した、そしてその死因に疑わしい点がある。次いで妹娘が自殺した、そしてそれが処女でなかった。ははあ、大抵は想像がつきますね、よくあるやつですね。

――あなたの想像は、恐らく外《はず》れてはいないだろうとは思うんですが、しかしその想像を実際の上に移して、犯罪として具体化するには、先ほどからお話ししたように種々と障碍《しょうがい》があるのですよ。

まあ第一に、その女学生である妹娘の対照が誰であるか、ということなんです。第一番に想像されるのは姉婿の寛一でなければならない。ところが両者の間にそんな関係があったということは、噂にも立っていない、いろいろな方面から手をつくして調べてみたが、突き止めることができず、かえって妹娘にはその当時京都の学校に居た吉川〇雄という情人があった、というような、事件にとってはなんの利益もない、かえって不用なことが明らかになって来たに過ぎぬ有様でした。

でも、行きがかり上、その吉川○雄という男も一応は調べてみたのですが、吉川の言うところでは、その妹娘とは相思相愛と言ってもいいほどの間柄ではあったが、肉的な交渉は絶対になかった、と言い張るのです、そして彼女が処女でなかったなどとは絶対に信ずることができない、自分はどこまでも可愛想な彼女のために、処女であった証《しるし》を立ててやると力む、それが偽りであるとは思われないのです。

――その妹娘の処女を問題にしたというのは、いわゆる敵本主義であった訳なんですね。

――ええ、全くそうですよ。

――じゃあ、妹娘が処女でなかった、ということが判ったときは既に姉婿の寛一に目星をつけていたのですね。

――無論ですよ、だがこの事件では重々《かさねがさね》の失敗を繰り返していますから、今度は迂潤に手は下せないと思いましたね。

そこで、妹娘の素行についてその他の関係を一応調べてみたのですが、吉川以外にその対照として見るべきものがない、そうなると結局どうしても寛一の身辺に戻ってくるよりほかはないじゃありませんか。

――結局また、医師の診断が誤っていて、妹娘は処女であったなどということに、なるんじゃないんですか、そうでないとすれば、寛一対妹娘の関係に目を向けることが遅かったじゃありませんか。

――ははははは、これは恐れ入ったですな。しかし寛一と妹娘との関係は前にも言った通り、ほとんど疑う余地はなかったのですが、妹娘は遺書も残さず死んでいる、二人の関係は、ただ寛一の自白に求めるよりほかに道はないのです。しかしですね、この事件の解決は元より寛一と妹娘との関係を明らかにすることが、必ずしも必要ではない、ただ関係ありしもの、という仮像の上に基礎を置いて、姉娘と寛一とを対立させ、姉娘をその夫である寛一が殺したもの、という仮想を作って証拠を蒐《あつ》めればよい訳です。

——しかしですな、寛一と妹娘との関係は徹頭徹尾仮想なんでしょう、今までのお話によると……、だから事実、関係がなかったものだとすれば、その基礎は根本から覆《くつがえ》る訳だから、ちょいと危険ですね。

——ええ全く、だから寛一を直接に取り調べることは、最後まで残すということにして、できるだけ情況、直接に証拠を蒐めることに全力を注いだのです、ところが、今言ったようになに一つ見るべき証拠が挙がって来ない、そうなると非常に焦燥を感ずるものですよ、なにしろ目の前に犯人がありながら挙げることができない、という形ですからな。

万策つきて、明日はいよいよ寛一を挙げて締め上げようかと言うところまで行ったのです。

その翌朝私は署へ出ると、念のために一件記録を繰《く》って見たのですが、いくら繰り返して見たところが、なんの得るところもないことは知れきっています。

しかし、後で考えてみると、その時記録を繰って見ておいたことが、非常に役に立ったです。

今日こそは最後の手段として残されている寛一を、絞め上げてみようと決心して、殊更に私は正服正帽で、刑事巡査にも正服を着けさせ、寛一方へ出掛けて行ったのです。

——すみというその裸婦人の、家出当夜の家内の様子を、またお話しにならなかったようですが。

——そうでしたね、前にも言ったように、その家は四人暮らしで老母と妹娘とは離れ座敷に寝ていたと言い、寛一夫婦は母家の店の間に続く六畳に寝ていた、と言うのです。

寛一の家に着いたのは正午《ひる》頃でしたが、寛一方の裏口から家に這入《はい》ろうとした私の目に、フトある物が映ったのです。

——なんです、それは……。

——いや、これはここでは申しますまい。

——いいじゃないですか、おっしゃっても。

——いやこれは、私としては重大な発見として、それまでの失敗の不名誉を賠《つぐな》うにあまりある、いやいささか誇ってもよいと思うものなんだから、もう少し取っておこう。

——人が悪いですな。

（少し笑い声）

——寛一はちょうど家にいたですよ。それで私は寛一の顔を見るなり、いきなり、「寛一、盥《たらい》を持って来いッ」と、鋭い声で命じたのです。

——なんです、洗濯する盥ですか、その目についたものと言うのは。

——ええ、盥です。で、寛一に盥を持って来させると、当夜夫婦が寝ていたという六畳の座敷の次の間、四畳半の壁際にその盥を据えさせたのです。

寛一に盥を据えさせると、「手桶で水を汲んで盥に運べッ」と、命じたのです。四、五杯も水を運ばせると、盥の水は約八分目に満たされました。

「貴様は、その盥のそばにしばらく立っていろッ」と、そう命じておいて私はそこに安座《あぐら》を組んで、煙草を吹かしたものです。

「そこに座って盥のなかを覗いて見ろッ」私が命令すると、寛一は私が命ずるままに、盥のなかを覗き込むような姿勢をとりました、私は突然に立ち上がって、いきなり後ろから寛一の首筋に手を掛けて、寛一の顔を盥の水の中へ突き込んだのです。寛一は烈しく身をもがきました。私が手を放してやると寛一は、グッタリとなってそこに座ってしまったのです。

「寛一、何もかも、もう判っているのだ、まだこの上手数をかけるつもりか」と、至極穏やかな口調で私は言ったものです。すると寛一は泣きながら「恐れ入りました」と、答えたのですよ。

これで事件は解決した訳なんです。

――すると、なんですね、盥を見た刹那《せつな》、長襦袢の胸のあたりの斑条と、下顎部《したあご》の半月形の紫痕《しこん》とを聯想《れんそう》した訳なんですね。

――ええそうなんですよ。

――なるほどね、しかし、その〇人《じん》の方は……。

――○人には気の毒をかけましたよ、合宿所の前に長襦袢を捨てたのも、川下八造方へ伊達巻外一品を放《な》げ込んだのも、みな寛一のやったことです。「これあげます」というのはもちろん寛一の仮色《こわいろ》です。

――それにしても、なんの必要があって素っ裸にしたり、また長襦袢や帯なぞを、そんな手数をかけて処分したものでしょうかね。

――それが妙ですよ、我々じゃあちょっと考えられないことだが、死体を野井戸へ投げ込むとき、衣類をそのまま投げ込むのが惜しかった、と言うのです、もっとも寛一は非常な吝嗇家《りんしょくか》で松谷ではそれを見込んで婿にした、という噂があるくらいなんです。

ところが、初めは自殺を装わしめるつもりだったのですが、素っ裸にして井戸へ投げ込んでから、さすがに後悔したと言うんです。

それで復興工事に○人が多数入り込んでいるのを幸いに、とっさに計画を変えて、その人達の行為と見せかけるために、やった小細工なんです。

――動機はやはり妹娘との関係から来ているんですね。

――そうです、妹娘は結局姉と吉川とに済まぬ、というところから自殺したものと推定されるんです。

――田舎の人らしい犯罪ですな、しかし変な小細工をせなかったら、たとえ妹娘が自殺しても露れなかったでしょうに、おしいことをしたものですね。

（笑い声）

当選美人の死

一

仕事というものを持たない私は、日課にしている午後の散歩のために、その日も三時過ぎにぶらりと家を出た。

十善寺の、見晴らしのよい鐘楼《しょうろう》の石垣に腰を下ろして、静かな大阪湾や、雲のように西に延びている紀伊の山々を眺めて、帰途に就いたのは五時には間のない頃であった。

岩屋川の堤を下って、松風橋を渡ると、その辺一体は区画整理が施され、石垣なぞを積んで立派な住宅敷地になっている。なかば雑草に埋もれた馬鹿に広い道を二、三丁行ったところの左側に、新築したばかりの、中流住宅とでも言うのだろう、門構えの同一構造の家が四戸ばかり並んで建っていた。

その五、六間《けん》手前まで私が行ったときである。突然、その家の一軒から白い前掛けをした一人の婦人が飛び出した。その婦人は、東の方へ二、三歩駈け出したかと思うと急に方向を変えて西の方へまた二、三歩駈けだした。が、またもとの位置へ引き返して、一足門内へ踏み入れ、また慌てて道路へ出てきた。その様子は非常な驚きのために度を失っているということを示していた。私は自然足を早めた。

二、三間《げん》の手前まで近付くと、婦人は初めて私の存在を知ったらしく、私の方へ駈けてくるような様子を見せたが、さすがに人の前だということに気がついたのか、割合静かに私の方に近付いてきた。それでも胸の動悸は納まらないとみえて、あわただしいお辞儀をしたまま急には口を開かなかった。

「どうなさったのです、どうかなさったのですか」

私の方から声をかけると、婦人は、

「人が殺されているのです……隣の奥さんが……」

驚きに顫《ふる》う声で答えながら、そこの門内を指差して見せた。

先ほどから婦人の狼狽した様子を見て、幾分不安なものを感じていた私は「人が殺されている」と聞いてドキリとした。

だが、その辺りは前にも言ったように、地上げをしたばかりの空き地や、畑などのなかに、ぽつりぽつりと家が建っているくらいのもので、そこの四戸の家も西側の二戸は空き家になっているというような有様であるから、その周囲に人影を見ることはできなかった。

「ははあ……人が殺されてるんですか」

二

私は余儀なく婦人とともに家のなかに入った。婦人は玄関の土間に立ったまま座敷へ上がろうとはせなかった。私は玄関の次の間の表前栽《おもてせんざい》になっている八畳の間に入っていった。

「どこです、殺されている部屋というのは」

「奥の六畳ですよ」

私は、そっと次の間を覗いて見た。硬直した四肢、嚇《かっ》と見開いた目、柘榴《ざくろ》のように抉《えぐ》られた咽喉《のど》、血の池に漂っている黒髪。殺人によって連想せられる、もの凄いものを私は想像した。だが私はそこに一歩を踏み込んだまましばらく呆然として立ちつくした。そこには私が今まで想像していたような凄惨なものは、なにひとつなかったのである。

雨戸代わりに引いてある硝子《ガラス》障子を洩れる薄い夕日が、あかあかと畳の上に射し込んで、ちょうどその座敷の壁に添うて置かれてある総桐の箪笥の一部に延び上がっていた。

死体は、その射し込んだ夕日を下半身に受けて、箪笥の方に顔を向け、ややくの字の形に横たわっていた。

私は瞬間「あ、美しいな」と思ったことを白状せねばならぬ。

死体の婦人は盛装して、粗い朱に四季の花を染め出した目もさめるように美しい小浜《こはま》ものらしい晴れ着。赤い紋縮緬《もんちりめん》の下着が、裾の方から溢《こぼ》れていた。それだのに、どうしたことか帯は締めていず、水色に細い銀筋のはいった伊達巻一本を締めたままであった。左の肩から畳の上へ流れた長い裾の上には、大きな花模様が浮いていた。

そして死者の枕許の襖のそばには、白錦織とでも言うのか、白地に天平模様の帯が、きれいに折り畳んで置かれてあった。

しかし私が、その殺人現場を美しいと思ったのは、それらの色彩からうけた感じだけであるとは言えない。ほとんど完全に均整を保って発育した四肢四腿《たい》、それが息をしていないだけに、青い畳の上にちょうど水にその半身を浮かしてでもいるように、なんの意志の抵抗も受けずに、ながながと横たわっている、そのなだらかな線が、主として私に美感を与えたものに違いない。

「あなたが、最初に発見せられた方なんですね」

ようやく我に還《かえ》った私は、次の間まで来ていた婦人に詞《ことば》をかけた。

「ええ左様でございますよ、実は……」

「いやちょっと待ってください」婦人は発見した当時の模様を話し出しそうな様子だったので、私はそれを遮った。

「とにかく、第一番に警察へ報《しら》さなければならないのですが……僕がちょいと行って来ますから、あなたはしばらくここに居てください」

「いえ、それは私が行って参ります……」婦人は慌てて玄関の方へ引き返して行った。

私は最初の発見者であるこの婦人を、しかも、どこの人であるのかそれさえも知らず、そのまま現場を去らせることにちょっと不安を感じたので、婦人の跡を追うて玄関まで出て見ると、婦人は東隣の妻君ででもあるらしく、四歳ばかりの子供を連れて出て行ったので私は安心して引き返した。

茶の間の長火鉢の前に座った私は、まず巡査の来るまでは、と思って敷島に火をつけた。そして、そこに掛かっていた柱時計を見ると五時二十分であった。

私はフト「あんなに美しい婦人を殺したのは何者だろう」と、思うと、誰でもが持ち合わせている探偵的な興味が頭を擡《もた》げてきた。

死体の横たわっている六畳座敷の模様を見ると、総桐の半箪笥に並べて黒柿ものらしい六尺箪笥が置かれ、その並びは半間《げん》の床《とこ》になっている。そしてその床は壁に添うて古代模様の支那更紗を絞って垂らし、その上に焦茶の絹紐で一枚の油絵が吊ってある。その油絵はただ一輪だけ赤い花をつけた仙人掌《さぼてん》が描いてあった。

その反対の側は芭蕉布張りの襖四枚を入れた押入れになっている。座敷の畳はまだ青々とした新しいもので、床の前には黒檀の机、そのそばに支那焼らしい瀬戸物の火鉢が置かれてあった。

私は、そっと死体に近寄ってみた。そしてその顔の美しさに驚きを再びしたのであった。頸部には黒い朱子《しゅす》の細紐が巻き付いていた。それを見たとき私はなんだか訳の判らない腹立たしさを感じた。

三

検事の一行が到着したのは七時であった。さすがに職務柄その検証の綿密さには私も感心した。検証が済むと参考人として私と隣の細君とが訊問を受けた。隣の細君は、

――奥さん（被害者）は大変子供好きで、私方の四歳になる女の子をふだん可愛がって

下さるものですから、子供が一人で時々お隣へ遊びに行くことがあります。ところが今日の午後五時頃、子供が外から帰って来て言うには「となりのおばちゃんねんね、ここに（頸部を指さす）帯がついているの」と、繰り返し繰り返し言うものですから、変だと思って裏口から這入《はい》って見ると、あの有様で吃驚《びっくり》したような次第です。大変もの静かな方でもあり、隣へ越して来られてまだ二十日ばかりによりならないので、家庭の事情なぞは一切判りませんが、御主人は大阪の保険会社とかへ出られるとのことで、こちらへ移って来られて二、三日すると、どこか遠方の……岡山とかへ出張なすったきりで、ずっと奥様がお一人でございました。昨夜から今朝、死体を発見するまでに奥さんの姿を一度も見かけませんし、また人の出入りしたことも存じません――。

というような答をしていた。そばで聞いていた私は、この事件の参考人はこの女一人よりないのだが、これでは雲を摑むようで如何《いか》な専門家でも、手掛かりは得られまいと思ったことであった。

細君の陳述を聞いてしまった検事は、

「被害者が煙草を喫《の》んでいるのを見たことがあるか」と、傍らの火鉢に林立《りんりつ》した吸殻を見ながら訊ねた。

「さあ……如何《どう》ですか、お喫みになっているところを見たことはございますが……」

すると隣の間から覗いていた一人の老人が、突然に、「へイ申し上げます」と言いながら部屋のなかに入って来た。

――私はこの家の家主でございまして、ついこの二丁ばかり東に煙草だの化粧品なぞの店をして居りますが、これまで奥様が煙草を買いに来られたことは一度もございませんから、奥様は煙草をお喫みにはならないと存じます。ところが妙なことがございますので、昨晩八時半頃でございました、奥様が煙草を買いにお出でになりまして朝日を一個差し上げましたが、その際私が「旦那様がお帰りになりましたか」とお尋ねしますと、奥さんは「はあ……」というようなお返辞をなさいました。――

この老人が供述に列座の人達はちょっと緊張の色を見せた。検事は被害者が煙草を買いに来た当時の服装、挙動等について詳細な訊問を行っていたが、これ以上に捜査の手掛かりを与えるような答を聞くことはできないようであった。

医師の検案の結果によると、死後十三時間以上を経過しているという話であった。してみると凶行のあったのは、二十一日の午前四時頃に相当する訳であるが、そういう早朝に死者が何の必要があって晴れ着を着ていたものであろうか。殺してから着物を着替えさせる、と、いうことは、よくある手だ。しかし、それにしては何故《なぜ》式服とも言うべき晴衣《はれぎ》を選んだものだろうか。縮緬の重ね物なぞは、女でも衣裳付けに多少の経験のないものは、人に着《つ》けさせることは困難だと聞いている。死者は帯こそ締めていないが、割合にきちんと衣裳を着けている。してみると、この犯行は多少衣裳付けに経験のある者に違いない。

「被害者が着替えた衣物《きもの》はどこにある」

制服を着けた警部が訊ねると、押入れの中を捜していた私服の刑事らしい男が、袖だたたみにした一重ねの竪縞銘仙《たてじまめいせん》の着類を持ち出してきた。

「煙草を買いに来たときには、この衣物を着ていたかね」

検事は衣物を示しながら家主の老人に訊ねた。

「へイ、左様でございます、たしか、その衣物であったと存じます」

「この衣物は押入れのどこにあったのですか」

検事は押入れのなかを覗くようにした。私服の刑事は検事の視線を妨げないよう、身体を片寄せ、そこに積み重ねてある支那鞄の上の柳行李を指差しながら、

「この上に羽織と重ねたまま、袖だたみにして乗せてあったのです」

検事は、ちょいと考えるような風をしたが、そばに立っていた警部と低い声で何ごとかを囁《ささや》き合うて二人とも微笑していた。

その様子で私はその筋の人達も、やはり死者の着衣に目をつけていることを知った。

四

私が帰宅を許されたのは午後九時過ぎであった。私はその筋の人達の検証が綿密であったことに感心したが、非常に不満に思ったことがただ一つあった。それはあの仙人掌《さぼてん》の絵のことである。私はなんだかあの絵がこの事件に大きな関係を持っているように思われて仕方がない。それにその筋の人達は一顧をも与えてはくれなかった。もっとも私があの絵

を重大視する理由としては、私自身を満足さすに足るべきものすらない。あの絵に署名のなかったことや、画《え》がちょいと特異な感じを起こさせる仙人掌の花であったことなぞを、その理由として挙げてみたところで、事件とは何のつながりもないことである。それだのに私にはどうしても、あの絵をこの事件から切り離して考えることができない。あの青黒い棘のある醜い肌と色、そして、あの不気味ななかにも、なんとなく滑稽なものを感じさせるあの形。形だけは朝顔に似て、その弱々しさには似ず実に堅固な感じを人に与え、しかも可憐そのもののようなあの花。その絵を私は死人の部屋に見たのである。そして、それが仕入れの百貨店物でないことは素人目の私にもよく判る。街の額縁屋なぞに列《なら》べてある仕入れ物でも、それが刷り物でない以上大抵は署名がある、それにあの絵にはそれがなかった。あの絵こそきっとなにかの秘密を持っているに違いない。

私は自分自身に作った秘密を楽しみながら家に帰った。

翌日から二、三日は、曇っていたり雨が降ったりしたものだから、事件の経過を気にしながら私は外出をしないでいた。そして事件のあった日から四日目のことであった。被害者の家の前まで行って見ると、殺された女の夫が帰ってでも来ているのか、家のうちには人の気配がした。私は別に用事もないのに突然その夫に会うというのも変だと思ったので、あの日顔馴染になった隣の細君に会ってみよう、と思った。

玄関の拭き掃除をやっていた細君は、私の姿を見ると、丁寧な挨拶をして頻《しき》りに座敷へ上がるように勧めたが、私は玄関の上がり口に腰を下ろしたまま、すぐに事件の話を持ち出した。この細君はどこから聞いて来るのか、実に驚くほどいろいろのことを知っていた。

一通りの話を聞いてしまった私は、

「床の間に懸けてあったあの額、あなたもご覧になったでしょう、あの額のことについてはなにもお聞きにはなりませんか」

細君の話が、私が一番気にしている額のことに及ばないので尋ねてみた。

「ええ存じておりますよ、あの仙人掌が描いてあった、あれでしょう。おかしいじゃありませんか、あの額は旦那の少しもご存じないものなんだそうですよ。旦那のお留守中に奥さんが買っていらしたものなんでしょうか。……それよりもあなた奥さんが着ていらしたあの衣裳、あれは旦那さんとご結婚当時の式服だったんだそうですよ。ご結婚と言えばお二人は結婚なすってからまだ四月ばかりにしかならないんですって」

細君の長い話から、警察ではこの事件を痴情関係と見て、被害者の結婚前の素行や恋愛関係などについて捜査しているが、結婚前の素行については一点の非難もない。恋愛関係なぞというようなものは少しも現れて来ない。ただ調査すればするほど、被害者の水のように冷たく澄んだ、無口な性格だけが顕著《いちじる》しく出てくるばかりであった。というようなことを私は知った。

「美人薄命ということがございますね」

細君は真面目くさって美人薄命という詞を使った。

「承ると、あの方はお可哀想な方でございますよ。ご両親は二年ばかり前にお亡くなりになって、ただ一人のお兄さんが船に乗っていられるとかで、真当《ほんとう》に身寄りの薄い方だと申すことでございます」

細君の話は、それから、それと限りがなかった。私は最後に被害者と夫との間が、世の新婚者のそれのように睦まじいものでなかった、ということだけを聞いて暇《いとま》を告げた。

五

ある雨の日のことであった。私は日課である散歩にも出られず、所在がないままに押入れの隅に積み重ねた古雑誌の整理を思いついた。私自身のものが一段落済むと、次には妻が毎号とっている「良婦の友」に手をつけて、何気なしに口絵を繰っているうち、そのうちのある一枚に思わずも視線を凝らした。それは美しい結婚衣裳の原色版である。

この口絵を発見したとき、私はすぐそれが殺された婦人の着ていた衣裳と、同じ模様であることを知った。その口絵の欄外には、この衣裳が××画伯の意匠になるものであることや、白木屋でできたものであることなぞが記され、その末尾に――この結婚衣裳は、美人投票の当選者小松弓子さんに本社から贈呈したものである――という意味のことが記されていた。

発行日付は大正十四年の十月号であった。それで、それから二、三ヶ月を遡って見ると、七月号の口絵に荒い竪縞の銘仙ものらしい袷を着た、美しい弓子の半身像が載っていた。

言うまでもなく、弓子とは被害者本人の名で、小松という姓は、現在の夫草野章一と結婚前の、実家の姓である。そしてその欄外には「京都、東山みどり氏推薦」と記されてあった。

私は、この口絵を発見したとき、謎の一部が解けたような気持ちがした。

今考えてみると誠につまらない暗合であるが、その時には全く嬉しかった。翌日の散歩には早速その雑誌を懐に入れて家を出た。

例の細君を訪問するつもりで家を出た私は、歩いているうちに、それが事件にとって何の発見でもなく、ただものずきな隣の細君を喜ばす材料に過ぎないことが判ってくると、馬鹿馬鹿しい気持ちにもなるのであったが、なにかまた新しい話でも聞く材料になるかもしれないと思い直した。

隣の妻君の家には来客があるらしく、玄関に男女の下駄がきちんと揃えてあった。私が土間に入ると妻君はすぐに出て来た。

「先日は、どうも失礼を……さ、どうぞ、今日はまことによいところへお出で下さいました。実はただ今お隣の奥さんの兄さんご夫婦が見えているところでございますよ」

私が挨拶をする間もなく隣の妻君は私を座敷へ招じあげた。

私は、被害者の兄だという三十二、三歳の色の浅黒い立派な顔立ちの人と、その妻だという女の人から丁重な挨拶を受けた。

例の通り口の軽い隣の細君は、次から次へと、話の端緒《いとぐち》を作っていった。それは言うまでもなく殺された弓子を中心としたものであった。弓子の兄という人も、どちらかと言えば訥弁《とつべん》の方ではあったが、それでも、ぽつり、ぽつり、と語る弓子の身の上話なぞは、訥弁な人であるだけに話には含蓄とでもいったようなものがあった。

しかし、この人達の話も、この事件の中心であると私の信じている絵と衣裳とには容易に触れてゆきそうになかった。

「失礼なことを申すようですが、弓子さんが召していられた衣裳ですな、あれは……」

私は懐から二冊の雑誌を取り出した。

「ご存じですか、……実は、あの衣裳について少しばかり不思議に思うことがありますので……それが、今度の事件に関係しているのではないかと思ったりしているのです」

「あの衣裳は……ご承知らしいですが……『良婦の友』からもらったものなんです。ところが、『良婦の友』へは、誰があれの写真を提供して推薦したのか、その推薦者が皆目《かいもく》判らないのです。無論その当時『良婦の友』社でも京都の……町名は忘れましたが……東山みどり宛に贈った推薦者賞が、戻って来たという話で、結局誰が推薦したものか判らずに仕舞いました」

「けれども、『良婦の友』社に送った写真だの、それに付いている手紙なぞをお調べになれば判ったでしょうに」

私は今聞いた新事実に興味を覚えながら、駄目を押すように言った。

「全くです、それくらいのことは、すべきであったのです。価格およそ千円もの賞品を受けながら、その推薦者を不明のまま、打ち遣っておくなぞは乱暴な話ですが、当時、僕は商船学校に居た時分で、家のことや、妹のことなぞには、関《かま》わなかった方ですから、ただそういうことがあった、という母の話を聞き流しただけでした。

六

「そうすると、東山みどり、というのが何者であるか、ということが、まだ判らない訳なんですね」

「ええ、そうなんです」

私は、そんなことを調べるのは訳はない、と思った。「良婦の友」に載った写真と同一の写真の数枚と、その所在さえ判れば自然に明らかになるはずなんだから……。

「この写真はどこで撮影《とら》れた写真で、何枚あったものなんです」

私は「良婦の友」の口絵を指差しながら、ちょっと探偵口調になっていった。

「それが判っていれば訳はないんですが、はっきりと判らないんですよ。それと同じ写真は三枚あるんですがね。一枚は私の家にあり、一枚は弓子の学校時代の友達の家に残っているんですが、二枚とも台紙から剝がして写真帖に貼り付けているんです、そして不注意なことには、撮影年月日も撮影写真館の名も記入していないんです。もっともその弓子の学校友達が居れば、覚えているだろうとは思うんですが、それも死んでしまったものですから……、そして残りの一枚が弓子の手元にあったはずなんですがどんなに調べても見当たらないんです」

「ははあ、そうするとその一枚が、『良婦の友』社へ東山みどりの名で送られた分で、都合三枚の所在が明らかになる訳ですね」

「ところが、一ヶ月ばかり以前に、それと同じ写真を弓子が持っているのを草野が確かに見た、と言うんです」

「結局四枚あった訳ですね。『良婦の友』社では破棄したと言っているんですから」

絵のことも聞いてはみたが、あの絵は何時《いつ》頃から弓子が持っていたものか知らぬ、ということであった。

私は次第に探偵的な興味を覚えてきた。結局この事件は東山みどり——それは変名であることが明らかだ——の実体さえ摑めば解決する、と私は信じた。それには一枚の写真が、どういう経路を辿って東山みどりの手に入ったか、それさえ判ればいい、そして、それを明らかにするためには、まず撮影した写真館を知ることが第一である、と思った。

「このお髪《ぐし》は、よほど田舎の髪結いさんが結ったものでしょうね」

雑誌の口絵に見入っていた隣の細君が、一人言《ひとりごと》のように言った。

「そうおっしゃれば、どこか田舎臭い結い振りですわね」

兄の妻だという人も雑誌を覗きこんだ。

「大正十四年の春頃、弓子さんはどこか田舎へお出でになったことはありませんか」

髪の結い方が田舎臭い、という隣の細君の偶然な発見から、ふと思いついて尋ねてみた。

「大正十四年の春。大正十四年の春と言えばちょうど私が学校の練習船に乗っていた頃ですが、……そうおっしゃれば思い出せます。その当時母から寄越した葉書に、妹が北国の温泉へ行っている、というようなことが書いてありました」

「北国、というだけで、どこという記憶はおありになりませんか」

「そうですね……地名の記憶はありませんよ」

私は、もうこれだけ判れば写真の方は充分だと思った。それで、「良婦の友」社から賞品として結婚衣裳を贈って来た当時の模様を聞いてみた。

「どうも学生時代のことで、それに学校の性質上家庭と離れていたので、詳しいことは判りませんが、たくさんある縁談に弓子が耳を藉《か》さないので、母はそれを非常に苦にしていたことを覚えています。それでその理由をいくら追究してみても、弓子は要領を得た答をしない。ちょうどそういう場合にあの結婚衣裳が、まるで天から降ってでもきたように届いたものだから、父や母は呆気にとられたそうです。場合が場合ですから親達は喜んではいましたが、親達にしてみればその推薦者に心当たりさえないので、これはきっと弓子に恋人があって、その人のしたことだろう、と言うので、親らしい慈悲でいろいろと弓子に訊ねてみたらしいのです。すると弓子は——これはきっとあの人がしたことに違いない——、と言ったそうですが、どうしても所や名を言わない。と母が困っているのを聞いたことがありますよ」

「妹さんは、その男に会ったことはなかったのでしょうか」

「母もそういう風に言っていましたから、たぶん会ったことはなかったんだろうと思っています」

弓子の兄はこう言って、なき妹を悼《いた》むような目をした。

七

私は弓子殺しの探偵にわざわざ加賀の山中まで行った訳ではなかった。秋からずっと持ち越している脚気《かっけ》を、故郷に近い山中で年内に癒《なお》してしまいたいというのが主な目的であったが、もちろんそのついでに写真の詮索もやってみるつもりであった。

山中温泉駅に下車した私は、すぐ黒谷橋の方へ下ろうとして、ふとその坂の下り口に出ている写真屋の陳列棚を見た。それは坂の上の本通りにある雑貨屋の横手に取り付けた三尺に五尺くらいの、深さはわずかに五、六寸くらいよりない箱形のもので、その前面の硝子は観音開きになっている。それは坂の下にある清風館という写真屋のものであることがすぐに判った。その中には主に婦人の写真が十枚ばかり並べられてあったが、その中央に、色は少しばかり褪せてはいるけれど、一際目立って美しい女の写真が立っていた。それが「良婦の友」の口絵に出ていたものと同じ竪縞銘仙を着た弓子であった。

この写真の撮影所の詮索は、そう大して困難だとは思っていなかったが、それでもあまりに無雑作に発見せられたので、いささか呆気にとられた気味であった。すぐに飛び込んで訊《ただ》してみようかと思ったが、不用意に飛び込んで変に隠し立てをせられては困ると思い、そのまま素通りしてひとまずこほろぎ旅館というのに宿をとった。

それから後一週間ばかりの間に、私の撮影《とっ》たフィルムの現像焼き付けなぞを依頼したり、旅館へ呼び寄せ庭で私自身を写《と》らせたりなぞして、清風館の主人とすっかり心易くなってしまった。そうしてついに彼から次のような話を聞きだしたのである。

――あの写真の婦人は、一昨年の春頃山中旅館に滞在していたが、あまり美しいので、こちらから願って一枚写《と》らしてもらった。そして焼き付けた三枚を渡して、焼き増しした一枚を陳列に飾っておいたところが、陳列に入れてから二、三日の後にそれが盗難にかかっていることを発見した。それですぐに、また一枚だけ焼き増しをして陳列のなかに入れた。現在のものがそれである――

私は、この話を聞いて、弓子が東山みどりという変名の主に会ったことがない、という事実を信じなければならなくなった。

弓子の写真を盗んだということは東山みどりと仮名する者が、弓子の面前に一度も現れなかった、ということを証明している。もし弓子の周囲にいたもの、または弓子に面識のあるものなら、弓子の写真一枚を得るために陳列の中に飾ってある写真を、盗まなければ得られないというはずはない。

さて一つの新事実は発見したが、写真の方はここで一頓座《とんざ》の形となった。それでこの辺で方面を変えて例の仙人掌《さぼてん》の画について少し調べてみようと私は思った。それは前後の事情から考え合わせて、この画が必ずこの温泉場で描かれたものに違いないと信ぜられたからである。

そして、それも弓子の写真を清風館の陳列棚に発見したと同じ容易さで知ることができた。

こほろぎ旅館の庭に鉢植えの仙人掌がたくさん置いてあったことから、女中達の話を引き出した私は、二年前の夏この旅館の一室であの画が描かれたものであることを知った。そして、それを描いた青年佐伯明治《さえきあきはる》が京都の××大学の教授佐伯博士の令息であることまで明らかになった。

私は、これで一切が解決したように思った。が、また考え直してみると総てが私の独断ばかりであるような気もした。

東山みどりが佐伯明治であったとしても、彼らは事件の当夜まで本当に未知の間柄であったのだろうか。

私が知る事実の範囲だけで佐伯明治を犯人なりと断定してよいものだろうか。この事件は外面に現れた事実だけでは、とうてい判断することのできぬ内容を持つ難件だと、初めて私は感じたのであった。

私が十一月の中頃神戸に帰ってみると、事件は解決していた。それは佐伯明治という青年の自殺死体を発見したことによってである。弓子の写真とともに、その傍らにあった遺書によって彼ら二人が、事件の当夜まで未知の間柄であったことが明らかにされ、明治の自殺が如何に歓喜に充ちたものであったかが想像されるということであった。

私は、あの美しい死体が、久しく胸に抱いていた幻想の美しさと、その深さとを感じて、この古風な、まるで近松ものにありそうな恋愛を嬉しく思った。

自殺した明治の傍らに、二本の松葉杖が揃えてあったということは、二、三日の後に聞いたことである。

龍吐水《ポンプ》の箱

老前科者の話（1）

私の最後の刑期は八年で、S刑務所で服役することになったのです。

私自身のつもりでは、そんなに質《たち》が悪いとは思ってはいなかったのですが、ご担当の見込みが悪かったのか、それとも前科の十五犯が祟《たた》ったのか、いよいよ刑が確定して執行されるという段になって「工場出役《しゆつえき》」と「雑居房《ざつきよぼう》」の希望が全然裏切られ、S刑務所の調べ所で襟に番号を付けた赭《あか》い獄衣に着換えた私は、すぐに「東監九房」というのに入れられてしまったのです。

S刑務所の東監九房は無論独房です。前科十五犯とはいっても、私は掏摸《すり》専門ですから雑居房に入れたって、工場出役にしたって何の危険もないはずだ、と、まあ私は一人で理窟をつけていたのです。それが独房に入れられて工場に出してもらえない、私はもう不平で不平でたまらないのです。私は監房のなかから大声を上げて「御役人様」「御役人様」を連呼しながら執拗《しつこ》く不平を並べ立てましたが看守達は取り合ってくれない。仕方がないので渋々六尺四方の独房の板床に莫蓙《ござ》を一枚敷いて、さてあてがわれた「切れ糸結び」の材料を手に取り上げてみたが、そんなものが手につくはずがない。「定量科程」の一時間に一匁《もんめ》三分も癪《しやく》にさわる。死にものぐるいでやったって、そんな工程を上げることのできないことは、前科持ちの私には判り過ぎるほど判っていることなんです。殊に累犯囚には役に就いてから百日間は作業償与金《しょうよきん》が付かない規定です。作業償与金といったところで、月に十銭か十二銭くらいのものですが、そんな訳で自暴自棄《やけ》になった私は、「切れ糸結び」の材料をそこに投げ出したまま、ゴロリと横に寝てしまった訳です。するとその日の担当で、「舌《ベロ》」という綽名《あだな》を持った看守が回って来て、

「こらッ、百十一号、横着をすると承知しないぞッ、神妙に仕事をしろッ」と、わめいたものです、それでなくてさえ自暴自棄《やけ》になっていた場合です。私は茣蓙の上に寝転んだまま思うさま毒付いたものです。

「なんだと、神妙にしろ？　神妙にしてもらいたければ、神妙にできるような扱いをしろ、俺を独房に容れて、工場にも出さずに神妙にしろとはなんだ、看守長にそう言え、百十一号は正しい処遇《あつかい》を受けなければ、素直には服役しないとな！」

「生意気を言うな、貴様懲罰が恐くないのか」

「なにッ、懲罰だ、懲罰がなんだ、屏禁《へいきん》？　窄衣《さくい》？　なんでも持って来い、そんなものを怖《おそ》れる俺じゃないんだ」

今から考えてみると、自分自身の身勝手からずいぶんと思い切った乱暴を言ったものです。その翌日は早速「五日間減食」の懲罰申し渡しです。昨日までは「切れ糸結び」の定量一、二（一合二勺《しゃく》）の黒印が飯箱《わっぱ》に入れた飯の上に捺《お》されていたのが、今日からは六（六勺）になっている。まあその減食懲罰がどんなに辛いものであるかは、実際監獄の飯を喰

ったことのある人でないと判らないですが、初めのうちはただ何となく身体がだるいような痛みを覚え、夜は悪夢に襲われて何としても眠ることができなくなります。そして夜も昼も妙に息苦しく、三日目くらいからは頭が痺れるような気持ちで、苦痛を感じなくなるものなんです。

私の十六回目の服役第一日がこういう始末です。それからの私が素直であるべきはずがありません。懲罰という懲罰のほとんどは体験しました。

しかし私はここでその懲罰をお話ししようとしているのではありません。その八年間の服役中に、私がやった一つの罪深い罪悪を聞いていただいて、懺悔《ざんげ》のしるしにしたいと思っているのです。

老看守の話（1）

僕がS刑務所に勤めていた当時の話なんだから、ずいぶんと古い話さ。

その当時S刑務所の東監九房という独房に、囚番が百十一号で久山秀吉《ひさやまひできち》という男がいたが、この男は「隼《はやぶさ》の秀《ひで》」と異名をとった掏摸《すり》で、前科をなんでも十四、五は持っていた奴なんだ。年頃は三十五、六であったろう。この男はとても手古《てこ》に合わぬ男でね、同僚の桃木君――桃木君は囚人達から「舌《ベロ》」という綽名をつけられていた男なんだ――その桃木君などは同僚の間ではずいぶん荒っぽい方で、囚人達の間でも怖れられていた男なんだが、その桃木でさえ隼の秀は持てあましていたのだ。大抵のやつはいくら暴れても減食の七日も食うか、よほど非道《ひど》いやつでも窄衣の三十分も喰らえば屁古垂《へこた》れて柔順《おしな》しくなるものだが、この隼の秀ばかりは恐ろしいやつでね、どんな酷い懲罰もこたえないんだ、秀は――俺を雑居房に入れて工場に出すまでは、どんな罰を科しても乱暴をやめない――と、言うのだ。けれども、そんな乱暴をするからといって、雑居房に移したり、工場出役にしたりすることはもちろんできることじゃない。当番交替で僕が担当のときなど、僕は桃木とは違って温情主義の方だから、諄々《じゆんじゆん》と説いて聞かせるんだが少しも効験《ききめ》がない。教務主任の教誨師《きようかいし》がなだめてみたって何の効もないという始末でね、全く徹底したあばれ者だったよ。とうとう隼の秀は囚番の百十一号で呼ばれず、本名の秀で呼ばれるようになってしまった、囚人も囚番で呼ばれず本名で呼ばれるようになったら金箔付きだ。

こんな具合で隼の秀は、服役してから一年半ばかりの間は全く懲罰懲罰の連続で、とても手のつけられないやつだった。こんな調子では秀はとても身体が保つまい、刑務所で生命を仕舞うだろうと僕らは案じてもやり本人にも言い聞かせもしたが、相変わらず秀は執拗に乱暴を続けたものだ。

ところが、今も言う一年半ばかり経過してからのことだったが、秀の態度ががらりと急変して、とても柔順《おとな》しいものになってしまった。囚人がどんなに柔順にしてもとうてい、「刑事被告人服役規定」に触れないようにはできない、それほど、その規定は厳重なものなんだ。ところが急変後の隼の秀は、その厳重な規定をそのまま当てはめても、ほとんど抵触の行為を見ないほど、従順な囚人になってしまった。当時秀は平打ちの羽織の紐を編んでいたが、その工程のごときも、ぐんぐんと上がって見る見るうちに紐工として、製作量も製品成績も獄中第一位を占めてしまった。それは全く驚くばかりの変わりようであった。

僕が板に張りつけた「科程検査表」の償与金欄を指さして——この月末にはこの欄に一円五十銭と記入ができるだろう、よく働いてくれるな——と言うと、秀はにこにこ笑って——ありがとうございます——と、頭を下げたものだよ。

科程が超過するばかりではなく、こんなに柔順しくなった秀だから、当然規定の三特典が与えられる。紐工の一食一六が一八に増食。五日に一度の入浴が二度に、償与金の五分増し。

桃木君なぞは——さすがの秀も懲罰がこたえたのだろう——と言っていたが、僕には秀のこの急に変わった態度が懲罰の苦しさからだとは思えなかった。もし懲罰の苦しさから柔順しくなったものだったら、もうとうの昔に柔順しくなっていなければならないはずだ。それが一年半も経ってから後に、急に柔順しくなったということは変に思われる、僕はそれよりも、秀にこうした強い動機を与えたものは、秀の分房の隣の第十房に囚第二二二号という男が這入《はい》ったからではないかと疑っていたのだが、はたして僕のこの考え方は誤っていなかったよ。

それはちょうど単衣《ひとえ》が袷《あわせ》に換わる時候の、ある日の午後二時頃です。今まで空《から》であった左隣の第十房へ一人の囚人が収容せられたのです。獄中で新しい人の顔を見るということは、囚人にとって大きな喜びの一つなんです、所長の交迭《こうてつ》は元より担当看守の顔が代わっても、囚人達は非常に大きな喜びを以て期待するものなんです。まして私とは板壁一枚を距《へだ》てた隣へその房の主人が来たというのですから、私の好奇心は非常に煽《あお》られた訳でした。担当の「福助」（田中看守の綽名です）に、

「隣へ来たのは新入りですか」と、尋ねてみたところ、

「うむ、新入りだよ、初犯だ、だが肩書きは強盗傷人だ」と、教えてくれました。強盗傷人と聴いて私はいささか幻滅を感じはしましたが、それでも、翌朝の運動時間を待ち兼ねたものです。運動時間には顔を見ることもできれば、看守の隙を窺《うかが》って物を言うこともできるのです。

その翌朝、炊夫囚人の配当した朝飯を喰って、いよいよ運動の時間に分房を出て見ると、看守に護られた十一人の分房囚が既に廊下に各々《おのおの》三、四尺の距離を保って、一列に並んでいました。私が最後の十二人目につくと、看守の号令で歩き出すのです。

私は新入りがどこにいるかと思って、後方から窺って見ますと、私から四人目の前を、首筋の白い、スラリとした男が、白い素足で廊下を歩いて行く。庭へ出てから、その男の顔を見ることができたのですが、やわらかな生毛《うぶげ》のような、引けながの眉の下に、黒水晶

のような目が露にうるんでいる。彫りもののような鼻、殊に私を非常な力で惹きつけたのは、古い言い草ですが牡丹のような唇です。その唇を見た刹那《せつな》私は思わず知らずブルブルと顫《ふる》えたものです、さあそれから運動時間の二十分間も、また行列をして分房へ還《かえ》る時間も、私はもう夢中でその男の顔から目を離すことができない始末でした。

私は、その男の罪科が、強盗傷人であることを知ってはいましたが、それを少しも不思議だとは思っていなかったですよ、普通の人は強盗傷人なぞというと、すぐに鬼態をでも聯想するでしょうが、私らのように場数を踏んだものは、強盗犯に優《や》さ男を見ることはしばしばなんですから……。

その日からです、私が獄中で生まれ替わったように音なしくなったのは。なぜその男を見てからそんなに急変したのか、自分でも自分の心持ちがはっきりとは判りませんが、なんだか自分の独房で仕事をしていても、板壁一重の向こうに、あの唇があるのかと思うと、なんだかこう圧迫されるような気持ちで、大きな声なぞとても立てられないのですよ、大きな声どころか咳一つするのでも憚られるような気持ちなんです。

そのうちに隣のその二二二号が、例の「切れ糸結び」をやっていることが判りました、切れ糸結びは前にも言ったように、食量が最低の一二なんです、二十四、五歳の年頃からいっても、その男が飢《ひも》じさを感じていることは判り切ったことです。やがては、あの美しい唇もどす黒くなってしまうのかと思うと、たまらない気持ちなんです。私が一生懸命に羽織の平紐打ちに科程以上の能率を上げたのも、実を言えば、二二二号の腹を満たしてやりたい。そして一日でも長くあの唇の美しさを保たしてやりたい、と思ったからです。私は科程超過によって得た増食一、八の約半分、およそ八勺《しゃく》分ほどを手拭いに包んで、一丈《じょう》ほどもある板壁の天井に添うて切ってある電灯の穴から、食を貢いでやったのです、二二二号は食べ終わると手拭いをその穴から戻してくる。私はその手拭いにどんなに大きな魅力を感じたことでしょう。谷崎先生の小説のなかに、ハンカチに着いた女の鼻液《はな》をベロベロと嘗《な》めるのがあるそうですが、私のは鼻汁《はな》ではないが、その飯に当たっていた部分を舐《しゃぶ》ったものです。もちろんその部分は二二二号が嘗めた部分に違いないからです。

老看守の話（2）

隼の秀が、隣の二二二号に飯を分けているということは僕は早くから気が付いていた。けれども僕は見て見ぬ振りをして打放《うっちゃ》っておいたのだ。報告すれば無論懲罰ものよ、だが自分の飢じさを堪えて他人に食を分けてやる、と、いうことは刑務所内では懲罰事犯だが、娑婆《しゃば》では美事《びじ》なんだからな。

そのうちに二二二号も平紐を打つようになった、そうすると飯は一、六になることは前にも言った通りだ。もう秀も飢じい思いをして飯を分けなくても、よくなった訳だ。ところが、ある日秀は僕に向かって、

「二二二号が紐を編むようになったのは、旦那の報告でしょう」と、言うのだ。

「いや、そんなことはないよ、あれは工務所からの指図だ」と僕が答えても、「そんなことはない、旦那が報告したからに違いない、旦那は私が二二二号に飯を分けてやっていたことも知っているでしょう、それに、その方は報告せずに何故仕事の変更だけを報告したのです、わっしゃ気に入らない、報告して二人とも懲罰にして下さい」と言うのだ。

何故秀がそんな判らないことを言いだしたのかその時僕には判らなかった。

二二二号の強盗傷人というのは、彼は俳優で、旅先で御難に遇《あ》い、一座が解散したので止むを得ず徒歩で帰郷の途中旅費は無くなる、腹は減る、という訳で通りかかった町で、フト人気のない家を見出だし明き巣に這《は》いったところを、帰って来た家人に発見せられた……、というような事犯なんだ。そういう囚人だったから非常に柔順しいので、僕らは職務の許す限りの範囲でずいぶん親切にしてやったものだ。

秀は柔順しくなってからでも、例の桃木君なぞには時折反抗の気勢を見せるようなこともあったが、僕に対しては非常に柔順で、そんな気振りも見せたことはなかった。それが、僕が二二二号を彼と同じように親切にしてやるようになってからは、秀は険しい目で僕を睨《にら》むようになった。もちろん僕はその当時、そんなことに気がつかなかったものだから、秀の瞳が嫉妬に燃えていたことを知らなかった。

それで僕は秀の言うことには取り合わずにいた。ところがその翌日当番交替で桃木君の担当になると、秀はその飯の一件を訴えて懲罰を望んだそうだ、相手が桃木君のことだから早速報告して、秀の望む通り彼ら二人はその翌日から、減食五日間の懲罰を受けることになった。ところが、その減食の日から僕が注意をして見ていると、秀は二食分より摂らずあとの一食分は例の窓から隣の二二二号に貢ぎだした。僕はそれも見て見ぬ振りで打放《うっちゃ》っておいた。

そうこうしているうちに三月ばかり経つと、柔順な二二二号は雑居房に移され、工場出役を許されるようになった。隣の第十分房が空になった日から二、三日、秀はよそ目にも可哀相なほどしけこんで、仕事もろくろく手に就かぬ様子であったが、二、三日経ってからは思い直したものか、以前よりはいっそうおとなしく、傍目《わきめ》もふらずに仕事に精を出し始めたものだ。

東監の雑居房は、秀が居る分房の前の二間廊下を距てた向こう側にあるのだ。間口が二間で奥行一間半の六畳の広さで、一室十人定員の監房が六室並んでいる。二二二号は一番西の端の第六監房というのに移された訳だ。

老前科者の話（3）

分房内を掃除して、きちんと座って朝飯の配当を待っておりますと、向かい側の雑居房から工場に出役する囚人達が、看守に引率せられてぞろぞろと出てゆく。その中には私の分房の前を通りすがりに、――秀、早く工場へ出て来いよ――と囁いて通るものもあります。その列の後ろから二二二号も追《つ》いて行く。例の通り肩を落として伏し目に歩いて来る二二二号は、私の分房の前に来ると、いつもちょいと目を上げて、私の方を見るのです。もちろん彼から私の見えるはずはありませんが、私の座っている位置からは、扉《ドア》の格子を通してよく見えます。時によると例の美しい唇をかすかに動かすこともある、それが私には——早く工場へ出ていらっしゃい——と、囁いているように思える。その度ごとに私は唇を嚙んだものです——早く工場へ出たい——それには、どうしても賞表をつけるよりほかに道はない、私は以前よりいっそう素直に、仕事にも精を出しました。

そしてとうとう私の願望はかなえられました。しかも、他の五監房が満員だったものですから、一人だけの欠員のある第六雑居監房でした。そこには二二二号が居るのです。工場は第一工場（兵隊の靴下を主として編むメリヤス工場）で二二二号もやはりそこで働いている。飯も二四が給与せられる。私は全く刑務所に居るような気持ちがしなかったものです。私は一生懸命に働きました。二、三ヶ月するうちに科程の六十足を突破して八十足を上げるようになった。私はそっと看守の目を偸《ぬす》んで五十足くらいより編み得ない二二二号の、竹籠の中へ毎日十五足くらいずつを投げ入れることを怠らなかったものです。

このままに刑期が過ぎてしまえば、八年の苦役も私にはかえって楽しいものであったかもしれないのですが、娑婆に居てさえもそうは参りません。まして自由のない刑務所の中です。そんなことがいつまでも続くはずがありません。それから更に四月ばかりの後でした。私達メリヤス工が五人裁縫工場へ回されることになったのです、その五人の中には二二二号も加わっておりました。だから私は何工場へ回されようと、二二二号さえ一緒なら少しも苦にはならないと思ったのでした。ところが裁縫工場へ移されたばっかりに、ここにお話しするような事件を、私は起こしてしまったのです。

私達が裁縫工場へ変わってみると、その工場の担当として監督していた看守が、私の第九分房時代の担当であった福助という綽名のある田中看守であったのです。

田中看守はほんとうに優しい好《い》い人でした。もし私が二二二号と一緒でなかったら、監督が田中看守であることを、どんなに喜んだか知れなかったのですが、二二二号と一緒であった私は、そこに恐るべき敵としての田中看守を見たのでした。

それからは、歯を噛み鳴らし、拳を握るような嫉妬の情を押さえたことも再三ではありましたが、それでも二、三ヶ月は無事に過ぎました。

ある日のことでした――それはなんでも春の暖かい日であったと覚えております――裁縫工場へ白地の夏服が回ってきたのです。その夏服は私達が服役しているS刑務所の看守達の着るもので、裁断工《たち》が裁断《たつ》たその服地にはそれぞれ皆寸法に応じて着用する看守の名が付いているのです。囚人達は自分の好きな看守の服を、まるで恋人の晴衣《はれぎ》をでも仕立てるように、誠を籠めて仕立てるために、人望ある看守の服などは取り合いの有様です。その時に二二二号に当たったのが、田中看守の分であったのです。

せっせとミシンを掛けている二二二号のそばに立った田中看守が、

「ははあ、二二二号、お前だな、僕の服を仕立ててくれるのは、念を入れてやってくれ」

福助という綽名の通り、にこにことしたその顔を見たとき、私はむらむらと理由《わけ》の判らない怒りを押さえることができなかったのです。

老看守の話（3）

秀がいきなりそこへ飛んで来て、上衣《うわぎ》の脇にミシンをかけていた僕の服を奪うやいなや、その端の方を足で踏み、両手で力まかせに引き破ってしまった。そして秀は息をはずませて僕の顔を睨み据えているのだ。

秀が粗暴な半面を持っていたことは前にも言った通りだがこれまでの秀の乱暴には、好《よ》かれ悪しかれ言い分があった。そして僕には秀の気持ちが、ある程度までは判っていた。それがこの時ばかりは、どうして秀がそんなことをするのだか僕にはまるっきり判らなかった。その時の秀の気持ちが判って居れば、温情を以て主義とする僕だ、服地の一枚分くらいはどうにでもできるんだから、ああした態度には出なかったはずであったが、秀の気持ちが判らないだけに、僕は無精に腹が立った。それに場所が工場だ。それこそ本当に囚人環視《かんし》のなかだ。他の囚人を御する上から言っても、それをそのまま不問に付する等ということは絶対にできない。もし僕がこれほどの秀の懲罰事犯を不問に付しては、僕が罰を受けなければならぬことになる。

僕はいきなり足を挙げて破れた服地を片手に下げたまま、荒い呼吸《いき》を肩に打たせてじっと僕を見据えている秀の向こう脛を蹴り付けた。秀は片膝を床に突いたが、次の瞬間猛然と僕に飛び付いて来た。全く秀は気狂《きちが》いのようであった。

僕は思わず警笛を口にした。看守部長をはじめ四、五人の看守が駈け付けて、板床の上に捻じ臥せられた秀の身体は、見ている間に数条の捕縄《ほじよう》によってがんじがらめに縛られてしまった。

「秀、また始めたな、今度こそは貴様の性根を直してやるぞ」と、部長は冷やかに言った。

そして、

「秀を三監に入れとけ」と、看守達に命じた。

三監というのは囚人達が最も怖れている「金扉《かなど》」なんだ。時候が春だから厳寒などとは異《ちが》って幾分凌ぎよくはあろうが、何様「金扉」と言えば「監獄の中の監獄」だ。そこに収容せられた秀は、三日の後調べ所に引き出されて所長から「重屛禁《じゆうへいきん》三日」の懲罰言い渡しを受けた。

秀が手におえぬ乱暴者であったことは再三話した。そして最後に僕に対してまでこんな乱暴を働いた。それにどうした訳か僕にはどうも秀を憎む気にはなれなかった。

重屛禁と言えば暗室監禁のほとんど極刑懲罰だ。七日間も重屛禁を喰らえば気が狂ってしまうとまで言われている。僕はなんだか秀が可哀相になって来た。

重屛禁監房の、赤塗りの鉄の扉の脇に「一一一号」という秀の囚番札が掛かっている、「秀はどうしているだろう」と、思った僕は、パチンと電灯のスイッチを捻って、拡大鏡の嵌《は》まった視察口から覗いて見た。

暗中に瞑目していたらしい秀は、闇中になれた視力を、俄《にわか》の灯火に一瞬戸迷いさせながら視察口の方を振り仰いだ。

四分ノ一坪ほどの房内の板敷きの上に莚《むしろ》を一枚敷いて、その上に端座した秀の姿を見ると、僕は秀がますます可哀相になったものだ。

老前科者の話（4）

重屏禁がどんなに苦しいものであるかは、ご想像にまかせますが、まあその期間だけ生きながら埋められているようなものですね、それでも一日三度の食事は与えられますから、三日間の屏禁であれば九回飯を喰えばよい訳です。私は一食を喰べ終わるごとに残る食事の回数を数えて、時の経つのを計りました。

屏禁の三日間、私は二二二号のことばかり考え続けたものです、そして田中看守に対する恨みと憎しみはますます加わるばかりで重屏禁が辛ければ辛いだけ、田中看守に向けられる恨みは深くなって行くばかりでした。今から考えてみると親切であった田中看守に対して、なぜあんなに恨みを抱いたのか私自身にも判らないくらいで、全く済まぬことであったと思っております。

私は、どんな方法で田中看守に復讐をしてやろうかと、そればかりを考え続けました。

三日の期間が過ぎて屏禁監房から引き出された私は、また元の独房に放り込まれてしまった訳です。

ところが、まあなんという深い因縁だったのでしょう、私が屏禁監房を出てから放り込まれた、北監四号という独房の御担当は、やっぱり「福助」こと田中看守であったのです。田中看守は東監分房の担当から、裁縫工場の監督に栄転せられた訳であったのですが、どういう事情があったものか、北監分房の担当に左遷せられたということでした。あるいは私のあの乱暴が田中看守の職務上の責任となったものかもしれません。

私を、あれまでに柔順にし、また、あれまでに乱暴者にした当の二二二号は、その後どうなったのか影も形も見ることができない。その代わりに私から二二二号を奪って、その上に重屏禁という重い懲罰の原因を造った田中看守が目の前に居る。私はもう二二二号に対する執着よりも、まことに理由のないことではありますが、田中看守に対する復讐で脳は一杯であったのです。田中看守は相変わらず親切でした。が、その当時の私は親切な態度を見せられれば見せられるだけ、ますます反感をつのらせたものです。全くなんと言うのでしょうか、ひねくれた囚人心理とでも言うようなやつなんでしょう。

私は復讐計画を完全に立てて機会の来るのを待ったのです。

私はまず東監九房時代よりもなおいっそう柔順にし、科程もより以上に上げることに精を出しました。そして一方には田中看守の信任と同情を得べく努めました、そして、ものの一年半も経ったころには模範囚人？　になっていました。が、やはり危険だというお見込みであったものか、雑居房や工場出役は命ぜられませんでした。あれほど希望した雑居房と工場であったが、私はその当時は少しもそれを希望していなかった。ただ神妙に分房内で平紐打ちに専念しているもののように装うて、むしろ雑居房移送を恐れていました。それは雑居房よりも独房の方が、私の計画の実行に都合がよいからでした。

その年の十二月十日頃のことであったと思います。田中看守が二日間欠勤したことがありました。あれほど精勤である田中看守が二日も続けて欠勤するということは、自身が病気でない限り、なにか家庭に欠勤を止むなくさせるような事情があったに違いない、と私は睨んだのです。果たせるかな、二日間欠勤して三日目に出て来た田中看守の顔を見ると「福助」の綽名はどこへやら、よほど深い心配事でもあると見えて、例のにこにこも顔には上がらず、どうやら頬の肉さえ幾分落ちているようにさえ見えるではありませんか。私は復讐計画の実行には絶好の機会だと思いました。

老看守の話（4）

その年の十一月頃であったと思うが、円タクの運転手をやっていた僕の妻の弟が、人を轢《ひ》き殺して、罰金三百円の略式命令を受けた。円タクの運転手くらいをやっている貧しい弟に三百円という罰金の完納ができるはずはない。たった一人の姉である僕の妻に泣き付いて来たものだ。だが円タクの運転手よりなお貧しい刑務所看守の僕の家に三百円というような纏《まと》まった金のあろうはずがないじゃないか。友人達の間を駈け回れば三十や五十の金はできるかもしれないが、とても三百という金のできる見込みはない。もし罰金を納めることができなければ六十日間労役場に留置す、と言うのだ。女房は気狂《きちが》いのようになって飛び回ったが、どうすることもできない。だんだん納期が近付いてくるので、いよいよ最後の手段として、女房を田舎に帰して祖母が一人で住んでいる納屋のような家を抵当に入れて、やっと三百円の金を作らせた。ところが、なんと、まんの悪いときは仕方のないものじゃないか、その金を持って帰る途中、市電の中で不注意にも女房は、その金を掏摸に掏摸《す》られてしまったのだ。なんのことはない安物の新派がかりさ。今思い出話をするから呑気《のんき》そうに新派がかりだ、などと言っていられるが、その時には文字通り進退谷《きわ》まった訳だ、その時にそう思ったね。掏摸というやつは罪なことをする奴だ。こんなに切迫詰まった金を取らなくたって、ほかに呑気な金が幾らでも取れるじゃないか、とね。

結局、そんな愚痴をこぼしてみたところで、また、女房の不注意を責めてみたところで始まった話じゃあない。僕も二日ばかりは欠勤して金策に奔走してみたが、初めからの見込み通りどうにもならない。それで本人にも六十日間の刑務所行を決心させて、僕は二日間の欠勤後出勤した。僕らの勤労は一昼夜勤務だったから、朝出勤すれば翌日の朝帰ることになるのだ。

その晩のことだ。その晩は僕と西川という男とが担当で、ちょうど僕は午前一時から三時までの交替当番だった。草履ばきで巡視勤務に就いていて廊下を歩いているうちも、三百円のことばかりが気になって仕方がない。正直なところを言えば、義弟が懲役に行くということよりは、三百円を掏摸《す》った掏摸《すり》のことばかりが気になる。

深夜の監房内に聞こえるものは囚人達の鼾《いびき》ばかりだ。その呑気そうな鼾を耳にしながら廊下を歩いていると、囚人達よりも自分の現在の方が慼《いた》まれて情けなかった。

「……御担当……御担当……」と、呼ぶ低い声が、鼾にまじって僕の耳に這入《はい》るじゃないか。就寝後の発言はもちろん厳禁されている。報告すれば懲罰ものだが、平常《ふだん》でも僕はそんなことには取り合わぬことにしている。ましてその晩はそれどころではない、聞かぬ振りで素通りしようとすると、……御担当、御役人様……と、言う声はだんだん高まってくる。その声がどの房から聞こえてくるのか、最初のうちは判らなかったが、ちょうど四号分房の前までくると、秀が房の格子戸に摑まって自分の名を呼んでいることが判った。が、僕は秀の顔に一瞥をくれただけで通り過ぎようとした。すると秀は、少しく高い声で「御役人様」と僕を呼ぶのだ。その時僕は少し考えたね、このまま素通りをしようとすれば、秀のことだから必ず大声を出すに違いない。そうなると事が面倒だ、五分か十分秀の言うことを聞いてやった方がよいかもしれない、と、こう思ったものだから、二、三歩後戻りをして、

「秀、何事だ……」と、聞いてみた。すると秀は、

「実は旦那、折り入ってのお願いがあるのでございますが」と、周囲《あたり》を憚りながら、

「実は手前が、今度挙げられた日は、少しばかり纏まった仕事をしたいと思って栄楽町

へ出掛けたものです。栄楽町は我々の仲間では――マガネーと呼んでいる町で、旦那もご承知の通り銀行町なんです。午前の十一時前のいい潮時を見計らって手前の得意な――コドモ――で「自雷也《がまぐち》」を一つと「屛風《かみいれ》」を一枚買《と》ったんで、ちょいと横町へ這入って、すかいして見ると、自雷也の方には、拾円札《くび》が四、五匹《まい》、五十銭銀貨《ほし》だの銅銭《よつはらい》などが少々、これはしけだと思いながら屛風《かみいれ》の方をすかして見ると、百円札《かんむり》が五、六枚、これでいい今日は引き上げようと思って二、三歩あるきかかったところへ、巡査《ぎら》が遣って来やがったんで、手前は素早く身を隠したんですが、巡査《ぎら》がひつこく追い駈けて来て、とうとう天神さんの裏門から境内へ追い詰められてしまったんで、これはいけないと思ったあっしゃあ咄嗟《とっさ》の間に屛風《かみいれ》の方を天神さんの横手に置いてあった龍吐水《ポンプ》の箱の中へ投げ込んだまま、その巡査《ぎら》に挙げられたというような訳なんで、相棒《だち》を連れて歩かないのがあっしの自慢なんですが、こん度ばかりはまったくどじを踏みましたよ」

と、いうような風に秀の話は存外に長いので、僕はそこそこに切り上げて第四分房の前を離れようとしたのであったが、どうしたものか僕は秀のこの話をも少し聞いてみたい気持ちになったのだ。三百円という金の必要に切迫詰まっていた場合であったので、秀のこの話が僕を捕えたには違いないのだ。

「そこで旦那に是非お願いしたいと申しますのは……こんなことをお願いしては定めしご立腹であろうとは思いますが……私も今度刑期が満ちて娑婆に出ましたら、堅気《かたぎ》に働いて二度と再び悪いことはしない決心でおりますので……一つ、旦那にこんなことを申し上げられた筋合いのものじゃあございませんが、旦那のお計らいでその紙入れがあっしの手に入りますようお取り計らいが願いたいものなんで、その代わり旦那、……ご立腹では恐れ入りますが、その紙入れが私の手に入りましたら半金の三百円だけは旦那に御礼の印に差し上げようと存じておりますので、旦那、あっしも隼の秀でござんす、首がちぎれたって他言はしやしません、旦那もあっしの気風はよくご存じのはずだ、どうぞ秀のこの頼みを叶えてやって下さい……」

刑務所内で、囚人が看守に頼むことがらとしては、実に驚くべき話ではないか。

老前科者の話（5）

私はこの狂言《きようげん》の成功を信じて疑いませんでした。

私の出鱈目《でたらめ》にうまく乗った田中看守は、必ず天神さんの龍吐水《ポンプ》の箱をさぐりに行くに違いない。もとより、そんな処に金の這入った紙入れなぞが有るべきはずはない。私の計画では田中看守が実際に龍吐水の箱をさぐりに行っても行かなくてもいい。ただあの話を田中看守に聞かせただけで成功している訳です。私はただ毎日田中看守にその金を早く渡してくれと言って迫りさえすれば、それでよいのです。私がいくら迫っても田中看守は私に金を渡すことのできないことは判りきっています。最後に私は——金を渡してくれないところを見れば、貴郎《あなた》が費《つか》い込んでしまったのだろう。私は看守部長に訴える——と言って田中看守を脅迫する。こうして弱点を握ってしまうことが、私の望みであったのです。

私はその翌々晩のくるのが待ち遠しかった、――あの福助が、どんな顔をするだろう――と思ってみるだけでも胸がすくような気持ちでした。

ところが、その翌々晩の話ですが、平常《ふだん》のように午前一時に巡視に来た田中看守は、私の分房の前に立つと、格子の間から、すうっと私の手の上へ一つの紙入れを乗せてくれるのです。私は全くあっけにとられてしまいました。

「旦那、やっぱり龍吐水の箱のなかに這入っておりましたか」と、尋ねると、田中看守は、「うむ這入っていたよ、中に三百円這入っているから開けてご覧」と、言い捨てて格子の前を立ち去って行きました。紙入れの中を調べて見ると、田中看守の言った通り百円札が三枚這入っている。私はこの合点のゆかない事実を種々《いろいろ》に考えてみました、そして、これはきっと田中看守が、自分の非行を悔いて私の口を緘《かん》するために自腹を切ったものに違いない、と、こうまあ私は考えたものです、それにしてもずいぶん理窟に合わぬ話ではありますが、私にして見れば、それ以上に全く考えようがなかったのです。

その後二二二号の姿を見ない私は、あの変態的な興奮も次第に冷めて、したがって、それが原因であった田中看守に対する怨恨も消え、自然復讐計画の実行も力を失ってしまいましたが、それは、三百円という変わった形で、復讐の結果が現れてきたからでもありました。

そこで思いもかけず手に入れた三百円の金を刑務所で、出獄のときまで保管するということは、かなりに困難なことです、私はいっそこの金を出獄するときまで、田中看守に預かってくれるように頼もうかと思いましたが、金の性質が性質でありますから、できることなら自分で保管したいと、思ったものです。

それで、いろいろとその保管方法を考えた結果、私は一つの最も安全な方法を案出しました。私は、まず稼ぎ貯めた工賃を以て三冊の私本の購入を願い出ました、特に私はその本が菊版の大きさであることが必要なので、日蓮聖人伝全三冊を指定しました。購入された本は、私の願い出によって一冊ずつ貸してもらうことができます。啖壺《たんつぼ》をきれいに掃除してその中へ入れて置いた水を以て、まず本の表紙裏の上張りの周囲を充分に湿し、それを離すと、次にはクロースの折り返しを開き、ボール紙の芯を真二つに割って、かねて便器の底へ飯粒で張り付けて置いた三枚の百円札を一枚だけ引き離しその間に挿み込み、元通り飯粒を練ったもので張り付け、読了として返本すればそれでよい。同じ方法を三度繰り返した私はこうして完全に三百円の札を、三冊の本の表紙の裡に隠匿《かく》しました。こうしてさえ置けば刑期が満ちて出獄するときには、私本は下渡《わた》してもらえるから何の雑作もなく持ち出せる訳です。

二度の大赦《たいしゃ》で刑期の三分の一を減ぜられた私は、それから一年半ばかりの後に満期放免になりました。

私が私本の日蓮聖人伝三冊を持って出たことは言うまでもないことです。

ところが、刑務所を出た私は、T市へ帰ろうと思って、H駅まで来て、切符を買うために、たった今渡された、工賃の袋の中を覗き込んでいる間に、腰掛けの上に置いた例の二冊の本の風呂敷を盗られてしまったのです。いくら本職の掏摸《すり》でも人の物を掏《す》ることに抜け目はないが、自分が掏《す》られるということは、掏摸もやっぱり人間である以上仕方のないことです。

私はすっかり落胆してしまいましたよ。まあこれだけあればこれからまた稼ぐにしても、しばらくの間は、骨休めができると思っていたのに、刑務所を出て一時間も経たない間に盗られてしまうなんて、全くがっかりしてしまいましてね。——ようし、俺も盛んに稼いでやるぞ——なんて、見当違いの不心得を起こしたものです。

いや、これもう今では昔話ですが、田中の旦那に対してはまことに済まないことをしたと、始終忘れた間《ま》はないのでございますよ。

以上の話を時と所を異にして聞いた私は、最後に秀の話を聞くと家に帰ってすぐ本箱から日蓮聖人伝三冊を引っ張り出した。クロースを剝がして芯のボール紙を割って見ると各々一冊から百円札が一枚ずつ出てきた。これは有り得べからざる偶然のことのようでもあるが、因果関係から言えば当然私の手元へ戻って来なければならない三百円である。なぜかと言えば、天神さんの龍吐水の箱のなかに六百円の金を放り込んだのは私であるからだ。

いつぞや電車のなかで、紙入れを掏摸《す》られたその被害者が田中さんのおかみさんであって見れば、元々その金は旧《もと》の持ち主へ還ったものに過ぎないのだから、三百円の不足は不思議なことでもない。

彼ら二人は私の顔を見忘れている。それも無理からぬことだ、西監の雑居房に居た私が、刑務所の恒例？　であるように、放免前日の一日だけ分房に移される。そのただの一日一晩だけ移された分房が、秀の居た北監四号の隣の五号分房だった。

そこであの晩の秀の文句をスッカリ聞いてしまった私が、秀の卑怯な計画を見抜いて、やさしい田中さんに同情して翌朝放免になるや早速先回りして、龍吐水の箱へ六百円入りの紙入れを投げ込んで置いたものなんだ。

今でこそ私は年をとって、ただ法華の御題目を唱えることを仕事にしてはいるが、これでも元は「コハゼの万吉」と言えば、K市では掏摸の親分とか、なんとか言われたことのある人間だ。

H駅で秀の本包みを買《と》ったのは、私の乾児《こぶん》の新米だった。

反対訊問

A　問うもの　弁護人
B　答うもの　証　人

A　あなたは被告が、被害者を殺害するところを目撃なさったということですが、そうですか。
B　そうです。
A　凶行の行われていた地点と、あなたの目撃せられたという位置とは、どれくらいの距離がありましたか。
B　そうですね。五、六間《けん》は離れていたと思います。
A　五、六間、それはお間違いではありますまいか、二、三間ではありませんか。
B　いえ、たしかに五、六間離れておりました。
A　それは目測によってですね。
B　もちろんです。
A　五、六間と申しますと、どちらの方向からご覧になったのです。常夜灯《じょうやとう》の方向からですか、茶店の方向からですか。

B　茶店の方からです。

A　茶店のどこからご覧になりました。茶店の前の立木の影からですか、それとも葭簀《よしず》の影からですか。

B　葭簀の影から見ておりました。

A　(机上の記録のページを二、三枚手早く繰《く》り、ある一点に視線をそそぎながら)、そこにあった床几《しょうぎ》に腰を下ろしてですな。

B　そうです。

A　床几に腰を下ろして見ていられたということは間違いはありませんか。

B　間違いはありません。

A　しかし、ああいう惨劇を腰をかけたまま見物するというのは、少しく変に思われますが、証人は立っていられたのではありませんか。

B　途中から立ちました。

A　被告が被害者に一撃を加えたときからですか。

B　そうです。

A　証人が茶店の床几に腰を下ろしてから、時間で言うと、どれくらい経ってから加《か》、被害者が現れたのですか。

B　およそ十分間くらいです。

A　最初に通りかかったのは、もちろん被害者の森田義兵衛《もりたぎへえ》でしょうな。

B　そうです。

A　それが森田義兵衛だということはどうして判りました。

B　身体の恰好で判りました。

A　すると証人は通りかかったものが森田義兵衛であるということを、最初から知っていられたのですね。

B　そうです、身体の恰好で左様に思ったのです。

A　森田は西から常磐《ときわ》神社の境内に這入《はい》って、東に抜けようとしたのですね。

B　私はそうと思いました。

A　森田は茶店の前あたりで立ち止まりはしなかったですか。

B　いえ、立ち止まりなぞいたしません。

A　急ぎ足で通ったのですね。

B　そうです、急ぎ足で通りました。

A　証人は、その時声をかけましたか。

B　いえ、声はかけませんでした。声をかける暇はなかったのです。

A　音吉《おときち》はどちらから来ました。

B　常夜灯の影から出て来ました。

A　あなたは、音吉が常夜灯の影から出て来たということを、どうしてお知りになりました。

B　常夜灯の後ろから出て来るところを見たのです。

A　しかし、あなたの居られた茶店の前からすると、凶行のあった地点と、常夜灯とはちょうど左右反対の位置になるのですが、あなたが森田義兵衛の方を見ていられたとすると、音吉が常夜灯の影から出てくるところは見えないはずではありませんか。

B　そうです、見えないはずです。しかし私は常夜灯の影に黒いものが動いたので、すぐその方に注意を惹かれました。

A　それが、音吉だったのですね。

B　そうです。

A　それが音吉であったことはどうして判りました。

B　常夜灯の明かりで判りました。

A　顔を見られたのですか。

B　そうです。

A　常夜灯の後ろから出るとすぐに顔を見られたのですね。

B　そうです。

A　しかし、あの常夜灯の明かりの高さは、九尺以上あるのですが、すぐに判りましたか。

B　少し離れてからであったかも判りません。

A　あなたが、茶店の床几に腰を掛けられたのは何時でした。

B　十一時でした。

Ａ　かっきりですか。

Ｂ　いえ、十一時五分前でした。

Ａ　あなたは、時計を出して見られたのですね。

Ｂ　左様、私は床几に腰を下ろすとすぐ時計を出して見ました。

Ａ　この時間の点は被告にとってすこぶる重大な関係があるのですが、あなたの時計は正確ですか。

Ｂ　私の時計は非常に正確です。その時間に間違いはありません。

Ａ　あなたは茶店の床几に腰を掛けてから何をなさいましたか。

Ｂ　なんにもいたしません。

Ａ　時計を出してご覧になりましたね。

Ｂ　それは今申した通りです。

Ａ　それから。

Ｂ　それから煙草を喫《の》みました。

Ａ　無論燐寸《マッチ》で火をおつけになったのでしょうね。

Ｂ　そうです。

Ａ　（なかば陪審席に顔を向けながら）被告の音吉は警察並びに検事廷で、常夜灯の影に隠れていたことを自白しております。その調書によりますと、常夜灯の影には二十分以上も隠れていて、森田の通行を見逃さぬよう始終茶店の前の道路の方に注意していた、ということになっておりますから、証人が燐寸を擦って煙草に火をつけたことは、当然被告の目についたはずであります、そうすると被告は茶店のところに人の居ることを知っていながら、この凶行を演じたことになるのですが、常夜灯の影から被告が現れた、ということは、証人の思い違いで、音吉は森田の後を尾行して来たのではありませんか、よく考えてお答え下さい。

B 常夜灯の後ろから出て来たことは間違いありません。あるいは森田の後を尾行して来て、一時常夜灯の後ろに隠れたのかもしれません。

A しかし、森田が急ぎ足で通り抜けようとしていたのですから、常夜灯の影に隠れる必要はありませんね。

B そうです、私も左様に思います、あるいは以前から常夜灯の影に隠れていて、私が燐寸を擦ったことに気付かなかったのかもしれません。

A とにかく常夜灯の後ろから被告が出て来たということは間違いありませんね。

B 間違いありません。

A 被告音吉が常夜灯の後ろから走り出て森田の後ろから斧を振り上げて、森田の脳天に一撃を加えたのですね。

B そうです。

A 斧だということがどうして判りました。

B 振り上げたときに見たのです。

A　常夜灯の光でですか。
B　そうです。
A　音吉は斧を振り下ろすときになにか言いましたか。
B　「おのれ」と言いさま打ち下ろしたように思います。
A　森田はなにか言いましたか。
B　なにも言いません、ただ「ウウ」というような低い唸り声がかすかに聞こえただけです。
A　森田は最初の一撃で倒れたのですね。
B　そうです。
A　音吉は森田が倒れてからも斧を加えましたか。
B　二、三度振り下ろしたように思います。
A　倒れている森田のどのあたりに斧を加えましたか。
B　胸や腹のあたりであったと思います。
A　森田は、どういう風に倒れたのですか。
B　やや斜めの方向に仰向けに倒れました。
A　医師の検案書によると、背中に一ヶ所傷があるのですが、被害者は俯伏《うつぶ》しに倒れたのではありませんか。
B　仰向けに倒れてから後に、もがいていて俯伏せになったのです。

A　森田は鞄を抱えたまま倒れましたか。
B　そうです。右手に抱えたまま倒れました。
A　倒れるときに森田は鞄を投《ほう》り出したのではありませんか。
B　いえ、抱えたまま倒れました。
A　音吉は凶器の斧をどうしました。
B　しばらくは手にある斧を瞶《みつ》めていましたが、ポイと死体のそばへ投り出しました。
A　すると、森田が倒れてもなお抱えていた鞄を、音吉は抜き取ったのですか。
B　そうです、倒れたまま右手に抱えていたのを抜き取りました。
A　被告の自白調書によりますと、森田は倒れる際抱えていた鞄を投げ出したことになっています。証人のただ今の証言は間違っていましょう。
B　いえ、間違っておりません、たしかに抱えたまま倒れました。
A　その鞄は黒い皮の二つ折りでしたか。
B　そうです。
A　その鞄にはニッケルの止め金具のあるバンドが着いていましたか。
B　着いておりました。
A　その鞄の皮はすれたずいぶん古びたものでしたね。
B　左様です。
A　そういう鞄であることをあなたはどうしてご存じですか。

B　凶行の現場で見ました。

A　森田が、そういう鞄を持っていることを、あなたは以前からご存じだったでしょう。

B　存じておりました。

A　凶行の現場で見られたのが初めてではなかったのですね。

B　左様、以前から知っていました。

A　（机上の記録のページを二、三枚繰りながら）音吉はその時首巻きをしていましたか。

B　していました。

A　どんな首巻きでした、色は。

B　赤いネルのようでした。

A　赤いネル？　茶色ですか。

B　いえ、赤く見えました。

A　音吉はその首巻きを凶行前に脱《と》りましたか。

B　脱りました。

A　脱ってから捨てましたね。

B　捨てました。

A　どの辺に捨てました。

B　常夜灯の後ろを出て間もなく捨てました。

A　あなたが音吉の顔を見られたときに、その首巻きが赤い色であることも見られたのですね。

Ｂ　左様です。

Ａ　音吉の顔の色はどうでした。

Ｂ　顔色までは判りません。

Ａ　それでもあなたは音吉の顔を見られたのでしょう。

Ｂ　顔は見ましたけれども、顔色までは判りません。

Ａ　顔色は幾分赤く見えませんでしたか。

Ｂ　幾分赤く見えたようです。

Ａ　音吉は凶行後その首巻きを持って行かなかったのですね。

Ｂ　持って行きませんでした。

Ａ　その首巻きを音吉は忘れて行ったようですか、また探したが見当たらなかったので、そのまま立ち去った様子でしたか。

Ｂ　首巻きを外したことを忘れていたようです。

Ａ　（机上の記録を繰りながら）あなたは、それまでは常磐神社の境内を、夜分お通りになったことがありますか。

Ｂ　あります。

Ａ　何回くらい。

Ｂ　二、三回。

A　何時頃にお通りになりました。
B　いつも九時か十時頃でした。
A　十一時を過ぎてお通りになったことがあるでしょう。
B　いえ、ありません。
A　あなたが当夜常磐神社境内の茶店の床几に腰を下ろされたのは、午後十一時五分前であったのですね。
B　そうです、それは先ほど申した通りです。
A　凶行が終わってあなたが現場を立ち去られたのは何時頃でした。
B　その時私は時計を見なかったので、よく判りません。
A　しかし、およそ何分くらいを経過したとお思いですか。
B　左様です、二十分くらいは経過したと思います。
A　それでは、あなたが、常磐神社の茶店の床几に居られた時間は、午後十時五十五分から十一時二十五分頃までの約三十分間ですね。
B　左様です。
A　（机上の記録を繰りながら）犯行のあった当夜は、荒谷村《あらやむら》の不動寺に頼母子講《たのもしこう》の集会があって、証人も出席せられたのですね。
B　そうです。
A　被告の音吉も行っていたのですね。

B　来ておりました。

A　森田も来ていたのですか。

B　来ていました。

A　森田は頼母子には関係がないようですが、何のために不動寺へ来たとお思いになりましたか。

B　音吉に貸金の催促に来たものだと思いました。

A　音吉が落札するという話がありましたか。

B　左様です、音吉が落札するという話がありましたので、それで森田が来ていたものと思います。

A　音吉に札が落ちなかったため、森田との間に何か争いでもありましたか。

B　どうですか、私は存じません。

A　森田が帰ったのは何時頃でした。

B　それも存じません。私は彼らよりも先に帰りましたから。

A　あなたがお帰りになるとき後には何人くらい残っていましたか。

B　二人だけ。

A　音吉と森田の二人だけですか。

B　そうです。

A　あなたがお帰りになるとき、音吉は首巻きが無くなったと言って捜していましたか。

B　捜していました。

A　そして、その首巻きは出てきたのですか。

B　どうでしたか、私は二人を残して先に出ましたから、後のことは判りません。

A　あなたは当夜不動寺で音吉の首巻きをご覧になりましたか。

B　いいえ、見ません。ただ無くなったと言って捜していたとき、それが白いネルの首巻きで端の方に「音」という字が黒い木綿糸で縫い付けてあるということを聞いただけです。

A　（陪審席へ顔を向けながら）被告の自白調書によりますと、被告は己《おのれ》の首巻きを自分で隠しておきながら、首巻きが紛失したと偽って最後まで居残り、森田が一足先に帰るとすぐその首巻きを懐《ふところ》にして不動寺を出た云々《うんぬん》、という申し立てになっておりまして、この申し立ては証人のただ今の証言とよく符合いたしております、しかし、先ほどあなたは常夜灯の影から出て来た音吉が、赤い色の首巻きをしていたとお陳《の》べになりましたね。そうすると色の点で少し符合しないように思うのですが、その色の違っていることについて、あなたは別になんともお思いにならなかったでしょうか。

B　そんな首巻きの色のことなぞを考える余裕はなかったのです、ほんの瞬間のことでしたから、あなたが首巻きの色のことについてお訊ねになりましたから思い出したくらいのものです。

A　（机上の記録のページを繰りながら）あなたは強奪せられた森田の鞄が、当夜から十二日を経過した三月八日に播津鉄道の終点津坂駅で、列車内から発見せられたことをお聞きになりましたか。

B　聞いております。

A　あなたは同日頃津坂方面へ行かれたのですね。

B　左様です、私は所用のため同日津坂へ行きました。

A　その列車内で被告音吉の妻よしとお会いになったそうですね。

B　会いました。

A　その列車は午前五時二十分に網引駅を発して、同七時四十分津坂駅着の列車であったそうですね。

B　そうです。

A　あなたは、どこで被告の妻とお会いになりました。

B　私が網引の駅で汽車に乗り込みますと、その車室《はこ》に音吉の女房が乗っていました。

A　あなたは、なにか言葉をおかけになりましたか。

B　二言、三言、詞を交えました。

A　被告の妻はなにか荷物を持っていましたか。

B　持っていました。

A　あなたは、荷物をお持ちでしたか。

B　私は荷物を持ちません。

A　空手であったのですね。

Ｂ　左様です、何一物も荷物を持ちませんでした。

Ａ　被告の妻が持っていたという荷物は、どんな荷物でした。

Ｂ　しっかりとは記憶はいたしませんが、小さな風呂敷包み二個であったようです。

Ａ　その荷物を被告の妻はどこに置いておりました。座席ですか、網棚ですか。

Ｂ　網棚の上に置いておりました。

Ａ　被告の妻か座っている真上の網棚ですか。

Ｂ　左様です。

Ａ　しかし、それが被告の妻の荷物であるということを、どうしてご存じです。

Ｂ　真上の網棚にあったから左様に思ったのです。

Ａ　列車が津坂駅に着したときには、その車室には何人くらいの乗客がありましたか。

Ｂ　約四、五十人くらいであったでしょう。

Ａ　列車が津坂駅に着したとき、あなたは被告の妻よりも先に下車なさったのですね。

Ｂ　左様です。

Ａ　被告の妻の調書によりますと、網引駅で列車が発車しようとする間際に、あなたが飛び込んで来られたということになっておりますが、これには相違ありませんか。

Ｂ　左様です、私はも少しで乗り遅れるところでした。

Ａ　そうしますと、網引駅ではあなたが被告の妻よりも後にお乗りになり、津坂駅では先に下車された訳ですね。

Ｂ　左様です。

Ａ　（机上の記録のページを繰りながら）あなたは常磐神社の常夜灯が、午後十一時限り消灯されることをご存じですか。

Ｂ　なんですか。

Ａ　あなたは常磐神社の常夜灯が午後十一時限り消灯されたことをご存じですか。

Ｂ　存じません、そんなことはありません。終夜点灯されています。

Ａ　あなたは、常磐神社の常夜灯が赤色《あか》ガラスであることをなぜ陳述なさいません。

Ｂ　あなたは、常夜灯の色について私にお訊ねになりましたか。私はあなたのお訊ねに対しては忠実にお答えをいたしております。お訊ね以外のことを答える義務はありません。

Ａ　では、改めてお訊ねいたしますが、あの常夜灯が赤色《あか》ガラスであることは、ご存じだったでしょう。

Ｂ　知っておりました。

Ａ　それでは音吉の首巻きが、赤い色であったということは間違いで、事実は白であったのですね。

Ｂ　私は、赤く見えたから、そうお答えしたばかりです。

Ａ　あなたは、あの常夜灯が午後十一時限り消灯されることをご存じありませんね。

Ｂ　そんな馬鹿なことはありません、あなたは詐言《さげん》を用いて私を傷つけようとなさるのですか。

A　あなたは証人として宣誓の前に、なおかつ十一時以後において常夜灯の点灯あることを主張なさいますか。

B　私は宣誓をいたしております。

A　あなたは、当夜茶店の葭簀《よしず》の影の床几に腰を下ろしていたとお答えになりましたが、夜間あの茶店には床几もなければ、葭簀もありません。あなたは無い床几に腰を掛けることができますか。

B　実に無法なお訊ねです、私は先ほど葭簀の影の床几に腰を下ろしていたと証言したではありませんか、ただ今のあなたのお訊ねに対してはお答えの限りでありません。

A　あなたは先ほど三月八日に津坂へお越しになった際、被告の妻よりも先に下車したと証言なさいましたが、そうではありますまい、あなたは被告の妻よりも後に下車なさったでしょう。

B　お答えの限りではありません。

A　私は常磐神社の常夜灯が午後十一時限り消灯せられる事実を、直ちに証明することができます、我々人間の記憶に錯誤《さくご》のあることはしばしばです。あなたは常磐神社の境内に居られるうちに、常夜灯が消えたことを今日まで気付かずに居られたのではありませんか、よく考えてお答え下さい。

B　私は忘れていました。あなたの言われる通り常夜灯の消えたことを今思い出すことができました。

A　それではいつ消えましたか。
B　いつ消えたか覚えがありません。
A　凶行の前ですか、凶行中でしたか、それとも凶行の後でしたか。
B　それも記憶がありません。
A　凶行前消灯せられたことは、あなたの正確な時計が証明しているではありませんか。
B　私は時計が標準的に正確だと言った覚えはありません。
A　常磐神社の境内またはその周囲には、常夜灯以外に灯火《あかり》はありません。しかもその常夜灯は午後十一時、すなわち凶行よりも以前に消されたことは事実です。あなたのご記憶にはなお誤りがあるようです、あなたはなにか他の光によって、凶行を目撃せられたのに相違ないのです。よくお考えの上、当時の記憶を喚起してお答え下さい。
B　ああ、私は思い出しました。月の光で見ることができました。
A　そうでしょう、常夜灯以外の光で見られたのでないと、あなたの証言には甚だしい矛盾を生じます。しかし月の光で音吉の首巻きが赤く見えたでしょうか。
B　それは赤く見えたように私が思ったのです、実際は白かったのかもしれません。
A　（陪審席に顔を向け）午前五時二十分の列車は、網引駅仕立の一番列車です、被告の妻よしの調書によりますと、被告の妻が網引駅へ行ったときには、まだ時間が早かったために乗客は一人も来てはいなかった、出札口が開かれる時分には十人ばかりになったが、被告の妻は三人目に切符を買ったと申し立てているのであります。そして証人は一番最後に切符を買っておられます。そういたしますと被告の妻の切符と、証人の切符とにはその切符番号において十番以上の差があるべきはずです、すなわち被告の妻の切符は証人の切符よりも、少なくとも十番は若い番号であります。本線の終点駅である津坂駅では、一番列車の収札は一人の駅員でいたしておりますから、収札員の手には収札口を出た順番に切符が残る訳でありまして、収札簿の記載は通例収札順に依っているものでありますが、津坂駅備え付けの収札簿によりますと、当日の欄には網引駅発行着駅津坂の０３１４３は第三十二行目に記載されておりまして、この番号の切符は網引駅の出札簿によって計算いたしますと、当日一番列車の第三番目に出札されたことが明らかでありますから、この番号の切符が被告の妻のものであったことが判るのであります。そして同列車の津坂駅最終収札切符の番号は、網引駅発行着駅津坂の０３１５８であります。しかもこの番号は網引駅の出札簿によると、当日一番列車のために発行した最終番に相当いたしておるのでありますから、この切符こそは証人のものでなければなりません。そこで証人に改めてお訊ねいたしますが、この事実によりますと、あなたは被告の妻よりも後に下車されたのが本当ではありませんか。

B　網引駅において私が最後の乗客であったことは先ほど申し上げた通り事実です。しかし津坂駅の収札簿の記載が絶対に収札順だとは申されますまい、私は被告の妻よりも先に下車したものに違いありません。

A　あなたは、その際、荷物を持たなかったと申されましたね？

Ｂ　私はそう申しました。その際、私は荷物を持ちませんでした。

Ａ　あなたが荷物を持っていたことを目撃した者があっても？

Ｂ　目撃した者はありません。何人といえども持たない荷物を見ることはできません。

Ａ　（机上の記録のページを繰りながら）あなたは、本件の凶行をかなり詳しく陳述なさいましたが、月の光によって目撃せられたことに相違ありませんか。

Ｂ　それは先ほど申し上げた通りです。私は常夜灯が消されたことに気付かなかったのです。そしてその時月が出ていたことを忘れていたのです。

Ａ　（裁判長と陪審席へ交互に顔を向けながら）本弁護人は、被告のために挙げなければならない多くの反証の必要なることを存じております。しかしながらただ今提出いたしました証拠物件によりまして、他のすべての反証は留保いたそうと存じております、否むしろその必要はあるまいと存じております。なぜなれば、ただ今裁判長に提出いたしました証拠物件によりまして、本件随一の証拠である証人の証言を根本的に覆し得るのみならず、被告のために不利益な他の総ての証拠は、一切その力を失うことを信じて疑わないからであります。

すなわち証人は、本件の凶行を月光によって目撃したと申すのでありますが、本件は二月二十五日午後十一時乃至《ないし》十二時の出来事でありまして、二月二十五日は旧暦の正月十六日に相当いたします。

しかして正月十六日の月は翌日の午前零時四十分を以て初めて現れることは、ただ今裁判長へ提出いたしました暦本によって証明されるのであります。しかも当夜が月の出るまでは暗夜であったことは××測候所の報告書によって明らかであります。然るに証人は月が出ていないのに月光で本件凶行を目撃したと証言するものでありまして、その証言が根本的に虚構であることを自ら曝露しているものであります。

本弁護人は、法冠を賭《と》して本件の犯人はこの証人であることを断言して告発いたします。

評論・随筆編

冷汗三斗

私にはむずかしいことは判りませぬ。

ただ探偵小説というものは、「人間離れ」のしたものだと思うばかりでした。そしてそれが不満でした。

私は『窓』ができるだけ世俗的な、ありふれた事件とし、それをまたできるだけ実際的な手続きで解決し、そして事件の組み立てにしっかりとした実在性を有《も》たせようとしました。

それは、私自身のこの不満を満たしたいと思ったからです。

記憶に残っていた新聞の三面記事を材料として、形式を徹頭徹尾記録の連続体にしたいと思ったのでしたが、さて書きかけてみると、説明なしにはものにならないので、まずい文章を挟むべく余儀なくされました。殊にあの「前記」は我ながら、まずいのに愛想が尽きて『窓』が落選するのは、この「前記」のまずい文章が原因だと観念していました。

さて第一番の難関は「時期」のことでした。浴衣を着れば夏である、夏なら郊外の家で蚊帳《かや》を用いないはずはない。が、それを用いては都合が悪い、そこで妻の去年の日記などを出して調べたり、郊外に住む友人の妻君に尋ねたりして、蚊帳を吊らなくとも寝られるという時期を撰んだのでした。

　事件を複雑にするために、いろいろたくさんな小道具を用いました、これは書いているうちに次から次といくらでも出て来て、かえってその配置に困り、よい加減に取捨《しゅしゃ》しようと思っても、一度頭に浮かんで来た小道具は、捨てることが惜しく、その一つ一つに充分な役目を持たせたいという慾が出て、事件の推移に矛盾なしに活かすことにはだいぶ困ったのでした。

　二つの鑑定書には、スッカリ参ってしまいました、何の知識も持たぬ私が、あんなものを書くということが僭上《せんじょう》の沙汰《さた》でした、『新青年』には小酒井先生や、正木先生が居られるのに、いかに盲蛇《もうじゃ》でも冷汗《ひやあせ》が流れたことでした。

　聾唖《ろうあ》の下女の恋といったようなものをも少し利かして、それを不具者特有な熱烈なものとして事件のなかに織り込み、何物かを暗示したいと思いましたが、私の力では及ばぬことでした。

　一番用心したのは種明かしのことです。今まで読んだもののなかで、時に半分ばかりも読むと「タネ」が「バレ」て「ハハン」と思うことがありました、こうなるとせっかく頂上まで吊られて来た興味が、一時に冷めて担がれたような呆気《あっけ》なさや、時としては腹の立つことさえあるので、そうなってはならないと思いましたが、どの程度までそれが成功しているか怪しいものです。

私の駄作のために、親切な批評を下さいました大家諸氏に厚くお礼を申し上げます。「当選作所感」を読んで、何度冷汗を流したことか、私は懸賞小説の当選者というものが、こんなに冷汗をかかねばならぬものだとは知りませんでした。

妻の災難

その当時私の住んでいた家は、三王寺の墓地のある森を背にして建っていました。薄明るいボンヤリとした夜なぞ、淋しい梟《ふくろ》の啼き声が聞こえたり、真っ暗い闇の夜なぞには、気味のわるい蝙蝠《こうもり》が、いつの間にか飛び込んで、部屋の天井にぴったりと吸い付いていることなぞがありました。

この家へ引っ越して来るとき、結婚してまだ間のなかった妻は大変に反対しました。その妻の反対説には、充分の理由がありましたが、私はそれを退《の》けて引っ越したのでした。

しかし、そこに引っ越してから、ものの二十日も経たぬうちに私は内心後悔をはじめていました。兵電《ひょうでん》の板宿《いたやど》停留所からは男の足で急いでも十五分はかかります。長い田圃道を抜けると、藪添いの、やや広い畦道です。その藪をぐるりと回ってつきるところが、三王寺の森になっています。

それが、天気の日などはもちろん苦になりませんが、雨の降る日など、殊に仕事の都合で帰りが夜になったりすると、その真っ暗な新開の田圃道は、まるで泥田です。ようやくそれを抜けたと思うと竹藪です。笹に雨の寂しい音を聞きながら、足を急がせて吾家《わがや》の門へ辿り付くという有様です。そして扉《ドア》の把手に手をかけて、ふと丸い軒灯を見上げると、大きな「やもり」がぴったりと吸い付いているという始末です。

　こういう不便や淋しさは、私は男のことですから忍ぶとしても、留守居をしていた妻はさだめし淋しかったことでしょう、殊に私達をおびやかしたことは用心の悪いということでした。土地会社の経営であるこの文化住宅では、頻々として盗難事件がありました。中には居直りになって傷を負わされた家なぞもありました。そういう有様ですから、どこの家でも宵の口から戸締りをして、閉じ籠もるという有様です。

　妻は用心深い女でした。夜遅く帰った私が、門柱の呼び鈴を押しても容易に戸を開けないのです。二声、三声名を呼ぶとその声をたしかめて、はじめて戸を明けるという始末です。私は妻の反対をまで退けて、こういうところへ引っ越して来たことを後悔していましたが、それでも何年かの後には家が自分のものになるということと、妻に対して持つ、ごくつまらない意地とから居据わっていた訳でした。

　それは六月初め頃の或る夜のことでした。仕事の都合で帰りが夜の十一時頃になりました。電車から降りて急ぎ足で田圃道へかかると、誰か後ろから尾《つ》けてくるらしい気配がします。もっともこの道は、私の住んでいる文化住宅地の、専用道路見たようなもので、その文化住宅というのが二十戸ばかりもあるのですから、その往復には夜分でもたまには人に出会うこともあります。大方私の住む文化住宅の人だろうと思ったものですから、待ち合わして道連れになろう？　というほどの気もなかったのですが、とにかく好意的に、また幾分自分も寂しさを感じていたものですから、自然に歩調をゆるめるようになっていました。ところがその人は容易に近付いて来ないのです、私はちょっと後ろを振り向いて見ました。その夜は闇でしたが私より二、三間《げん》後ろに立っている一人の男の姿が、おぼろげに見えました。が、その姿はどうも文化住宅に住む人らしくないのです。一目見てそれも闇の夜で、二、三間も離れている人影を、そんな風に思えるはずはないのですが、どうも私には直覚的に、そう感じたのです、というのはその男は、着物を着流したままで、帯を締めていないようです、ずぼんとした立ち姿が何とはなしに、私に無気味なものを与えました。私は急いで歩きはじめました。するとまたその男は私を尾けて来るようです、私自身の靴音は少しも耳に立たないで、その男の草履でも履いているらしい「パタリパタリ」という低い音が、闇の中に際立って耳につきます。私は何だか追われているような気持ちになって、急いで田圃道を抜けようとしました。そしてもう一度振り返って見ると、その男はやはり二、三間の距離で私を尾けているようです。ようやく藪添いの畦道に掛かりますと、私の歩調はほとんど駈け足になっていました。

私は、こんな話を妻に聞かせることは、何だか弱身を見せるような気がしたので、黙っていましたが、実を言うと私はその家に移って来たことを後悔するとともに、私をこの文化住宅地へ移転せしめるために、いろいろとその効能を並べ立て、私をして妻の反対をも退けしめて移転させた、同僚の柏木に対して不満を（甚だ理由のないことですが）幾分感じていた時でしたから、ともすると妻の前にこの話を持ち出しそうになる心持ちを、押さえていました。

その翌朝新聞を見ると、

殺人狂入江三郎精神病院を脱走す。

という記事が出ていました。

その翌日には、一宮町の街路で芝居帰りの若い女が、不意に後ろから斬り付けられて、即死したということが報ぜられました。

それから四、五日の後には、白昼、つい私方の近所である平田神社の境内で、手を合せておまいりをしていた女が、後ろからただ一刀で斬り殺されました。

県警察部では全力を挙げて、この殺人狂を捕えようとしましたが、相手が狂人《きちがい》です。はとんど思いもかけぬ意外な所へ出没するので、三百の刑事巡査達はただ奔命に労《つか》れるのみで、容易にその姿さえ見ることができなかったのです。

その当時の有様は、各新聞紙がその三面の全部を埋めて報じておりましたから、お話しをするまでもないことですが、神戸市は全く火の消えたような淋しさでした。町を歩いていても角を曲がるときなど、不意に白刃《はくじん》を下げた男が飛び出しはすまいか、歩いていても、後ろからだしぬけに斬り付けられはすまいか、というような不安を、何気なしに歩いていても感じたものは、私だけでは無かったはずです。それで私はなるべく陽《ひ》のあるうちに帰宅するように心掛けていましたが、たまたま夜にでもなるとあの藪添いの畦道は全くびくびくものでした、こういう有様でしたから、その当時すぐにどこかへ引っ越していたら、ここにお話しするような事件は起こらなかったのですが、どうも例の私の痩せ我慢は、そういう気持ちになっていながら、なおぐずぐずしていたのです。

その間に妻は何度私に引っ越しを訴えたか判りません。そして恰好の家を見付けて来たと言って、私にその家を見に行けと言う、果てはうるさく引っ越しをせがむという始末です。前にもお話しするように私にも充分引っ越したいという気はあったのですが、例の痩せ我慢から、殊に妻が独りで見付けて来た家へ、無条件で引っ越すことは男の沽券《こけん》？に拘《かか》わる、といったような、変な、つまらないこだわりからそれに応じなかったのです。妻が執拗にせがめば、せがむほど私は、えこじになってきました。そして果ては、

「馬鹿言うな、引っ越してよければ俺がする、いらぬことを差し出な」

という風に叱り付けたりしました。今思ってみると可哀想なことを言ったものだと思うのですが……その当時だって、そう言ったあとから、

「そのうちに私が、よい家を見付けて引っ越すよ」

と、自分で、自分の心を嘲笑しながら、妻を慰めるように言ったものでした。そういうことがあってから後、妻は引っ越しのことを少しも口に出さなくなりました。もちろん私も例の痩せ我慢から黙っていました。

そうして一週間ばかり日が経ってゆきました。

すると、山中町の小路で十九になる娘が、これも後ろから不意に斬られた、ということが報ぜられました。その翌日でしたが私は余儀なく仕事の都合で、夜の九時過ぎに電車から降りました。そして例の田圃道にかかりますと、向こうから黒い人影がこちらへ歩いて

来ます、私は今更後へ引っ返すこともできず、細い黒檀《こくたん》のステッキを握りしめて、道の左側の端を充分の注意を払いながら歩きました。向こうから来る黒い影は、これも私というものに充分注意しているらしく、私とは反対の道の右の端を歩いて来ます。そして大方道の両端のまま行き違うとしたときでした。ツカツカと私の右側へ迫って来たのです。ところがその黒い人影は一人だとばかり思っていたのに、何時《いつ》の間にか二人になっているのです。それを見たときにはいくら臆病な私でも、それが刑事巡査の人達であるということをすぐに知ることができました。

その翌朝の新聞で見ると、入江三郎が三王寺の墓地に現れた形跡があったので、刑事巡査の人達が張り込んでいたものだということが判りました。

そして、この話の最後の晩です。

わずかな風にも騒々しい音を立てる裏の森は、その夜も時々思い出したように吹く風のために音を立てていました。奥の六畳で妻は針仕事を余念なくやっていました。私はその傍らで腹這いになって雑誌を読んでいました。

柱時計が十一時を打って、一わたり裏の森に風が渉《わた》ったと思うと、勝手元のかけだしになっているトタン屋根へ、ポツリと一つ雨の音がしました。そしてそれに続いてバラバラと雨の音が、トタン屋根の反響でかなりに高い音を立てたのでした。

「あら、雨が……あたし……」

妻がフイと立ち上がったのです。人間の心というものは不思議なものですな、あれほど臆病で、用心深い妻が、トントンと勢いよく二階へ上がって行ったのです。その時は私も何とも思いませんでした。その数分間私はどうしたものか恐ろしい殺人狂のことを、スッカリと忘れていたのです。

妻が梯子段を上がり切って、六畳の間を通り、裏の森に面した物干し台へ出るガラス戸を、スラリと開けた……。いや如何《いか》に安普請《やすぶしん》でも階下《した》に居る私に、それが知れそうなはずはないのですが、あの梯子段を踏む足音を聞いていた私の心は、そこまで尾《つ》いて行ったような気がします。

その瞬間私は、「ハッ」と思いました。よく心臓の動悸が止まった。と、いうようなことを言いますね、全くそういう気持ちです。何だかこう息がつまるような、そうですな恐怖、そんなうわべなんじゃなく、心の底から真っ黒い、海、雲、そうです。そういうものがムクムクと籠《こ》み上げて、胸のあたりでドキ、ドキと、恐ろしい波を打つのです。

二階へ上がった妻も、ガラス戸に手をかけるまでは、「洗濯物が雨にぬれる」と言うことより他には、何にも思っていなかったのでしょう。が、スラリとガラス戸を開けたその刹那《せつな》、おそらく私と同じ恐怖に打たれたことでしょう。

妻が、そのガラス戸をスラリと開けたであろうと思われる、その瞬間、「キャッ」という、けたたましい悲鳴が起こりました。それに続いて「ドタドタ」という、荒く畳を踏む音が入り乱れて起こりました。

その、悲鳴は何と言ったらいいでしょう、とても人間の声とは思われない、ほんとうに心臓を突き刺すような、もの凄いものでした。

私は本能的に飛び上がりました。トントンと二、三段梯子段を駈け上がりました。が、ふと私の足をその中段で止めさせたものがあります。それは私の頭が、二階の上がり口を覗くが最後ピカリと光る長刀《どす》が、私の頭上に振り下されそうな予感があったからです。

しかし、それはほんの一瞬のことでした。次の瞬間私は非常な勇気を以て二階へ駈け上がりました。

見ると、妻は半ば開かれたガラス戸の方を向いて俯伏《うつぶし》になったまま、身動きもせないのです。私は第一に開かれた窓から外をすかいして見ました。そこには風のためにやや片寄った白っぽい干し物が、かすかに動いている、ガラス戸のある部分は無論外は見えません。私は充分の用意を払いながら、一歩、一歩、抜き足のような姿勢で窓ざわへ近付きました。何時《いっ》の間にか私は右手にピストルを握っていたのです。

そしてガラス戸に近付くと、外を窺って見ましたが、何物の影も認めません、私はまず窓のガラス戸を閉めて、妻を抱き起こしました。

血も流れていない、無論斬られた形跡は無い。

「これ、道子、どうしたの」

妻は真っ蒼な顔を上げました。そしてしばらくは黙ったまま私の顔を見上げていました。

妻の話を聞いた私は、ムラムラと腹が立ちました。が、その下からすぐに笑いが突き上げて来ました。そして、「馬鹿だなあ！」を、笑いと一緒に吐き出しました。

妻も、涙の一ぱい溜まった目で笑いました。

妻がガラス戸を開けて、片足を敷居にかけました。首が前にのびて衣紋《えもん》がすいた、とたん、鴨居を渡ろうとした鼠が、妻の首筋から背中へ落ち込んだのです。

ペスト・ガラス

今から二十年も前のことでありますが、日本に「ペスト」が流行りかけた最初の頃のことでありました。

外国から「コッポ」という医学博士が日本へ参りまして、日本における「ペスト」の発源地である神戸の医師会館で、「ペスト」の病理と予防について、一場の講演をしたことがありました。

集まるものは開業医はもちろん、衛生に関係ある県、市の御役人等が襟を正して博士の講演を聴きました。

博士は「ペスト」の病理より説き起こし、その予防方法を述べて、最後に左のように結論しました。

「……でありますから、鼠を狩る最良の方法は猫を飼うことであります」

話は変わりますが、最近そのペストの発源地である神戸に、いまだ世界に例のない不思議な、恐るべき盗難事件が頻々として起こりました。

その盗難事件というのは、元町通りの貴金属商店の陳列窓の中に列べてある高価な、七百五十円の白金の時計、二万五千円のダイヤ、等、等が白昼に盗み去られたことです、さあ商人達は大恐怖です。

当局でも由々しき事件だと言うので、いろいろ研究してみました結果、それが不思議なことには、ちょうど「天勝」の「ガラス抜け」を見たように、「ガラス」の外から、ちょうど透明な水中の物を取るような具合に、「ガラス」を透して窃取されるということが判りました。

そこで、「ガラスを壊さずして前方《むこう》にあるものを取る法」という手品の種明かしみたいな問題が、学界の大問題となりました。

当時××大学教授××理学博士が研究の結果を発表せられました。

それによりますと、「ガラス」の構成分子から説き起こし、左のように結論してありました。

「……これを予防せんと欲せば金網を張るを以て最良の方法なりとす」

ざんげの塔

私は、一つ氏名詐称の罪を自白しましょう。

私が、桃中軒×右衛門という浪花節語りの事務員をしていた当時のことです。今でこそ浪花節などは、どこかの片隅へ片付けられてしまいましたが、その当時の桃中軒×右衛門と言えばずいぶん大したものでした。

ちょうど福岡を打ち上げて、長崎へ乗り込むことに定まりましたので、私は「先乗り」として一人の書生（この社会では弟子のことをこう言っていました）を連れて、一行より四、五日前に長崎へ乗り込みました。

かねて小屋元から知らして寄越した、花咲町の「みふじ」という旅館へ着きました。

門前で車を乗り捨て、玄関へかかると、一人の女中が玄関で丁寧に迎えているのはよいが、そのとき何かの拍子にちょいと横を向くと、玄関横の細目に開いた障子の隙間から、たくさんな目が私を見ているのです、新米の客を隙見するさえずいぶん不作法であるに、その目が皆笑っているように私には思われるのです。

心なしか、玄関に三つ指で迎えている女中の俯向いた顔にも、何かしら意味の不明な笑いを咬みしめているらしいのです。

私は、その無礼に不快を感ずるよりも、てれくさいような気持ちで部屋へ通りました。

それからその日所用のために、一、二度玄関を出入りしましたが、廊下で女中とすれちがっても、玄関へ送り出して来る時にでも、妙にこう私の顔を見て笑っているようなんです。その笑い方は、べつに私に対して悪意を持ったものだとは無論感ぜられません、どちらかと言えば私を愉快にする方の笑い方でしたから、その度ごとに私も笑って見せたのですが、しかしその笑いの奥には何かがあるらしいんです。

夕飯の給仕に来た女中などは、おはちから茶碗にごはんを移しながら、一生懸命に咬みしめていた笑いを、お盆に載せた茶碗を私が取ろうとするとき、フト顔を見合わせたりすると、急にお盆を口に当て、身体をねじむけて笑いを咬みしめるという有様です。

どうも私には合点がゆかない。それで逆に私は切り出しました。

「みんなが、俺の顔を見て気味の悪い笑い方をするが、いったいどうした訳だい」

と、訊いてみたのですが、ただ笑っているばかりで何とも答えないのです。

果ては連れて行った一人の書生までが、私の顔を見てにこにこと笑い出すという始末です。

翌日になってようやくその原因が判ったのです。

書生の話によると、私が着く前夜までその旅館に滞在していたのが、魔奇術の松旭斎天×の幹部だったのです。その天×の番頭が、あとへ桃中軒の一行が来るということを、女中から聞いて、

「そうか、桃中軒が来るのか、用心せいよ、桃中軒の一行には『伝さん』という女にかけては、とても凄い男が居るから……」

と、いうような調子で、散々女中達を脅かしたものらしいのです。

事実、一行の会計事務をやっていた「立花伝吉」という男は、天×の番頭が吹聴したよりも以上の、女にかけてはその社会で有名な男です。

何と、私がその無類の艶福家「立花伝吉」と間違えられたという訳です。

書生からその話を聞いた私は、何ともしれぬ嬉しいような、悲しいような、こう変な気持ちになったもんです。

と、いうのも無理もありますまい、私と来たら、ただ色が浅黒いということと、鼻下に短い髭があるということだけが、「伝さん」に似ているだけで、似ても似つかぬ野暮天で、幕内生活をやっていながら、女から優しい言葉の一つもかけてもらったことがないという男なんです。

その野暮天野郎を、「伝さん」だと勘違いした女中たちが、あまりの幻滅に吹き出したのももっともな話です。

その日の午後、女中が「宿泊人名簿」を持って来たとき、私はその氏名欄へスラスラと「立花伝吉」と書いてしまったのです。

たとい三日でも、名前だけでも、色男になりたかったのです。

何と、浅墓な氏名詐称ではありませんか。

ところがその翌日、夕飯を喰っていると、廊下に、

「伝さんいる?」

と、いう俠んな声がしたかと思うと、スラと障子が開いたので、茶碗を持ったまま見上げると、何と、美しい妓が立っているじゃありませんか。

その妓は座敷へは這入ったものの、当の「伝さん」がいないもんですから、ちょいと拍子抜けの様子で、

「伝さんいないの?」

と女中に訊いているのです。

「伝さん……こちらが……」

女中は変な顔をして、私と芸者を見競べているという土団場《どたんば》です。

幕内の飯を喰っている人間です、こんな場合を切りぬけるのは何でもないはずなんですが、幕内者に似合わぬ野暮天な私です、その困り方ったら……、今思っても冷汗が流れるくらいです。

こうして、本物の伝さんが来ないうちに、ばけの皮は剝げてしまったのですが、「宿泊人名簿」の記入だけは、そのままになってしまいました、と、いうのは立花君は人員の都合で、他に旅館を取ったからです。

私が、この「氏名詐称」の罪を告白するのは、とうの昔に時効にかかっているからです。

死体・刃物・猫

幼年の頃に母親から聞かされた話は非常に深く印象されているものですね。

私の幼い頃私の母はこういう話を聞かせてくれたことがあります。

御飯をいただいてから一歩も歩かずそのまま横になると、足の筋の間へ御飯粒が這入って足が立たなくなってしまう。

という話などは、昔流な行儀のシツケとして私に聞かせたものに違いないのですが、いまだにその話は私のなかに生きていて今でも飯を喰ってそのまま横になることにちょっとした気味悪さを感じます。

また、こういう話を聞かせてくれたことがあります。

隣村の何兵衛さんが死んだので、その女房や息子さん達は、すぐに死人の枕の下へ刃物を敷いてやった——死人の枕の下へ刃物を敷くこと。そんなことは宗旨によって、また地方によってせないかもしれませぬが、私の田舎は真言宗で一般にそういう風習です——ところがその晩お通夜をしていると、夜中になって今まで静かに横たわっていた死体が、ビクリ、ビクリ、と繰りの糸を引くように動きだした。それで通夜の人達は死人が蘇生したものだと思って死体に近付いて見ると、それは蘇生しているのではなく、ただ死体がビク、ビク、と動いているだけである。通夜の人達は種々と考えてみたが判らないので、ついには死人の枕を南、東と向きを変えてみたが、やはりそのビクリ、ビクリは依然として止まない、そこで通夜の人達は非常に無気味なものに襲われて一人減り二人減りして座は淋しくなっていった。

そして最後に死人の女房と息子だけが残った、息子はこの不思議なビクリ、ビクリの原因をいろいろに考えているうちに、フト見ると椽側の欄間に一匹の猫がうずくまっている、そしてその猫が、チョイと手を動かすと死体がビクリと動く、チョイチョイと手を動かすと死体はビクリビクリと動く、じっとそれを見ているとどう考えても猫の手と死体のビクリビクリとが関係があるように思われる、そこで息子は声を立てて猫を追い払ってしまうと、それからはもう死体は動かなくなった。

と、いうような話でした、それで私は幼心にも不審を起こして、

猫が手を動かすと何故死体が動くのか。

と、母に質問したように覚えております。すると母の答は、

猫の背中を逆に撫ぜてみよエレキが起こるじゃろう、猫のエレキが死体の枕の下に敷いてある刃物に通じてその刃物が動くごとに死体が動いたのじゃ。

なんでもそんな風な解決を母は私に与えたように私は覚えています。

しかし、この話は「昔」と言ってもよいほど古い話で、その話の筋も大半は忘れているが、話のなかの「死体と刃物と猫」とが妙に私のあたまに噛みついていて、その後今日に

なっても「刃物」と「猫」をまるきり「死体」と縁のない場所で見ても、時々その話を思い出して気味の悪い思いをすることがあります。

前置きがながくなりましたが、話はこれからなんです。

去年の夏のことでしたが、九歳になる妻の兄の子が病死しました、そしてそのお通夜の晩の話です。

例によって宵のうちは賑やかでしたが更けるにしたがって人数も減り、午前の二時頃には死児のそばにはほんの近親者四、五人が残されました。なにぶんにも夏の夜更けのことでともすれば睡魔に捕えられようとする気惰るさを目に現しながら一座の人達は期せずして死児の顔をぼんやりと眺めていました。妙に座が灰のように白けて、石蠟のように美しい死児の顔に時々とまる蠅の羽音が陰気な音を立てていました。

時計が三時を打つと義兄が、

もう間もなく夜が明けるだろうから頭を剃ってやれ、それから身体をアルコールで拭いて納棺してやろう。

と、その妻に申し付けました、それで義兄の妻は死児を抱き起こして頭の毛を剃ろうとしましたが、死体の首が硬直しているために自由にならない、するとそれを見ていた老婆が死児のそばに近付いて何ことか経文を称えて、フーと死児の口から息を吹き込むとすぐにグタリと死体は軟らかくなりました。

義兄の妻は自分の膝に死児をもたせかけ、剃刀を死児の頭に当てました、ジャリッという死体の皮膚を走る剃刀の刃音がいやに淋しい音を立てました。一度、二度と剃刀を下ろす度ごとに母親の目からは涙が止めどなく流れて死児の顔に注がれました。老婆は静かな声でそれをたしなめたが、剃刀を持つ母の涙は止まらなかった。一座の者達はどう慰めてよいものか詞もなくただじっと顔を曇らせてそれを打ちまもっているだけでした。

死児の母は果てはすすり泣きの声さえ立てながら時々剃刀を死児の頭に当てていた。

私はちょうど座敷の角の柱に背をもたせて私の亡くなった母の話を思い出し何かしら不安なものを感じながら早くそれの終わるのを待っているような気持ちで、その状をじっと眺めていました。

母親が幾度目かの剃刀を死児の頭に当てました。ジャリッという例の不気味な音がした、と、思うたその刹那、まるで魂を裂くような叫び声があがりました。それと同時に死児の頭を剃っていた母親は剃刀をその場に投げ出して、ひしと死体に抱きつきました。

その叫び声のもの凄さ、とても呼吸をしている人間からああいう声を聞くことはできないでしょう、私はドキリと息の根の止まるような怖ろしい衝動に打たれました、一座の人達も期せずして恐怖に緊張した顔を死体の上に集めました。

それはほんとに瞬間の出来ごとで、次の瞬間には部屋の一隅がぼうっと明るくなったのに皆の者は気が付きました。

それは部屋の一隅に安置してあった仏壇の灯明の火が、そばのお札に燃え移ったので、ちょうど死児の頭に剃刀を当てていた母親の目に、誰よりも早くそれが映ったので、時が時だけに驚きの余り叫び声を上げたのでした。

それから、まだこんな話があります……いやあまり長くなりますからこれくらいで止しておきましょう……。

屏風の蔭から出て来た男

山陰道の市から二里ばかり入ったところに、Pという牛の産地で有名な小さな町がある。私達の一行が、その小さな町Pへ乗り込んだのは秋の末のことであった。私達は山陰は初めてで、岡山を打ち上げて津山の一興行を終わると、次は山陰で、M市を振り出しに一巡するということが定まると一行の者達は歓声を挙げんばかりに喜んだ。それは幾度か山陰巡業の話が持ち上がりながら立消息となり、私達をじらしていた憧れの都M市や、民謡のY町、さてはまた神話のI町なぞに接し得る喜びであった。

そうした山陰の巡業も大半を終わって、P町へ乗り込んだのが秋の末のことであった。P町は二日間という短期興行であることによっても知られる通り、戸数二千戸ばかりの一筋町で、私達はその低い家並の一筋町の中央に不自然に高く見える、三階建ての××という旅館に落ち付くことになった。

話はこの旅館に起こった出来事である。

私と、私の最も仲のよいOとの二人に当てられた部屋は三階の一室であったが、この三階の構造について少しここに書いておく必要がある。

その三階というのは普通の二階建ての屋根の上に、あとから三階を建て足したもので、それも四畳半一室という極めて小さいものだから、外から見ると、なんのことはない二階建ての屋根の上に、ちょこなんと置かれているように見えるのだ。

そして、その三階の一室は北と南とに小さな格子の出窓が設けられ、西側は壁で、東側に一間の押入れと、その北の端に巾三尺ほどの螺旋状の既梯子があって、それによって二階と通じるようになっている。南の窓に寄って見ると向かい側の屋根と、その後ろのまばらな家の屋根とを見ることができるが、北側の窓に立って見ると、その家の後ろはすぐに田圃になっている。そしてその田圃の向こうには低い丘があって、もうスッカリ冬枯れの姿になった木が並木のように見られる。

私とOとの二人が、その三階に案内せられたとき私はなんだか震災前にあった浅草の十二階の頂上にでも導かれているような心地で、あまりいい気持ちではなかったが、元来が静かな所の好きな私は、階下や二階の大勢立て籠む座敷よりは、と思って、その三階に部屋を定めたのであった。

こういう調子で書いているとずいぶん長くなりそうで、本題に触れぬうちに読者諸君がもどかしがって読んでくれないかもしれぬから、ずっと端折《はしょ》って書いてゆくことにするが、一つの怪異？　の起こったのがこの三階の四畳半なんだ。

その晩別に宿をとっている一行の幹部のところへ出掛けて行って、帰って来たのは十一時頃であった。

二人が三階の部屋へ登って見ると、ちゃんと床がのべてある、それはいいがその寝具の貧弱さはまたなんという貧弱さだ、私達はずいぶん田舎回りしやって、ひどい寝具に寝たこともあるが、これはまたあまりにひどい、私とOとはしばらく顔を見合わせていたが、結局仕方がないものだからそのまま寝床へ這入《はい》ることにした。

そしてOは西側壁の方に、私は西側登り段の方に、各々北枕で寝に着くことにした。枕についてからも二人はしばらくは雑談を交えたが、やがて寝付きの早いOがスヤスヤと鼾《いびき》を立てはじめたので私も目を閉じた。

ところが今まで気がつかずにいたが、いざ寝ようと思って目を閉じてみると、なんだか首筋が冷々と寒いような気がするので、フト気が付いて見ると、梯子段の上がり口が開け放したままになっている。チェッと舌打ちをした私は床から起き上がって、そこを閉めようとしたが、不都合なことには戸もなければ障子もない、元来が開け放しのままなんだ、いかに田舎とはいえ旅館として客間に充てる以上、当然なければならぬ所に建具のないことに私はちょいと腹を立てながら、しょうことなしに部屋の隅に立ててあった高さ三尺ばかりの二枚折りの屛風を持って来てそこに立てた。

そして私は再び床に這入ったが、私の習慣で容易には寝付かれず、枕元に投げだしておいた雑誌を取り上げて拾い読みをはじめた。

時々思い出したような風が静かではあったが北の窓を撫ぜて通った。

階下で打つ十二時の時鈴が、その最後の一つを打ち終わると、今までの静かさが一層の静かさを加えて、この小さな田舎町は全く死の底のような深い眠りに陥っているようであった。雑誌を伏せた私は静かに目を閉じたが、旅から旅を四ヶ月の余も続けた私は、たまたまこうした田舎の寂しい宿に泊まり合わして染々《しみじみ》と旅愁といったようなものを感じて少し感傷的になっていたが、一時を打つ時計の音は夢のなかで聞いた。

それから私は何時間くらい寝たか見当がつかなかったが、フト目が覚めた。目が醒めたといっても熟睡後の、さわやかな目醒めでないことはもちろんであったが、とにかくフト目を覚まして見ると私は左枕をしていたと見え、私の視線は自然に上がり口に立てた二枚折りの屏風に注がれた、その刹那私は「ハテナ」と思った。

私が目を開くと同時に二枚折りの屏風のむこうに上半身を現して立っていた人影が、スーッと下に消えたように思ったからである。それがいまもいう通り、私が目を開くのと、その人影が屏風のむこうへスーッと隠れるのとがほんとに同時であった。それに私は目が覚めたとはいっても、ハッキリと目が醒めていたとは自分ながらも判りかねるほどであったから「ハテナ」とは思ったが「気のせいであったのかな」とすぐに思いかえした。

そして再び目を閉じてみたが、こんどは目を閉じていても頭はハッキリと冴えてしまってなかなか寝付かれそうにもない。それに目を閉じてみると、どうしても人影が隠れたような気がして仕方がない。そこで二度目に目を開けてみた。スルト前回と同じように屏風のむこうにいた人影がスーッと下って隠れた。

今度はもう疑う余地はなかった。それが一人の男であることが明らかであった、が、それがどういう着物を着ていたか、顔がどういう顔であったかそこまで究めるほどの余有はもちろんなかった。が、私はすぐにそれが泥棒であると感じた。私でなくとも誰でもそういう場合その男を泥棒と思うに違いあるまい。

私はそれを泥棒だと感ずると急に身の危険を感じた。この室は前にも説明した通り階段を除いては出入口がない、屋根の上に出る自由さえない、もし下手なことをやって居直られでもしたら、そして刃物でも持って上り口から迫って来られたら非常に危険な立場になる。隣に寝ているO君を起こしたいとは思ったが、この場合よく寝入っているO君をだしぬけに起こして騒がれてはかえって危険だ、こう思った私は泥棒の自由にまかせてその欲するものを与えるという方法が、一番安全だと思って熟睡を装うて屏風の前方の気配に神経を凝らした。

そして五分、十分と過ぎたが何の気配も感じられない、不審と不安を半ばしたような気持ちで私はまた薄目を開けてみた。するとその屏風の上辺に半月形の黒いものが見える、むろんそれが頭であることはすぐに判った、そして、それが次第に高くなって来る、生え際、額、眉、までは現れたがそれから下が容易に現れない、泥棒は室内の様子を見定めているに違いないと私は思った、しかし、その眉の次には目、鼻、口と順次に現れて来なければならぬはずであるのに首が全部出てしまってそろそろ両肩が現れて来るのに、その顔は目も、鼻も、口もない、顔の下半分に覆面をしているのかとも思ったが別段覆面をして居るようにも見えない。そしてその男はとうとう胸のあたりまでを現した。その様子がいかにも臆病らしい、私は最初泥棒のなすがままに任そうと思ったのであったが、あまりにも臆病なその様子を見て反対に驚かして機先を制してやろうという気持ちになった、それほどその男の態度は臆病なものに見えた。

鋭く高い声がこの小さな一室に鳴り響いた。「コラッ、泥棒ッ」私はそう叫びながらムクリと蒲団の上に上半身を起こした。屛風のむこうの人影が消えたことも、O君が驚いて飛び起きたこともちろんであった。

私は蒲団の上にハネ起きて見たが、さすがに立ち上がってその屛風を取り除いて見ることには、ちょいと躊躇せざるを得なかった。

Oと二人で屛風を取り除いて見たが、何物の影もない、二階座敷、二階の便所なぞも勝手は判らぬままに一通りは調べて見たが何の変わった様子も見出だすことはできなかった。

三階へ引き返した二人が寝床へもぐり込むとOがいった。

「段梯子を降りる足音を君は聞かなかったといったね、そしてその男は目も鼻も口もない男だったと君はいったね……」

こう言ってしばらく私の顔を眺めていたOは、ついに大きな声を立てて笑い出した。

「チャンと条件に嵌まっているじゃないか、君、幻視だよ、君の神経衰弱も大分こうもうに入ったね、ははははは」

Oは間もなく快い鼾を立てはじめたが、私はどう考えてもOのいうように簡単にそれを解決することができなかった。

今日でも私は、それが私の幻視であったとは信じられないのである。

法廷小景

「被告は、あんこう仲仕をしているのだね」

「ヘイ……」

「仲間の者達は、被告のことを、——ガマン——と、呼ぶそうだが、なぜそういうことを言うのかね」

「ヘイ……」

被告は、続けさまに二、三度ペコペコと頭を下げて、最後にちょいと右の手を頭へ持って行った。

「被告が、やせがまん……でも張るところから、そういうことを言うのかね」

「ヘイ……」

被告は、またしても、ちょいと頭へ手を持って行った、そして、なにかもじもじとしていたが、しまいにそろそろと未決囚の着る藍衣の胸をはだました。

「ははあ、刺青だね……右の方は般若《はんにゃ》の面か……左の方は……ははあ、それで仲間の者達が被告を、——ガマン——と呼ぶのだね」

「ヘイ……」

「被告は、酒はどのくらい呑める」

「ヘイ……七合くらい……」

「ははあ七合くらいね、七合くらい呑むと前後不覚に酔い潰れる、というほどか、……それほどのこともないのか」

「酔い潰れる、というほどでもありません。……ふらりふらりとして道を歩くくらいです」

「被告は、本年正月の二日仲間の友達二人とともに酒を呑んだということだが、そうか」

「ヘイ」

「その時は、どのくらい呑んだかね」

「ヘイ、二升くらいで……」

「三人でね」

「ヘイ」

「三人で二升ほどの酒を呑み、二人の友達が帰ってから、被告は一人で宅を出たのだね、……ふむ、……宅を出たのは……どういう目的で、……どこへ行くつもりで出たのかね」

「ヘイ、その、××浜の寄場へ行くつもりで」

「ははあ、××浜の寄場へね……それで、被告は酒に酔ってひょろひょろしながら、土佐屋という旅館の横手まで行きかかったのだね」

審理はこういう調子で進められていった。

やがて裁判長は、事実調べ、並びに証拠調べを終わった旨を宣言した。

検事は立ち上がって、低声でごく簡単に求刑をして着席した。

そこで弁護士は立ち上がった。

「被告がちょうど土佐屋の横手のところを行きかかると、前方から被告と同じ仲間の『カンカン』こと池野庄太郎が来掛かったのであります。被告と池野とは平常『われが、おれが』で交際っている至って仲のよい仲間の一人でありまして、この事は本件の証人として調べを受けております仲間の者達の証言によりましても明白でありますが、こうした仲のよい友達が途中で出会った、しかも被告はもちろん、池野もしたたか正月の祝い酒に酔っ払って、どちらも、ひょろひょろしながら出会ったのであります。

こういう場合に『いようー』と、声をかけながら、相手の肩をポンと叩くというようなことは、至極自然なことでありまして、親しい友達の間にありましては、その親密なる友情の現れとして、我々は愉快にそのシーンを想像することができるのであります。でありますから、被告が『いようー』と言いながら池野の肩をポンと叩いた、ということは、親しき友情の現れと見るべきは言うまでもないことで、被告に相手方を害すべき意思ありたりと見るは甚だしき誤りで、被告は何ら犯罪意識を有せなかったものであることはまことに明白であります。

然るに、被告が『いようー』と言って、池野の肩を叩いたその拍子に、池野が仰向けに倒れた、そしてそのまま死んでしまった、と、いうことは何という不幸なことでありましょう。被告が池野の肩を叩きさえしなかったならば、池野は倒れもしなかったでしょう、したがって死ななかったかもしれない。それで池野の死に対して被告の責任を問わるる本件起訴はあるいは止むを得ないものであるかもしれない。しかしながら我々は本件の起訴には甚だしき不安を感ずる、なぜなれば我々は被告と同一の行為を日常経験するからであります。もしかかる場合厳重に被告の責任を問い被告はその責任を負担せなければならぬものと致しますならば、我々は日常親しき友人達に出会いましても、『やあ』と、声をかけ、ポンと肩を叩くことを警戒しなければならない。

もし本件被告が、『いよう―』と、声を掛けただけで、まだ肩を叩かない前に池野が倒れて死んだものであるならば、無論被告はその責任を問わるることはないのであります、でありますから、我々は如何に親しい友達に出会いましても、肩を叩くことは元より、握手すら恐れなければならない、少なくとも相手の身体に接する、触れる、ということに警戒を要する、まず日本流の、おじきくらいに止まらねばならぬことになるのでありますが、かかる不自由を近代人は忍び得るでありましょうか。また法はかかる不自由を我らに強ゆることができるでありましょうか。

本件は『傷害致死』を以て起訴されておりますが、被告に相手方を害するの意思のなかったことは一件記録によって明らかでありますから、『傷害』を以て論ずるは不当であると申さねばならない。仮に被告にその責任ありと致しましても、『過失』を以て論ぜらるべきものであります。しかも本件事案の性質は『災難』と、いう言葉が最も適当に説明を致しております故に、刑法のいわゆる『罪を犯すの意ナキ行為』を以て無罪のご判決を賜ることと信じて疑わないものであります」

弁護士の弁論が終わると、裁判長は判決言い渡し期日を宣言したが、さてその判決はどんなものであろうか、待ち遠しい気がする。

アンケート

大正十五年度　探偵小説壇の総決算

本年度において発表された、創作並びに翻訳探偵小説中、貴下の印象に残っている作品

1、神ぞ知食す（新青年）城氏
2、恋人を喰べる話（探偵趣味）水谷氏
3、闇（新青年）田中氏訳等です。

1、ではしみじみとした哀愁を、2、は最近読んだものですが「彼女の骸骨が木の根に抱きすくめられて……」のあたり傑れた映画の感じをいずれも印象されました。どういう訳か奇警を利かせた複雑な筋のものは読んでいるときは面白いのですが時日が経ってから考えてみますと印象が薄いのです。

（『新青年』第七巻第一四号、一九二六年一二月）

クローズ・アップ

一、一番最初に読んだ探偵（趣味的）小説について
二、今から三十年後の探偵小説は？

一、今から二十年も前のことです。何という表題であったか忘れてしまいましたが、何でも「奇想天外」とか、何とか、そういう本であったと思います。無論翻訳物でありました。その内容もうろ覚えですが、なんでも或る貧しい男が釣り上げた魚の腹から宝石を発見して金持ちになった話とか、欺かれて賊の棲家へ連れ込まれた紳士が、賊の脅迫中に音声の反響術を用いて難を免れたとか、こういう話が集められてあったと思います。そしてその文章が「ありければ」調で所々に漢文が挿まれて今から考えてみるとちょっと面白く、内容もかなりに面白かったと思います。

二、探偵小説が行き詰まっている、ということをちょいちょいと聞きますが、私は行き詰まっているどころか前途は洋々たるものだと思っております。探偵小説としての機智もの、猟奇ものは行き詰まっているでしょう、あるいは行き詰まるでしょう、よし行き詰まらなくてもやがてはいわゆる文壇小説と妥協するでしょう。が、探偵小説の大道であるところの犯罪小説は、人間の社会から犯罪がなくならない限り、存続することでしょう。その意味での探偵小説は今日でのいわゆる本格探偵小説のカラカラの筋だけを運ぶ

ものから脱して、人生と社会に深く喰い込み、我々に大きな何物かを与えることでしょう。そして三十年、五十年、百年、社会組織の進歩と、犯罪性の複雑化とともにますます栄えることでありましょう。

（『探偵趣味』第三年第五号、一九二七年五月）

一、本年度（一月—十一月）において、貴下の印象に刻まれたる創作探偵小説、及び翻訳作品。
二、ある作家に向かって来年度希望する点。

一、ネクタイ奇談（横溝正史氏、新青年四月号）
最後の手紙（窪利男氏、探偵趣味七月号）
どもり奇談（ウオドハウス、梶原氏訳、新青年三月号）
二、変格派は、あまりに芸術的であり、本格派はあまりに通俗的である。芸術的な本格探偵小説がのぞましい。この意味で角田喜久雄氏に希望をかけているのは私一人であろうか？

（『探偵趣味』第三年第一二号、一九二七年一二月）

解題

横井司

一九二六年（大正一五年）に行われた『新青年』の創作探偵小説・懸賞募集は、四百字詰め原稿用紙で百枚内外の枚数を求めるものであった。現在の目からすれば、中編といわれる長さだが、当時としては長編と目される長さだった。それでも百六十編ほどの作品が集まったようだが、結果は一等当選作なし。二等当選作が二編、選外佳作四編というものであった。このときの二等当選作の一編が、夢野久作の中央文壇デビュー作ともいうべき「あやかしの鼓」であり、その夢野作品と二等を分け合ったのが、ここに第二次世界大戦後、初めて全作品がまとめられる山本禾《のぎ》太郎の「窓」であった。つまり山本禾太郎は、作家としては夢野久作と同期生であり、すなわち実質的には夢野久作のライバルとしての立ち位置を占めていたことになるのだ。

山本禾太郎は一八八九年（明治二二年）二月二八日、神戸市で生まれた（偶然だが、夢野久作も同年の生まれである）。本名・種太郎。「禾太郎」という筆名は「種」の字から偏だけを残したもの。小学校卒業後、海洋測器製作所支配人となる、とは、中島河太郎の調査に基づくものだが（たとえば『探偵小説辞典』講談社文庫、一九九八。初出は『宝石』五二年一一月号〜五七年一一月号）、ミステリー文学資料館編『幻の探偵雑誌6／「猟奇」傑作選』（光文社文庫、二〇〇一）に掲載された無署名の作者紹介によれば、製作所支配人を務めたのは戦後のことで、小学校卒業後は「丁稚奉公、紡績・ゴム・電気・造船などの工場での工員、神戸裁判所の書記」など、様々な職業に就いたとされている。これは『現代大衆文学全集』第三五巻（平凡社、二八）に掲載された「著者自伝」に基づく。その「著者自伝」には「大正十四年八月失業。現今にては神戸弁護士会の仕事を為しつ丶あり」ともある。失業後、すぐさま弁護士会の仕事に就けたものかどうかは不明だが、いずれにせよ司法関係の職に就いていたことが、ひとつの犯罪をめぐる検証調書や鑑定書などを並列する構成をとった「窓」のような作品となって結実しているのだとすれば、それほど問をあけずに弁護士会の職に就けたとも考えられる。その他、別のところでは、若いころには「桃中軒×右衛門と云ふ浪花節語りの事務員をして居た」(「ざんげの塔」『探偵趣味』二七年六月号)と禾太郎自身が回想している。この「桃中軒×右衛門」とは、明治大正期に活躍した浪曲師・桃中軒雲右衛門(一八七三〜一九一六)だろうか。ちなみに、若いころに禾太郎と交際があった九鬼紫郎は「禾太郎は青年時代は夢多い文学青年で、職業も転々とし、浪花節の一座に顧問のようなかたちで入りこみ、各地を放浪したこともあった」(『探偵小説百科』金園社、七五)と述べている。その根拠は不明だが、九鬼のエッセイ「慈父・山本禾太郎」(『幻影城』七七年九月号)を読むと、禾太郎から昔話を聞いたことが回想されているから、本人からじかに聞いたことをふまえているのかもしれない。九鬼によれば、「窓」を引っさげて探偵文壇にデビューした当時は「代書業をやっていた」ようで(前掲『探偵小説百科』)、「そのまえに神戸地方裁判所に書記として勤めたことがあり、多くの裁判記録に目をとおしていた」(同)という。禾太郎の記述と若干の齟齬はあるが、いずれにせよ、様々な職を経て、三十七歳の晩春に、文壇デビューを果たしたわけである。

「窓」で『新青年』作家の一員となった禾太郎は、当時の多くの作家がそうであったように探偵趣味の会の同人にも加わったが、新進作家としてすぐさま、陸続と創作を物したわけではなかった。同年には他に「童貞」を『新青年』に発表したくらいで、翌年になっても『新青年』に創作が二編、『探偵趣味』に掌編を一編、寄せたくらいだった。『新青年』に載ったうちの一編は、六人の作家による連作小説の一回を担当したものであり、オリジナルの創作は微々たるものだといわざるをえない。ただし、春日野緑《かすがのみどり》が、大阪の探偵小説ファンの活動を紹介したエッセイ「大阪の探偵趣味」(『探偵趣味』二七年五月号)で、「尚ほその外、これは同人雑誌であるが、『黒い猫』といふのがある。(略)上西、宇和野、樫内、山本等の同人が、サムやルルーなどに気焔をあげハンシヨーの作品などに鋭い批評を加へてゐるなど、敬服に価する」と書いており、ここに紹介されている「山本」が禾太郎と同一人物であれば、あるいは同人誌などに掌編などを発表していた可能性はある。

興味深いのは、その二七年、『サンデー毎日』主催の大衆文芸の懸賞に創作「馬酔木《あせび》と薔薇」を投じて入選していることである。これ以外にも、それぞれ初出は不詳ながら、『週刊朝日』の〈事実小説〉懸賞に「東太郎日記」を投じて入選したり、『読売新聞』の長編懸賞に探偵小説を投じて落選したりしている(「あの頃」『探偵春秋』三七年七月号)。前者は「探偵小説とは似て非なる、人気女浪曲師をモデルとした一種の芸界内幕物」(山下武「『小笛事件』の謎——山本禾太郎論」『探偵小説の饗宴』青弓社、九〇年一一月)とのことだが、「馬酔木と薔薇」も、探偵小説とは微妙に異なる世界を描きあげている。こうしたことから考えるに、必ずしも探偵小説プロパーを目指していたわけではないのかもしれないし、九鬼がいうように「地味な作風とやや古めかしい文体、実在事件により多くストーリイを求める方法が、モダン雑誌に一変した〝新青年〟にはそぐわなかった」(前掲『探偵小説百科』)ため新生面を開こうとしたのかもしれない。いずれにせよ、二八、二九年と『新青年』に寄稿しているものの、二九年の「反対尋問」を最後に、いったんは小説の筆を絶ってしまう。

次に禾太郎がその名を現わすのは、一年置いて三一年のこと、関西の探偵趣味の会同人が中心となって編集発刊なった雑誌『猟奇』誌上においてであった。そして『猟奇』で活動を再開した翌年に、畢生の大作『小笛《こふえ》事件』を、「頸《くび》の索溝《みぞ》」の題で、『神戸新聞』および『京都日日新聞』に、三二年七月六日号〜一二月二八日号まで、半年にわたって連載している（刊行は三六年）。『猟奇』には途中から、小笛事件に関係の深い法医学者の小南《こみなみ》又一郎、弁護士で後の京都市長でもある高山義三などが同人として加わっており、『猟奇』を通して知り合った縁から、資料を借りる契機にもつながったものだろうと想像される。

『小笛事件』の連載を終えた翌年五月、『ぷろふいる』が創刊される。発行者の熊谷晃一は京都の資産家であり、その熊谷家に出入りしていた図案家・加納哲が山本禾太郎の親友であった。禾太郎は、創刊に当たって加納の相談を受け、関西在住の探偵作家たちに支援を乞うたという関係もあってか、『ぷろふいる』に創作やエッセイを多く寄せている。その数は『新青年』時代の同誌への寄稿よりも勝っていた。三六年二月には『小笛事件』がぷろふいる社から刊行されたことを祝して、出版記念会が催されている。しかし、「窓」や『小笛事件』と並ぶもうひとつの代表作「抱茗荷《だきみょうが》の説」を三七年に発表して後、しばらくして『ぷろふいる』は休刊。同年には『シュピオ』に創作「少年と一万円」を寄せていた禾太郎だが、翌年には同誌も廃刊となる。三七年七月七日の盧溝橋《ろこうきょう》事件に端を発する日中戦争の影響もあり、探偵小説の執筆がままならなくなる時代は、すぐ近くまで迫っていた。そうした時局の影響もあってだろう、三八年に『シュピオ』のアンケートに答えたのを最後に、戦後になるまで、再び一切の文筆活動を断ってしまう。権田萬治によると、四〇年に築地小劇場で「濡れた国旗」を上演したそうだが（「漆黒の闇の目撃者――山本禾太郎論」『日本探偵作家論』幻影城、七五）、詳細は不明である。

第二次世界大戦後の四六年になって『ぷろふいる』が復刊され、禾太郎もエッセイを寄せて、作家活動を再開。同年には作品集『抱茗荷の説』を、戦後版『ぷろふいる』の発行元だった熊谷書店から刊行した。だが翌年、同誌は第三号を刊行して廃刊してしまう。同じ四七年には『神港夕刊』の九月九日（?）号から一一月一七日号まで、全六十四回にわたって「消える女」を連載し、戦前の犯罪事実小説とは違う新しい方向性を模索したものの、結局はそれを最後に創作が途絶えてしまう。五〇年には「心の狐」と題した長編を『妖奇』一〜四月号に連載したが、これは「消える女」の改題版である。戦後は、四八年から活動を続けていた関西探偵作家クラブ（後に日本探偵作家クラブの関西支部となる）の副会長を務めたりもしたが、結局、『宝石』『ロック』など、戦後の探偵雑誌に活躍の場を広げることがないまま、五一年（昭和二六年）三月一六日、神戸市長田区の自宅で歿した。享年六十二歳。

*

江戸川乱歩は、『日本探偵小説傑作集』（春秋社、三五年九月）の序文として書き下ろしたエッセイ「日本の探偵小説」において当時の探偵小説界を鳥瞰した際、禾太郎を「傾向として『論理派』に属する主だった作家」の一人としてあげた上で、「法律的探偵小説」の書き手として位置づけている。

この作者も法律手続上の知識が豊富であって、犯罪現場に於ける検事や警察官の描写に危げがない。作風も法律家的にリアルで克明であり、又その多くの作が法廷の問答、刑事の報告書、関係者の陳述の組合せというような特殊の形式を採っていて、そこからも法律文書風の匂《におい》を感じるのである。（引用は『江戸川乱歩全集25／鬼の言葉』光文社文庫、二〇〇五から）

この乱歩の言に対して、権田萬治は「確かに山本禾太郎の作品の特質はこういう面に表われているが、これを『法律的探偵小説』という形で分類することが妥当か否か、私はいささか疑問に思う」といい、「むしろ、山本禾太郎自身が述べているように、探偵小説の現実化の試みの第一歩として評価すべきではなかろうか」と述べている（前掲「漆黒の闇の目撃者」）。「山本禾太郎自身が述べているように」というのは、長編『消える女』（梅田出版社、四八）の「あとがき」において、「記録体の小説を書きつづけてきた」のは、探偵小説が「小説として、あまりにウソが目立ちすぎる」「凡そ小説からウソが感じられては小説としての価値はない、と考へたので小説に実態を与へるために記録体の小説を書いたのである」と書いていることを指している。この禾太郎の姿勢を、権田は、松本清張の目指した方向と「ほぼ同一線上にあることは明らか」だとして、清張ほどの深化はないと保留をおきながらも、評価している。

一言にしていえば、山本禾太郎の功績は探偵小説における記録主義、ドキュメンタリズムの導入にほかならない。戦後、松本清張によって意識的に深化されたこの方法は、その後、愚劣な日常的生活の平面的な事実関係をつなぎ合わせるだけの安易な素材主義として非難されることになるが、このような批判は真の意味における記録主義にはあてはまらない。記録主義とはもともとポール・ローサのいわゆる〝アクチュアリティーの創造的劇化〟であり、何の変哲もない日常的空間に劇《ドラマ》を発見する方法なのである。日常的な事実を平板にただ並列するような安易な素材中心主義では決してない。（横井註：ポール・ローサ Paul Rotha はイギリスのドキュメンタリー映画運動の指導者の一人）

権田の「何の変哲もない日常的空間に劇《ドラマ》を発見する方法」という指摘を受けて、山下武は「こうした方法は当然変格ものへの傾斜を促す」のであり、それが禾太郎の資質を開花させ、「抱茗荷の説」という「怪奇・幻想趣味」の作品につながると「『小笛事件』の謎――山本禾太郎論」（前掲『探偵小説の饗宴』）で論じた。禾太郎は「犯罪事実小説からスリラー風の変格物へと、探偵小説界の路地裏を歩んだ」とする山下の認識は、禾太郎は「自分の記録主義が非文学的なものに転化しつつあることに気付き、夢《ロマン》の復活を必死に求めていた」とする権田の認識と、大きく異なるとは思えない。だが山下は、禾太郎の功績を「探偵小説における記録主義、ドキュメンタリズムの導入」とする考えには異を唱える。

山本禾太郎といえば従来「窓」と『小笛事件』のみが代表作とされ、探偵小説における記録主義、ドキュメンタリズムの導入がその功績とされるにもかかわらず、こうした教科書的なレッテル貼りほど、この作家の資質に対する甚しい誤解もない。彼の本領はあくまでもスリラー的な変格物にあったからだ。

こうした観点に立って、ドキュメンタリズムの精華と目される『小笛事件』に見られる禾太郎の関心のありどころが、「大向こうをねらった巌窟王的裁判劇」にあることを論じている。ちなみにこれに異を唱えたのが細川涼一「小笛事件と山本禾太郎」（京都橘女子大学女性歴史文化研究所編『京都の女性史』思文閣出版、二〇〇二年一〇月）である。細川は当時の新聞記事や裁判記録などを踏まえながら、「禾太郎による創作はほとんど加えられていない」ことを検証している。細川の論稿は、『小笛事件』における被疑者の主観まで現実の被疑者の手記によっていることを示しており、禾太郎における〈事実〉とはどのようなものであったかをあぶりだしていて興味深い。
以上の簡単な紹介で、山本禾太郎がどのように受容されてきたか、されているのかが、おおよそ見当がつくだろう。さらに屋上屋を重ねることもないのだが、禾太郎ミステリの特色とされる記録主義的なスタイルについて若干の考察を述べておきたい。

しばしば、捜査記録だけで構成されているといわれる「窓」だが、それでもテクストの構成者による前書きや「前記」、注記のようなものがはさまれている。禾太郎自身、記録だけで構成することには苦労したようで、「形式を徹頭徹尾記録の連続体にしたいと思つたのでしたが、さて書きかけてみると、説明なしにはものにならないので、まづい文章を挟むべく余儀なくされました」（「冷汗《れいかん》三斗」『新青年』一二六年七月号）と後に書いている。だが、「徹頭徹尾記録の連続体にしたい」という欲求は残っていたようで、それはたとえば、『一枚の地図』（二七）が検事の論告と弁護士の弁論の二部構成をとっていること（ただし、最後の最後に語り手が説明を加えている）、「小坂町事件」（二八）が警官の報告書のみで構成されていること、「長襦袢」（同）が座談会の速記録からの抄出であること、「反対訊問」（二九）が法廷における証人と弁護人のやりとりで構成されていること（速記録から起こしたものという枠組が考えられる）、などの作品からうかがえる。一年の沈黙を経て発表された「貞操料」（三二）は「徹頭徹尾記録の連続体」という形式を実現した作品であった。その他、「閉鎖を命ぜられた妖怪館」（二七）は書簡体小説であるし、法廷闘争の顛末を描いた戯曲「八月十一日の夜」（三五）は「徹頭徹尾記録の連続体」という形式をさらに推し進めたものとして捉えることも可能だろう。

なぜここまで「徹頭徹尾記録の連続体」にこだわったのか、という問いに対する答は、禾太郎自身が「『人間離れ』のした」探偵小説に「事件の組立《くみたて》にしつかりとした実在性を持たせようと」

したと述べているとおりで（前掲「冷汗三斗」）、ここから権田萬治の「何の変哲もない日常的空間に劇《ドラマ》を発見する方法」という評価も生まれてくるわけである。だがここでは、禾太郎の意図は意図として、それとは別に、対象となる事件そのものが、たとえば記録を通して、言及されることによって立ち現れてくるというありように注意を喚起しておきたい。「窓」の場合は、読み手に先立って語り手が事件の全貌をあらかじめ知っていることが「前記」などによって明らかである。その意味では、一般的な探偵小説の構想となんら変わりないように思われる。だが「一枚の地図」になると、事件そのものが検事の論告と弁護士の弁論という二つのディスクールの対立葛藤を通して立ち現れてくる。語り手は単なる傍観者・記録者であり、語り手自身も事件の全貌を把握していないかのように擬態されている。ここから得られるのは、いわゆる探偵小説的な意味での事件というのは、すでに存在しているもの・解決しているものを転倒して語るという形をとって読み手に現前するので、そのために、ただひとつの真実を追究するという構造を可能にしているわけだが、現実的には事件というのは多くの主観によって構成されるものであり、静的なものではないのではないか、という知見である。別のいい方をすれば、事件そのものや事件の真相とは、関係者によって構成されたフィクションにすぎないということであり、この意味で禾太郎のドキュメンタリズムは、リアリティや客観性を追究しながら、それを内側から食い破るような契機をはらんでいるのである。そして、〈事件〉の生成の現場を捉えようとしているという意味では、きわめてダイナミックなテクストだともいえるのである。

＊

山本禾太郎の作品は、一九三〇年の休筆をはさんで、大きく前期と後期に分けることができる。

前期は主として『新青年』を中心に創作を発表しており、後期は主として『ぷろふいる』を中心に発表していた。そこで論創ミステリ叢書では、前期を『新青年』時代、後期を『ぷろふいる』時代と分けて、それぞれに一巻を当て、同じ時期に発表した評論・随筆も、当該巻に収録することにした。あとに刊行予定の『山本禾太郎探偵小説選』第二巻とあわせれば、今回入手できなかった随筆「奇術と探偵小説」(『関西探偵作家クラブ会報』四八年一〇月号)と、『小笛事件』『消える女』の二長編、また「市川小太夫氏を中心とする探偵劇座談会」(『ぷろふいる』三六年四月号)などを除き、ほぼ禾太郎の全業績を集成したことになる。

以下、本書収録の各編について、簡単に解題を付しておく。作品によっては内容に踏み込んでいる場合もあるので、未読の方はご注意されたい。

〈創作篇〉

「窓」は、『新青年』一九二六年六月号(七巻七号)に発表された後、『現代大衆文学全集』第三五巻(平凡社、二八)に収録され、その後さらに『日本探偵小説全集』第一七篇(改造社、一九二九)、『消える女』(梅田出版社、四八)に収められた。戦後になって『日本推理小説大系』第六巻(東都書房、六一)、『大衆文学大系』第三〇巻(講談社、七三)、鮎川哲也・島田荘司編『ミステリーの愉しみ3/パズルの王国』(立風書房、九一)に再録されている。

たびたびアンソロジーや雑誌などでリバイバルされた山本禾太郎の代表作である。たとえば、『小説推理』一九七四年八月臨時増刊号(一四巻九号)が特集「現代作家がえらぶ知られざる傑作ミステリー集」を組んだ際に本編を選んだ多岐川恭は、「調書や鑑定書のようなものばかりを並べて、小説を構成する手法は、よく見られるが、うまくゆけば迫真力を発揮するし、失敗すれば箸にも棒にもかからない、無味乾燥なしろものになる」が、「『窓』は疑いもなく成功作」であり、採用した形式ゆえに「ことさら人物描写に力を入れているのではなく、小説的なアクセントはおさえられているのだが、読者はこの堅苦しく平板なナレーションをたどっているうちに、登場人物が実に生き生きと動き出すのに気付くだろう」と述べている。

ちなみに「窓」は本格探偵小説であるという受け取られ方がこれまでされてきている。だが、いわゆる本格探偵小説としては、事件解決のポイントが偶然の目撃者によっているという点で、やや完成度に難があるというのが、現在の目からは妥当な評価といえそうだ。とはいえ、たとえば推理の面白さや意外な真相というようなことは、ここではそれほど意識されていないということに思いを馳せる必要があるだろう。エッセイ「探偵小説と犯罪事実小説」（『ぷろふいる』三五年一一月号）において禾太郎は、「事実小説といふもの、もつとも面白いものが、犯罪事実小説であるとするならば、本格ものに比肩し得るほど面白いものができなければならぬ筈である」と述べており、例として小笛事件をあげ、その小説的な面白さ（とは、このエッセイでは「本格ものの」としての面白さとイコールなのだが）を具体的に示しつつ、「犯罪実話としての本当の面白さは、事件を織る一節々々の裏にひそむ疑問の探究にある」と主張する。ここで禾太郎が注目しているのは、事件の真相ではなく、事件の表層に現われた謎の数々を探究する行為そのものだと考えることができる。このようにみれば、「窓」において真相そのものよりも、真相が明らかとなるプロセスに重点が置かれていたことや、そうしたプロットが「本格もの」として認識されていることが腑に落ちてくるのである。

なお本編は全くのフィクションではなく、後に禾太郎自身が「阪神電車沿線の美人殺し」を小説化したものだと明かしている（前掲「あの頃」）。ちなみに、本編に登場する明上検事は、後に

「一時五十二分」（三三）で再登場し、名探偵ぶりを見せてくれる。また作中に掲げられている犯行現場の図面は、『ミステリーの愉しみ３／パズルの王国』収録分では新たに書き起こされており、まったく面目を一新している。一見することをお薦めしたい。

「童貞」は、『新青年』一九二六年一一月号（七巻一三号）に発表された後、『日本探偵小説全集』第一七篇（改造社、一九二九）に収められた。

女性の誘惑を振り切ったことが仇をなして災難をこうむるという話。映画館内での出来事がきっかけで女性との交渉が始まるという展開は、「映画館事故」でも採用されている。

「閉鎖を命ぜられた妖怪館」は、『新青年』一九二七年四月号（八巻五号）に発表された後、『現代大衆文学全集』第三五巻（平凡社、二八）に収録された。戦後になって『新青年傑作選集』第二巻（角川文庫、七七）に収められた。

弁護士を主人公としたスリラー・タッチの一編。江戸川乱歩は前掲「日本の探偵小説」の中で本編について「他の多くの作とは全く面目を異にして、法律的なものとは殆ど無関係に、怪奇を主調とする探偵小説である」と述べている。

「馬酔木と薔薇」は、『サンデー毎日臨時増刊「大衆文芸傑作集」』一九二七年四月一〇日号に発表された。単行本に収録されるのは今回が初めてである。

どことなく谷崎潤一郎の「魔術師」（一七）の影響を思わせないでもない。この時期の禾太郎は「モダン雑誌に一変した〝新青年〟にはそぐわなかった」（九鬼紫郎、前掲『探偵小説百科』）と目されているが、モダニストの資質も持ち合わせていたことをうかがわせるユーモア編といえる。そうした資質は「空想の果」や「映画館事故」にもみられるものだ。

「空想の果」は、『探偵趣味』一九二七年八月号（三年八号）に発表された。単行本に収録されるのは今回が初めてである。

乱歩や横溝正史などの作品に登場しそうな夢想家が体験する奇妙な出来事は、橋本五郎の「地図にない街」（三〇）を思わせる結末を迎える。階級批判ではなく、ロマンチシズムで描ききったところがミソといえようか。

「**一枚の地図**」は、『新青年』一九二七年一一月号（八巻一三号）に発表された後、探偵趣味の会編『創作探偵小説選集』一九二七年版（春陽堂書店、二八）に収録された。

本編は「楠田匡介《くすだきょうすけ》の悪党振り」という総題の下、大下宇陀児《うだる》・水谷準・妹尾韶夫《せのおあきお》・角田喜久雄・山本禾太郎・延原《のぶはら》謙の順で書き継がれた連作の第五話にあたる。検事が論告で言及している満州放浪中の話は宇陀児の「火傷をした楠田匡介」を、不良と交わっていたころの話は水谷の「笑ふ楠田匡介」を、腸詰ハム工場をめぐる話は妹尾の「人肉の腸詰」を、カフェ女給・鈴代との関係は角田の「流れ三つ星」をふまえたもの。本編に続く延原の「唄ふ楠田匡介」では、匡介の妻・澄子殺しの真犯人が判明する。楠田匡介という悪党を主人公とする連作の一編でありながら、主人公の裁判における検事の論告と弁護士の弁論のみでほぼ構成し、なお伏線を張り巡らせて、本格ミステリ風の展開を見せると同時に司法批判を展開しているあたり、禾太郎の面目躍如というべきか。

「**小坂町《こざかまち》事件**」は、『新青年』一九二八年一月号（九巻一号）に発表された後、探偵趣味の会編『創作探偵小説選集』一九二八年版（春陽堂書店、二九）に収録され、その後さらに『日本探偵小説全集』第一七篇（改造社、一九二九）に収められた。

継続捜査に従事する警官の報告書という体裁の作品。禾太郎によれば「兵庫県のある町に起つた事件」を小説化したものだという（前掲「あの頃」）。精神薄弱者の謎の証言に基づく謎ときの興味が読みどころ。

「映画館事故」は、『探偵趣味』一九二八年三月号（四年三号）に発表された。単行本に収録されるのは今回が初めてである。

短文を重ねたスケッチ風の作品だが、そのスタイルは同時期の角田喜久雄を思わせなくもない。

「長襦袢」は、『新青年』一九二八年七月号（九巻八号）に発表された後、『日本探偵小説全集』第一七篇（改造社、一九二九）に収められた。

座談会の速記録から抄出したという体裁の作品。「京都府の某地にあつた事件」を小説化したもの（前掲「あの頃」）。朝鮮人労働者の冤罪をそそぐというプロットが久山秀子の「隼の勝利」（二七）を連想させもする。捜査官が犯人を追い詰める手段の乱暴さが、時代をうかがわせるが、実際の捜査はこういうものであったろうか。

冒頭の「〇野〇人殺し」は一九二六年五月一六日早暁に兵庫県揖保郡龍野町で発見された、いわゆる「龍野六人殺し」を指す。「き〇ゑ」は、当初犯人と目された次男の妻・菊江のこと。また「京都の『小笛殺し』」は、禾太郎が後に『小笛事件』として作品化している。

「当選美人の死」は、『新青年』一九二八年一〇月号（九巻一二号）に発表された。単行本に収録されるのは今回が初めてである。女性雑誌の美人コンテストに当選したために悲劇に見舞われるという、現代でも通用しそうな設定が印象的。素人探偵の「私」が、被害者の部屋に掲げられていた仙人掌の絵をめぐる意味づけが不充分と思われたのか、後に「仙人掌の花」（三二）という短編でもう一度取り上げている。

「龍吐水《ポンプ》の箱」は、『新青年』一九二九年三月号（一〇巻四号）に発表された。単行本に収録されるのは今回が初めてである。

老前科者と老看守の回想を交互に挿入するという形式の作品。刑務所内の生活がリアルに描かれている点、また、老前科者の奇妙な心理を描出している点が読みどころ。当の老前科者が久山秀吉という名前の掏摸で、「隼の秀」をいう通称を持っているというのは、当然、久山秀子の「隼お秀」をふまえた遊びであろう。「谷崎先生の小説のなかに、ハンカチに着いた女の鼻液《はな》をベロベロと嘗《な》めるのがある」というのは、「青塚氏の話」（二六）を指すものだろうか。

「反対訊問」は、『新青年』一九二九年八月増刊号（一〇巻一〇号）に発表された。単行本に収録されるのは今回が初めてである。

法廷における弁護人と証人のやりとりだけで構成された作品。日本と英米ではシステムが異なるので、海外の法廷ミステリに描かれているような法廷闘争場面が描かれることは珍しいのだが、本編はその珍しい一例である。

〈評論・随筆篇〉

「冷汗三斗」は、『新青年』一九二六年七月号（七巻八号）に発表された。

「窓」の受賞の言葉に相当するエッセイで、禾太郎の方向性が明確に打ち出されている点に注目されたい。

「妻の災難」は、『新青年』一九二六年一〇月号（七巻一二号）に発表された。

まるで小説のような展開だが、初出誌の目次では随筆という扱いになっている。

「ペスト・ガラス」は、『探偵趣味』一九二六年一二月号（二年一一号）に発表された。

奇妙な題名は、ペストに関する話とガラスに関する話について書かれているという内容に基づく。それぞれ笑い話で落としているので、随筆というよりコント二編という印象を受ける。

「ざんげの塔」は、『探偵趣味』一九二七年六月号（三年六号）に発表された。浪花節語りの事務員をしていた頃の思い出話。

「死体・刃物・猫」は、『探偵・映画』一九二七年一〇月号（一巻一号）に発表された。初出時には末尾に「（八月五日）」と記されており、銷夏の読物として書かれたものと思われる。怪談めいた作品としては他に、次の「屏風の蔭から出て来た男」や、創作「二階から降りきた男」（二二二）「車庫」（同）などがある。

「屏風の蔭から出て来た男」は、『探偵・映画』一九二七年一一月号（一巻二号）に発表された。「私の一行」と本文にあることから、浪花節語りの事務員をしていた頃の体験ではないかと想像される。島崎博編「山本禾太郎作品リスト」（『幻影城』七六年一二月号）では創作扱いになっている。ここでは初出誌の目次での扱いから随筆篇に収めた。

「法廷小景」は、『探偵趣味』一九二八年五月号（四年五号）に発表された。現実の裁判風景かどうかは判然としないが、最後の一文から実際に見聞したことのスケッチと判断して随筆篇に収めた。ちなみに島崎博編「山本禾太郎作品リスト」（前掲）では創作扱いになっている。

巻末にはアンケートの回答をまとめた。『新青年』一九二六年一二月号（七巻一四号）の「マイクロフォン」欄は**「大正十五年度　探偵小説壇の総決算」**という総題の下、諸家の印象に残った作品を掲げている。城氏は城昌幸、水谷氏は水谷準のこと。「闇」Le baiser dans la nuit は、田中早苗訳によるモーリス・ルヴェル Maurice Level（仏、一八七五～一九二六）の作品。のちに「暗闇の接吻」と改題されている。**「クローズ・アップ」**は『探偵趣味』一九二七年五月号（三年五号）の「六号並木路」欄に掲載のもの。「今から三十年後」にあたる一九五七年は、松本清張が「点と線」

「眼の壁」を連載していた年であり、禾太郎の予言は正鵠を射ていたといえなくもない。**「本年度印象に残れる作品、来年度ある作家への希望」**は『探偵趣味』一九二七年一二月号（三年一二号）に掲載されたもの。「どもり奇談」は正確には「どもり綺譚」The Truth About George で、梶原信一郎訳。ウオドハウスとはP・G・ウッドハウス P.G. Wodehouse（英、一八八一～一九七五）のこと。

［解題］横井 司（よこい つかさ）
1962年、石川県金沢市に生まれる。大東文化大学文学部日本文学科卒業。専修大学大学院文学研究科博士後期課程修了。95年、戦前の探偵小説に関する論考で、博士（文学）学位取得。『小説宝石』、『週刊アスキー』等で書評を担当。共著に『本格ミステリ・ベスト100』（東京創元社、1997年）、『日本ミステリー事典』（新潮社、2000年）など。現在、専修大学人文科学研究所特別研究員。日本推理作家協会・日本近代文学会会員。

山本禾太郎探偵小説選Ⅰ 〔論創ミステリ叢書14〕

2006年3月20日　初版第1刷印刷
2006年3月30日　初版第1刷発行

著　者　山本禾太郎

装　訂　栗原裕孝

発行人　森下紀夫

発行所　論 創 社
〒1010051 東京都千代田区神田神保町223 北井ビル
電話 0332645254　振替口座 00160 1 155266

印刷・製本　中央精版印刷

Printed in Japan　ISBN4-8460-0702-2